星はらはらと

二葉亭四迷の明治

太田治子

中日新聞社

星はらはらと

星はらはらと Ⅰ

三年前の夏、私は初めてロシアを旅した。もっとも敬愛する明治の小説家二葉亭四迷が、晩年のおよそ九ヵ月間をペテルブルグ（現サンクト・ペテルブルグ）で過ごしていた。明治四十一（一九〇八）年七月に、当時四十代半ばの二葉亭は朝日新聞ロシア特派員として念願のペテルブルグの地を踏んだ。ツルゲーネフの『あひびき』を翻訳して以来、およそ二十年の月日が流れていた。日露戦争が終結して三年後のロシアは、二葉亭の目にどのように映ったのだろうか。第一次革命の発端といわれる血の日曜日事件から三年がたち、ペテルブルグには不気味な静けさが漂っていたようである。ロシア革命が成立するのは、それから八年後のことになる。

年が明けて明治四十二(一九〇九)年の二月初めから、二葉亭のからだの具合が急に悪くなった。白夜の夏以来ずっと続いていた不眠症が改善して、元気になってきた矢先だった。医者の診断は、肺結核である。高熱が続きついにベッドから起き上がれなくなり、やむなく帰国を決めた。その年の五月十日、二葉亭四迷は日本郵船の賀茂丸で帰国途中、ベンガル湾沖で息を引き取った。享年、四十五歳だった。

私は、二葉亭四迷の小説が好きでならなかった。処女作の『浮雲』は、その第一篇が明治二十年に出版された。日本で初めての言文一致体の小説とされている。何やらしかつめらしく気おくれするところがあり、実際に読んだのは十年前のことである。しかしいざ読みだすと、そうしたことは一切忘れてしまった。とにかく読んでいて面白かった。主人公内海文三《うつみぶんぞう》の不器用な生き方が、現代の悩めるフリーターのそれと重なって感じられた。「立身出世」という明治の風潮を地でいく語学に秀でたエリート官吏であったのに、上司にゴマをすることができなくてリストラされてしまう。下宿先の叔父の家の雰囲気は、一変する。叔父の娘のお勢は文三のかつての同僚の、調子のよい本田になびき、その母親のお政からは露骨な嫌味をいわれる。それでも文三は、叔父の家をでるふんぎりがつかない。従妹のお勢に、惹かれていた。翻訳のアルバイトをしながら、針のムシロのようなその家の二階の部屋にいる。お勢は、軽薄な本田に遊ばれている気配がした。文三は一人二階の階段を昇っていく――。

二十四歳の二葉亭四迷がその第一篇を発表した時、同じ年頃の正岡子規は、これはすばらしい小説だと感激した。それまでの日本には、こうやって一人の青年の心理を掘り下げる小説はなかったのである。十九世紀末のロシア文学の影響を受けていることは、明らかだった。この小説の根底には明治新政府への批判の眼が光っている。薩長連合の新政府は、エリートの官吏の養成に熱心だった。そこから、薩長以外の幕府方の子供たちはつまみはじきだされる傾向があった。二葉亭は明治十四年、十七歳の春に東京外国語学校露語科に入学した。この時既に、彼がまっとうな「立身出世」の道を歩まないであろうことが予期される。明治七年の東京外国語学校の生徒便覧によると、フランス語には薩摩出身者が六名、ドイツ語には長州出身者が十三名いる。しかし魯語(ロシア語)には、薩長出身者が一人もいない。ロシアは二流国であるという認識が、明治六年のこの学校設立の折りより定着していた。二葉亭の父は、尾州藩(尾張藩)の御鷹場《おたかば》吟味役として江戸詰めを命じられていた下級武士であった。元治元(一八六四)年、江戸市ヶ谷合羽坂の尾州藩上屋敷で後の二葉亭四迷――本名長谷川辰之助は生まれていた。維新前夜の緊張の走る江戸にあって父吉数《よしかず》は、なお常磐津をくちずさむという風流さを持ち合せていた。明治維新は、二葉亭が四歳の時である。

「武士の子」という気負いが、ロシアを意識することにつながっていった。つまり、将来日本の深憂大患となる国はロシアなのだと思い決めた。当時の政府が、そのような敵愾《てきがい》心をあおっていたのである。十七歳の辰之助の東京外国語学校露語科入学は、敵をきちんと知りたいというところからきていた。ロシア文学との出合いは、教室でロシア人教師によってもたらされた。彼は、ロシア文学の底に流れる「余計者意識」に、いたく共感していった。まぎれもなく、自分はそうなのだと思った。時の社会への反撥は、ロシア文学への理解と共に強まっていったと思われる。

『浮雲』の主人公の文三は、二葉亭四迷の分身であった。正岡子規のみならずあまたの青年の共感を呼んだ小説でありながら、文学によって社会批判をしているというもっとも大切なところを理解する批評家はいなかった。未完の作ということになった。しかし、私は今読み返してもこのラストはすばらしいと思う。いかにも心のふんぎりがつかないまま階段を昇っていく文三の後ろ姿は、青春の痛みそのものに感じられる。人間の心は、白か黒か、そんなにはっきりと決められるものではない。ひとたび好きになった女性を、そうやすやすと思い切ることはむつかしい。

「めんどうみたあいてには、いつまでも責任があるんだ」というサン゠テグジュペリ作『星の王子さま』の中の王子さまの言葉を思い出す。文三は、お勢に責任を感じていた。こちらがふられた相手だというのに。二葉亭自身が、そのような人であった。『浮雲』刊行まもなく進んで当時貧民街といわれていた神田東紺屋町に住み、そこで暮らす年若い酌婦の女性を好きになり結婚した。やがてその相手に裏切られる時がきても、しばらく離婚することがなかった。当時のエリートの生き方としては、考えられないことだった。明治二十四年に『浮雲』の三篇合冊本を出版以来、二葉亭は十五年もの長きにわたって創作の筆を折ることになる。いくらわが文章はロシア文学に比べてつたないと思っても、正確な批評がないことに傷付いてもいた筈である。ツルゲーネフ、ゴーゴリなどロシアの作家の短篇小説の翻訳を手がけながら、内閣官報局雇員、陸軍大学校露語学校教授嘱託、海軍省編修書記と、職を転々としていた。明治三十二年、三十六歳の彼は東京外国語学校教授となる。しかし彼はそれから三年もたたないうちに、ふらりと一人ハルビンへと向うのである。大陸での商売を考えていたというが、実のところ少しでもロシアに近付きたいという思いがあったのではないだろうか。

二葉亭四迷その人を私が最初に意識したのは、中学校の教室に掛けられた年表の肖像写真だった。或いは小学校の教室だったような気がするのだけれど、そこのところの記憶はあいまいである。とにかく毎日のように私は、教室の壁に掛けられた二葉亭四迷の顔を見上げていた。夏目漱石、森鷗外と並ぶ年表の筆頭に、彼の写真があった。明るく大きな目が、眼鏡の奥から微笑んでいた。漱石も鷗外も、「文豪」というイメージそのままに頬杖をついたり、立派な横顔をみせているのにひきかえ、二葉亭だけはさらりとてらいがなく穏やかな紳士にみえた。ひさしの付いた風変りな帽子をかぶっているところも、面白かった。

三歳年下の夏目漱石も、晩年の彼に好印象を抱いた。

…其時余の受けた感じは、品位のある紳士らしい男―文学者でもない。新聞社員でもない、又政客でも軍人でもない、あらゆる職業以外に厳然として存在する一種品位のある紳士から受くる社交的の快味であった。そうして、此品位は単に門地階級から生ずる貴族的なものではない、半分は性情、半分は修養から来ているという事を悟《さと》った。

（『長谷川君と余』）

これ程のほめ言葉があるだろうか。とも角も写真の二葉亭は、どこまでも気持のよい雰囲気をたたえていた。

その写真は明治四十一年ごろ、ペテルブルグで写されたものだった。よくみると黒い帽子は、毛皮のようである。黒っぽいコートも、きっとそうなのだ。写真館で写したのだろう。ロシアの冬の厳しさを感じさせる。或いは、四十二年の年の初めかもしれない。いずれにしても、四十五歳の二葉亭四迷はとても元気そうにみえる。半年以内になくなる人の顔には思われないのである。夏からの不眠症から解放されて、はりきっているところだったのだと思う。ペテルブルグへいくことは、彼の悲願だった。激しく心惹かれているドストエフスキーの小説『罪と罰』の舞台でもあった。

二葉亭四迷がペテルブルグに着いたのは、およそ百十年前の七月十四日だった。そうとわかった時、私は何とかしてその白夜のころにペテルブルグへ足を踏み入れたいと思った。ロシア語通訳の経験のある秋葉美恵子さんにそのことを相談した。秋葉さんは、ロシア語学院主事の藻利佳彦さんを紹介して下さった。藻利さんは、ペテルブルグから車で三時間半あまりのところにあるメドヴェージ村に、毎年夏でかけていた。日露戦争時の日本人捕虜収容所跡のあるその村での日本人捕虜の墓石の発掘、研究を続けていらっしゃる。実は二葉亭四迷も赴任早々、その村へでかけていた。日本人の遺体送還記念式典に参列、なくなった捕虜の名前もきちんとメモしている。藻利さんは、そのこともよくご存知だった。そのような方とロシアの旅を同行できるとは、実に幸運なめぐりあわせだと思った。

私は小さい時から、ロシアに親しみを感じていた。大正初年生まれの母が、ロシア文学の愛好者だった。わが家のタンスの中には、母の形見のロシアについての切り抜き帖が蔵《しま》われていた。もはやぼろぼろになりかけの青い大学ノートである。ドストエフスキーやチェーホフの文学についての新聞の切り抜きが多かったが、トルストイが反感を抱いていたあのシェイクスピアが実はロシア人だったかもしれないという思いがけない記事もあった。その中で少女の私が一番しげしげとみつめていたのは、一枚の殺風景なのっぽの建物の写真だった。『罪と罰』の舞台となったS横丁の角を写した写真である。ピサの斜塔を真っ直ぐにしたようなその古い建物の前を、スカーフを頭にかぶったコート姿のおばあさんが歩いていた。腰の曲ったおばあさんの足許は雪でぬかるみになっているようにみえた。

ロシアの寒い冬の風が、その一枚の写真から伝わってくる心地がした。小さい時から、寒さが苦手だった。それなのに、何故か私はその建物の寒々しい雰囲気にすいこまれてしまった。この横丁の建物とは、いつかご縁があるような気がした。実際、その建物の前を横切る夢を繰り返しみた。大人になってからも、何度となくみるのであった。

「ああ、またここへきてしまったわ」

建物の前で立ち止まり、必ずそうつぶやいた。写真と違って、夢の中では誰も歩いていなかった。よもやその建物がかつて二葉亭四迷が住んでいたアパートだったとは、思ってもみなかった。ほんの数年前、神奈川近代文学館で二葉亭四迷の全集を手にしている時に、まったく同じそのアパートの写真を発見した。今までそのことに気付かなかったのは何たるうかつなことよと思う一方で、しみじみと嬉しかった。二葉亭四迷と、目にみえない運命の糸が結ばれているのを感じた。

二〇一二年七月十五日夕刻、サンクト・ペテルブルグに着くことが決まった。モスクワからロシア自慢の特急サプサン号で向うのである。サプサン号に乗ると、サンクト・ペテルブルグまで三時間四十五分で着いてしまうという。二葉亭四迷は同じモスクワからの汽車の旅でも、一晩かかっていた。厳密には午後九時半モスクワ出発、翌朝午前九時半ペテルブルグ到着。きっかり十二時間ということになる。

サンクト・ペテルブルグに向うサプサン号は、それは滑らかに走りだした。車内は、東海道新幹線のすいている時のグリーン車並みの静かさである。いかにもロシア人らしい体格のよい年輩の夫婦づれ以外、近くに人影はみえなかった。駅構内ですれ違ったとても可愛らしい金髪の小さな女の子を連れた若い夫婦は、既に出発した普通電車に乗り込んだのかもしれない。しかし、日曜日の昼間の時間である。もう少し、乗客がいてもいいような気がした。

「サプサン号を利用するのは、裕福な通勤客か政治家、観光客でしょう。沿線の住民の中には、まだ嫌っている人がいます」

そのように、藻利さんが教えて下さった。

二〇〇九年十二月の運行開始以来、列車への投石などの嫌がらせが続いているという。氷の塊が投げ付けられて、窓ガラスが割れる事件も起きた。時速二五〇キロで走行するサプサン号の突風に激怒した男の犯行だった。サプサン号は、在来線と同じ線路を走行している。しかも線路のまわりには、フェンスがない。

それにサプサン号は、ほとんど音もなく静かに走行する。そのせいもあって、これまでに何人もの人がはねられて死亡しているという。ロシアでは線路を歩道がわりに歩く人がいる。サプサン号だけ、線路を別にすることはできなかったのだろうか。二〇〇九年十一月末には、同じ線路を走るサンクト・ペテルブルグゆきの夜行列車が脱線して、三十九人が死亡したという。テロの疑いがもたれている。

今回私は、ロシアの列車の旅をとても楽しみにしていた。深い溜息がでた。しかも二〇一一年十一月にはサプサン号へのテロ攻撃が、事前に明るみになったという。乗車前のチェックの厳しさが思い出された。モスクワの駅構内を黒い犬を連れて歩いていた無表情のおじさんは、警察の人だったような気がしてきた。テロリストとしてイスラムの過激集団が、身柄を拘束された。チェチェン人も、その中にいた。彼らの生活の貧しさも、その背景にあるのだろう。そう考えると、窓の外の緑が急に色あせて感じられてきた。

マルクスは、当時のロシアの鉄道について批判的な眼を持っていた。

「……鉄道のために政府が契約した新しい債務が、大衆の上にのしかかる租税負担を増大させましたが、それだけではなく、さらにすべての地方的生産物が、コスモポリタン的な金に転化できるようになった瞬間から、以前はほとんど売れなかったため廉価だった多くの商品……が高価になって、民衆の消費から取り上げられました」

彼のこのような言葉が、ロシアへくる前に買った本の中に引用されていた。一八五一年、ペテルブルグ、モスクワ間の鉄道が開通しておよそ三十年近くたってからの手紙の中の言葉である。これと同じ思いを今も共有している人たちが、ロシアに住んでいるのだと思った。彼らには、サプサン号が最高時速二五〇キロで走ることなど、まったく無用のものに思われるのだろう。私はもはや窓の外の景色をみつめる心のゆとりがなくなった。それにつけても、ドイツ製というサプサン号の乗り心地はなかなかのものだった。

日本を旅立つ時の二葉亭四迷は、たっぷりと蓄えたロシアの知識で意気揚々とはりきっていた。革命については、どのように思っていたのだろう。彼がペテルブルグへ着いた一九〇八年は、ロシアの歴史にとって珍しく目立った動きのない年だった。その三年前、日露戦争の翌年の一九〇五(明治三十八)年に、ペテルブルグで血の日曜日事件が起きた。十五万人以上の労働者とその妻子が労働時間の短縮や賃上げ、更には戦争反対などを請願して、讃美歌を歌いながらニコライ二世のいる冬宮に向かって行進した。その静かなデモ隊に軍隊は発砲して、千人以上の労働者が射殺された。レーニンはこの事件を、「プロレタリアートの革命的教育は、たった一日で、平穏無事な虐げられた生活の数ヵ月、数年にもまして前進した」と捉えていた。二葉亭は、血の日曜日事件について革命指導者のレーニンがそのように感じることは、当然わかっていたと思うのである。彼は、日本に亡命していたポーランド人の革命活動家にも援助を惜しまなかった。しかし一方で、彼らの無邪気な人のよさにあきれることがあった。そのようなところから、ロシアの革命を今ひとつ現実のものとして考えられなくなっていたかもしれない。二葉亭自身が、彼らと同じように、或いは『浮雲』の文三のように無類のお人よしの面があったのである。熱い思いが、降る星のようにはらはらとこぼれ落ちていくますらおだった。

二葉亭四迷は、一九〇八(明治四十一)年六月十七日、神戸より神戸丸に乗船、まずは大連に向って出発した。神戸丸の船の中まで見送りにきた知人の妻に、香水をかけた西洋の花束を贈られた。「ハイカラに候」と妻柳子への手紙にある。霧のため少し遅れて二十二日に大連に到着して、そこから日本のものになってまもない南満州鉄道でハルビンへ。七月九日には、いよいよシベリア鉄道でモスクワに向うことになった。イルクーツクを過ぎると、車窓からの河の景色の美しさにうっとりする。

「終日鳳仙花の如き花を路傍に看る」

と日記に書いている。わざわざ傍点を入れているのは、余程その花が心に沁みたのだろう。二葉亭は、初めてみるロシアの大地に夢見心地になっていた。まだ血の日曜日事件から三年しかたっていないことにも、愛らしい花の向うで多くの農民が生活に疲れ切っていることにも、しばし頭がまわらなくなっていたのに違いない。

日露戦争勃発のころのシベリア鉄道は、バイカル湖を迂回して走る線路の部分は、まだ開通していなかった。シベリア鉄道が開通してしまうと勝てる見込がなくなるので、その前に開戦に踏み切る必要があったと考えられるのだった。元来ロシアの列車は、とても大きく作られていた。レールは、西ヨーロッパの標準よりも幅が広かった。乗り心地が快適な分、のろのろしていた。全車輛は寝台車となり、車輛には三等級あったという。三等は、椅子が木製だった。大柄なわりに、急性膝関節炎にかかったりすることのある二葉亭は、新聞社からの金もあり、一等の客となったらしい。

「……オーストリヤ人の一旅客と相知る」と日記に書いている。食堂で酒を飲んだ後、わざわざとその人の車室を訪ねて朝二時まで歓談した。ミヘエフという学生とも相知ったとある。名前からしてロシアの学生だろう。二葉亭は、どの国の人とあってもすぐに打ちとける人なつこさを持っていた。他の乗客のことは、日記にでてこない。もしシベリア鉄道に貧しい農民が乗るとしたら、勿論三等である。シベリアに移住する農民で、超満員だったことが多かっただろう。一方線路から石を投げ付けた農民も、いたように思う。しかし窓は二重なので、被害はなかったかもしれない。

七月十二日の朝、二葉亭はモスクワに着いた。プラットホームがコンクリートであることに驚いて、「勝手が違う」と書く。モスクワに着く手前のベンザという駅には聖像(イコーン)があり、その前に蠟燭があげられていた。汽車の旅を続ける中で、二葉亭は日本の鉄道と違ってロシアの鉄道は汽車もレールも駅も何もかも大きいことに感嘆した。そこに居心地のよさを覚えると共に、日本の小さな駅や汽車を愛《いと》しく思い出したことだろう。

明治三十九年秋から冬にかけて東京朝日新聞に連載した小説『其面影《そのおもかげ》』には、よく駅が登場する。『浮雲』以来十七年ぶりに発表した小説である。主人公の小野哲也は、新橋ステーションで人々の見送りを受けて満州へ向った。たった一人の旅立ちである。やはり二葉亭も、今回新橋駅から大勢の人に送られて出発した。そのころの新橋にはさすがに、明治五年の日本で初めての蒸気機関車は走っていなかっただろう。この小さな機関車は、何度かお色直しをして走り続けていたらしい。イギリスから明治新政府が買ったものだった。古くて小さいのに、新車の値段がしたという。その古機関車に合せて、日本の鉄道のレールの幅は東海道線ができてからもおよそ狭いままだった。狭いゲージは、イギリスがセイロンやマレー半島など自分の植民地に作ったものとサイズが同じだった。何やら考えさせられるのである。

二葉亭の日記は、モスクワへ着いてから実にそっけない。ロシア通信の編集部などを訪ねたり、ハンカチを買ったりした。「……乞食、余に金を乞ふ。彼と二、三言葉を交はす」とあるが、一体何を話したのだろう。モスクワには、三日間いただけである。一刻も早く、ペテルブルグに着きたかった。二葉亭四迷は、七月十五日午前九時半、ついに念願のペテルブルグに到着した。

★

サンクト・ペテルブルグが近付くにつれて、私は先程のモスクワの駅のホームをなつかしく思い出していた。改札のチェックが厳しかったことが嘘のように、特急サプサン号を待つホームは明るかった。真昼の日の光がまぶしく降り注ぐホームに、たくさんの雀が舞い下りていた。日本の雀に比べて全体の色が淡くベージュがかっていて、目の色までも薄く感じられた。こちらが近付いていっても逃げたりしないばかりか、むしろ何か話しかけてくるような気がした。けさ、モスクワのホテルの前の広場でみかけた雀もそうだった。空港に近い広大なオリンピック会場跡に立ち並ぶB級ホテルのひとつに、昨夜は泊まったのである。ホテルのロビーで大男のガードマンが見張りをしているのには少し緊張したものの、朝食のビュッフェはおいしかった。ボルシチを、三杯もおかわりした。新宿のレストランで食べたのと同じトマト味だった。

それにしても、駅のホームにいる雀たちの数は多かった。鳩が棲みつく駅は、日本にも多い。しかし雀が根城にしている駅は、大都会にはあまりないような気がした。モスクワは、一泊泊まっただけだった。どこもみていない。駅の周辺は埃っぽく、車も渋滞していた。とりとめもなく、大きな街に思われた。

「もう三十分とたたないうちに、ペテルブルグのモスクワ駅に着きます。サプサン号を始めとしてモスクワ行きの列車は、すべてこのモスクワ駅からの発車です」

同行の藻利さんが、そのように説明された。ロシアの鉄道の駅はおよそ、行先がその名前になっている。モスクワには、それぞれ行先別に九つの駅がある。一方サンクト・ペテルブルグの駅は、五つだという。おやと思ったのは、サンクト・ペテルブルグ行きの駅は、今もソビエト時代のままのレニングラード駅だということだった。レーニンの街という意味のこの名前が、まだ駅にはそのまま残っている。レーニン像が引き倒された一方では、今もレーニンを大切に思う人たちが根強くいるということなのだと思った。二葉亭四迷が明治四十一(一九〇八)年ロシアへ旅立つ前後の日記に、まだレーニンの名前はでてこない。

「革命騒動は鎮定したる觀あり、これ政府の政策其圖に中りたるが爲か、はた革命黨其物の要求が餘り突飛にして到底實行すべからざるものなるか故に自滅したるものにて自業自得といふべきものか、此形勢は今後如何に推移すへきか高見如何」

ペテルブルグに到着する前の「入露記」の中に、二葉亭はこのように書いていた。何だか、いかにも日和見主義的に思われる。しかし二葉亭が時の皇帝ニコライ二世へ向ける鋭いまなざしは、まだロシアに足を踏み入れる前から徹底していた。

「……現實の世界を知らず、國情を曉らず、民情に通ぜず、政治上社交上の敎化は一も享くる所なく、精神界實界の消息には一も通ずる所なくして、唯纔に時々劇場に臨むに由りて、進歩せる階級の情狀の一斑を髣髴するのみ…(中略)…數々國内を巡狩すれども、護衞の兵士の取圍める隙間より表面の晴がましき露西亞を望見するのみにして、其の裏面を知らず。…(中略)…吾人は遂にニコライ二世の如き者を得て之にて滿足せざるべからざるなり」

血の日曜日事件から半年後の明治三十八(一九〇五)年六月十九日に、書かれたものである。二葉亭四迷は、日露戦争の戦後処理で日本側を歯ぎしりさせたウィッテのことをかなりに評価していた。一月の血の日曜日事件に続き、その年の十月に起きた全ロシアの鉄道ストライキが、やがて市街戦へと発展した。その中で事実上の首相に登用されたウィッテは、憲法の制定を決定した。更にはその年の暮れに、国会の選挙法が発表された。それまでの選挙は、人口およそ百五十万人のペテルブルグで有権者はわずか一万人にも満たなかったという。選挙権は拡張されたものの、なお選挙人は高い財産資格を持たなければならなかった。それでもニコライ二世も他の政府高官も、ウィッテは必要以上の譲歩をしたと感じていた。二葉亭四迷は、ウィッテの立場を大政奉還の折りの勝海舟になぞらえて考えた。その年の暮れの十二月八日から十二日にかけて、東京朝日新聞に掲載された二葉亭の「其後のウヰッテ」を読むと、勝とは大違いで孤立無援のまま蹴落とされそうな彼への同情が感じられる。

二葉亭がいよいよロシアへと向った時、ウィッテはとっくに失脚してストルイピンの時代に入っていた。ストルイピンは、テロリストを次々と絞首台に送った。二葉亭がペテルブルグ入りした年には、死刑にされた者の数はそれまででもっとも多い二千三百四十人にのぼったという。絞首台は、「ストルイピンのネクタイ」と呼ばれていた。日本にいるころの二葉亭に、ストルイピンについて触れた文章はないようである。しかし明治三十九年十一月、二葉亭が東京朝日新聞に『其面影』を連載中に発表されたストルイピンの農業改革には、大いに関心を寄せていたのに違いない。農民の自由意志によって共同体からの離脱を許すというものだった。それまで住んでいた村を離れて、シベリアへと向う貧しい農民が増えていった。

「……我露國も西伯利を以て人口過剰のハキ場とする事猶貴國の朝鮮に於けるか如し、移民は必すしも政府の奨励を待たす自ら進むて西伯利の各地に移住す、現に余の目撃せる所にても十二臺の車輛か盡ク移民を滿載せるを見たり……」

二葉亭はシベリア鉄道に乗りながら、しかとそのような現実をみつめていた。初めてのロシアの大地にただ夢見心地になっていたわけではなかった。江戸市中で生まれた武士の子の二葉亭は、町育ちである。町が何より好きな彼に、大地の尊さを教えたのがツルゲーネフを始めとするロシア文学だった。大地と共に生きる農民の姿は、二葉亭の場合ロシア文学の中にあった。貧しいロシアの農民の幸せを祈る気持が、彼をロシアへとかりたてていったともいえる。二葉亭がペテルブルグで生涯最後に書いた原稿は、農民問題を論じたものであった。

一方、彼があこがれてやまなかったペテルブルグは、日本が江戸時代の初期にピョートル大帝が沼地の上に無理やり作った人工の都市だった。何度も大水害に襲われるこの街にも、主に農村から流れてきたおびただしい数の貧しい人たちが住んでいた。その中でもとびきりの貧民窟といわれた地区から、ドストエフスキーの『罪と罰』が生まれた。二葉亭が日本でもあえて貧民窟に住むようになったきっかけも、この小説との出合いにあった。

ペテルブルグへ向う列車の窓の外の空が、急に暗くなってきた。黒雲がむくむくと拡がっていくのがみえた。「ペテルブルグは、大雨だわ」。そう心の中でつぶやいた。

「町へ着いてみると、雨が降っていて、その腐ったようなみぞれまじりの雨はうっとうしく、じめじめしたいやな天気でした。…(中略)…通りはいつもぬかるんでいて、たまに通る人は、いかにも寒そうに、ぴったりと外套《がいとう》に身をくるんでいました」

ドストエフスキーの処女作『貧しき人びと』の一節が浮んできた。薄幸の乙女ワーレンカは、十四歳の秋にとある村からペテルブルグへ着いた。その時の第一印象を、善良なる小役人マカール・ジェーヴシキンに宛てた手紙の中に書いた。二十代のころに初めて読んだこの小説にでてくるペテルブルグは、そのまま母の切り抜き帖の中のS横丁の写真に重なっていった。スカーフをかぶったおばあさんが、ぬかるみに足を取られそうになりながら歩いている。その背後のひょろりとした細長い建物こそ、二葉亭四迷が下宿していたアパートだった。

どしゃ降りの駅のホームには、ロシア旅行社の佐賀季生里さんが出迎えにきて下さっていた。

「つい昨日まで、ペテルブルグは暑くて日中はサングラスが必要でした。今日の雨で、いっぺんに秋がきてしまったように感じます」

ホテルに向う車の中で、佐賀さんはそういわれた。ペテルブルグの夏は、何と短いのだろう。

「……日本と非常に相違したる處は氣候に候成程あひ着《ぎ》で間に合ふと聞きたるに違ひなく今も例の袷のフロックを着てをれど歩きさへせねば一向に暑からず外出しても馬車に乗れば汗などかきたる事なく候……」

ペテルブルグへ着いてまもない七月半ばの、妻柳子に宛てた手紙の中に、二葉亭もそう書いている。

車は、雨のネフスキー通りを真っ直ぐにホテルに向って走りだした。二葉亭が同じ手紙の中で

「……これから思ふと銀座通りなどは見られたものにあらず西洋人か日本をみくびるも仕方なしと存候」と書いたあのころのままの堅牢なる石の建物が立ち並んでいた。大通りのはずれの角を少し入ったところに、今晩泊まるホテルがあった。ひっそりと小さな古い建物だった。部屋の窓から外をみると、イサク聖堂の金色のドームが思いがけず近くに迫っていた。四十年もの長い月日が費やされて、アレクサンドル二世の時代に完成したという大聖堂である。いかにも威風堂々とおごそかにみえた。

レストランへいくために外にでると、雨がやんでいた。イサク聖堂は間近に仰ぐと、いよいよ見事な巨人像のようにみえた。しかしその巨人は、あくまで静かに眠っている。つい先程までの雨の音は、この巨人には快い子守唄のように聞こえていたのかもしれなかった。

イサク聖堂の前は広場になっていて、その広場と通りを挟んだところに立派なホテルがあった。二葉亭が下宿先をみつけるまでの数日間を過ごしたホテルである。当時は、イギリスホテルといった。昔も今もペテルブルグを代表する高級ホテルらしい。このようなホテルに泊まったことを家族に絵葉書で誇らしく報告する一方で、彼は早速安宿探しに奔走した。こちらの物価も、想像していた通りなかなか高かった。

佐賀さんに案内されたレストランは、「IDIOT」といった。ドストエフスキーの『白痴』の原題である。薄暗い階段を降りたところにある店内は、木のテーブルも椅子も十九世紀末のインテリゲンチャの家の居間のように落ち着いて感じられた。ここでドストエフスキーの小説を読むひとときがあったら、どんなにすばらしいだろうと思った。私はこの店で、ボルシチを注文した。まず、それしか思い浮かばないのだった。運ばれてきたものは、日本のおすましのように味も色も薄かった。本来ボルシチは赤いビーツのスープであるという。

「毎週末に、汽車でフィンランドまで野菜や果物の買い出しにでかけます。こちらのスーパーのものは、まず輸入品ですから」

食へのこだわりがあるという佐賀さんの言葉にびっくりした。ペテルブルグから隣国のフィンランドまでは、モスクワへいくより距離がぐっと近い。しかしそれでも、大変なことに変わりない。私はモスクワのホテルのビュッフェにでたキュウリの固さを、思い出した。あれは間違いなく輸入品だったのだ。ロシアの食料自給率は、驚く程低い。広大な大地は、一体今、どうなっているのだろう。しかし考えてみれば、日本のスーパーでも安くて驚く程固い中国産の野菜が売られていた時があった。ふと二葉亭四迷はS横丁の下宿に落ち着いてまもなく、キュウリをよく食べていたという話を思い出した。そのキュウリは、きっとペテルブルグ近郊のものだったのに違いない。百年以上前のロシアは、貧しい農民が犠牲になっていたものの農業の輸出国だった。

「IDIOT」をでると、白夜の空は明るかった。店の前の運河の水は、たっぷりと流れている。絵のように美しい光景なのに、人は歩いていない。古くからの建物も、あくまでしんと静まり返っていた。

「ここにあるのは冷やかな壮麗さ、魂のない大きな建物だけです。石でできたこの都市には、ロンドンやパリを活気づけている、生きた血の流れがありません」

プーシキンと同じ時代を生きたエストニア生まれの青年が、兄弟に宛てて書いたという手紙の一節を思い出した。ロシアへくる前に、古本屋で買った本の中にでていたのである。二百年前のそのころと、ペテルブルグの今のたたずまいは殆ど変わっていないように思われた。しかし、「生きた血の流れ」は、きっとどこかに潜んでいるのに違いない。母の切り抜き帖の中の細長い建物の写真が浮かんできた。二葉亭四迷が住んでいたというあの建物からは、そうした生きたものを感じ取ることができるのではないか。明日いよいよ私は、あの夢の中にも何度となく登場した不思議な建物と対面する。

「シベリヤ・スタブリャルイ二丁目十三番四十號住宅」(原ロシア語)

二葉亭が友人に宛てた手紙の中の住所を思い出した。

朝から降っていた雨は午後になると、更に激しくなった。藻利さんと私は、ホテルのカフェでウラジーミル・レオニードヴィチ・ウスペンスキーさんを待っていた。サンクト・ペテルブルグ大学東洋学部教授の彼は、藻利さんの長年の友人だった。ウスペンスキー教授が、これからいよいよその場所へ案内して下さることになっていた。藻利さんが今回のことを相談すると、「『罪と罰』のS横丁なら、よく知っている。しかし、二葉亭四迷が住んでいたことは知らない」といわれたという。S横丁を訪れるドストエフスキーファンの日本人も、まずそのことを知らない。私自身、つい最近までうっかりと気付かずにいた。どのガイドブックにも、そこに二葉亭が下宿していたことには触れられていなかった。

「ウスペンスキーさんは僕と同年輩だけれど、青年のようにみえます」

藻利さんは、サンドウィッチをつまみながらそういわれた。大ざっぱにいえば、これから現れる教授も藻利さんも私も同年輩ということになる。藻利さんは東京の大学院卒業後三十年以上も前に、モスクワへ初めて留学した。その後二十数年前のペレストロイカの直後のころには、ペテルブルグでプーシキンの研究に励んだ。ロシアが誕生まもなく、一番大変なころである。ソビエト連邦が解体されて、それまでと正反対の資本主義国家へと急激に向うには大きな無理があった。恐ろしいインフレを巻き起こし、貧富の格差が増大した。気が付くと、スーパーの食品売り場にはバター、チーズの乳製品、ハムやソーセージ、牛肉や豚肉、クッキー、ウォツカまですべて輸入品ばかりが並ぶようになった。国内の農業保護をやめにして、外国農畜産物の輸入自由化を推進した結果だった。ロシアの大地は、荒れるに任せるより他なくなった。エリツィンの時代である。ゴルバチョフからエリツィンへと政権が変わるころ、どの店へいっても食料品が手に入らないという時期があった。今回の旅のきっかけを作って下さった秋葉美恵子さんは、そのころモスクワにいた。

「どこにも食べるものが売っていなくて、いつもお腹がすいていました。ただお菓子だけは手に入り、毎日それだけを食べ続けました」。出発前の秋葉さんの言葉が、忘れられなかった。しかしそれとは別に、ヤミのルートで食料を手に入れる道があった。戦時中の隣組のように、今日はどこそこの裏通りで野菜を売っていると情報が入ると、藻利さんは急いで買い出しにでかけた。庶民同士の助け合いの精神である。『罪と罰』に登場するセンナヤ広場にも、そのような闇市の情景が拡がっていたらしい。とにかく、すさまじい時代だった。しかし、いいこともでてきたのである。友人のウスペンスキーさんが、サンクト・ペテルブルグ大学の教授になった。ペレストロイカが起こらなければ、考えられないことだった。秀才の彼は、秘密警察のKGBに入ることを勧められていた。それを断ってからというもの、彼はずっとKGBに尾行されていたようだ。東洋といっても日本から遠い中国との国境に近いところで研究を続けながら、ウスペンスキーさんは心の休まる日がなかった。そのような話を藻利さんからお聞きしていると、御当人が現れた。背のとびきり高いウスペンスキーさんは、確かにまだ青年のような風貌をしてみえた。

「二葉亭四迷の足跡を訪ねる旅です」

と挨拶すると、

「私は、二葉亭四迷について知りません」

ウスペンスキーさんは、穏やかな口調でいわれた。二葉亭の作品は、ロシア語で翻訳されていないのだろうか。明らかにロシア文学の影響を受けた『浮雲』は、きっと今のロシアの人にも好感を持って読まれることだろう。最後の長篇小説『其面影《そのおもかげ》』だって、チェーホフの『犬をつれた奥さん』のように不倫の関係であっても純愛の心を持ち続けるいじらしい中年男女の姿が描かれている。彼はロシアへ出発するに当り上野精養軒の文壇人による送別会の席上で、こんなことをスピーチしていた。

「……兩國民――否《いや》世界の何國も決して戰を好みはせぬ。だから將來の戰を避ける方法は唯一つ。

卽ち政府が戰はうとしても、人民が戰はぬから仕方が無いと言ふ様にする事である。それには兩國民の意志を疏通せねばならぬ。日本國民の心持を露西亞人に知らせねばならぬ。それを何によつてするがいゝかと言へば、無論文學が一番いゝ。この意味で私は日本文藝の飜譯紹介だけはしたいと思ふ」

日本とロシアがもう一度戦うようになることを、二葉亭は何よりも避けたかった。それには、率先して自分が日露交流の文化方面でのかけはしになりたい。日本文芸の翻訳紹介といいながら、はたしてその時これぞという作品がいくつ、胸の中にあったのか。森鷗外の『舞姫』と国木田独歩の『牛肉と馬鈴薯』のロシア語訳を、二葉亭は亡命革命家の刊行する雑誌に発表していた。明治四十二年、ロシアへ向かう年の初めの頃のことである。それからまもなくして彼は鷗外の千駄木の家にやってきた。鷗外は『浮雲』の心の動きに驚かされていた。彼にとって二葉亭は「逢いたくて逢えないでいた人の一人であった」という。「…僕の目に移った人は骨格の逞しい偉丈夫である…」。それでは、二葉亭の目に二歳年上の森鷗外はどのように映ったのだろうか。それはわからない。二人の話は、ロシアという国、ロシア人についてのものが多かったらしい。存外文学談はでなかったと鷗外は記している。二葉亭は、文学者としての鷗外を尊敬しつつ一方で陸軍軍医トップの出世コースを歩んでいる姿をまのあたりにして、口数が少なくなっていたかもしれない。森鷗外も二葉亭も、当時日本の文学界の主流になりつつあったありのままの現実をさらけだす私小説——自然主義文学とは、反対の方角を向いていた。二葉亭には『其面影』も、ロシア文学のようにきちんと当時の社会を反映させるものを書いたという自負があった。しかし鷗外は『其面影』を読んでいなかったようである。

皮肉なことに二葉亭の送別会を企画したのは、自然主義文学の中心人物たる田山花袋《かたい》だった。出席したのは二葉亭の恩人の坪内逍遥《しょうよう》、友人の内田魯庵《ろあん》、川上眉山《びざん》などを別とすれば、初対面の文士が殆どだった。夏目漱石や森鷗外は出席しなかった。田山花袋は、自分の許を去っていったばかりの女弟子の蒲団の匂いを嗅ぐという、己れのみっともなさも正直に書くような好人物である。彼には、フィクションの中の真実が理解できなかった。しかし二葉亭が文学は嫌いだというのは、それだけ文学に真剣だったからだと見抜いていた。川上眉山は、この会の数日後に自殺した。生活苦とみられている。

「眉山の自殺には一驚を吃し申候これにつけても文士生活はいやなものに候」

神戸丸の海上からの妻柳子に宛てた手紙の最後に、二葉亭はそのように書く。彼自身浪人の身でいる時は、つねにお金の心配をしていなければいけなかった。眉山の自殺に触れた手紙の一行前には、机のひきだしのピストルにタマが込められたままだったことを告げている。二葉亭にも、自殺願望があった。しかし眉山とは違い、ついに悲願のロシアに向うのである。日本文芸の翻訳紹介をといってしまった中には、いつか自分の作品をロシアの人に読んでもらいたいという願いがこめられていたものと思われる。『日本の下層社会』の著者横山源之助は、二葉亭のもっとも心を許した友人だった。彼は二葉亭を偲ぶ文章の中で、或は世界の文学者として日本人の前に現れただろうと書いている。更に二葉亭がトルストイのことを、「貧乏の味を知らない菜食論者」とけなしていたことにも触れている。日本にも多数の崇拝者を持つトルストイに、二葉亭の反抗心は頭をもたげていた。しかし、ペテルブルグに住むようになってからは、その思いに変化があったと思う。八十歳を過ぎたトルストイは、ニコライ二世に対してもロシア正教の教務院に対しても敢然と正義の言葉で立ち向っていた。将来の戦を避けるには、人民が戦わぬから仕方が無いという方向に持っていくことだとする二葉亭の言葉は、思いもかけずトルストイの非戦論の考えにつながっていた。

★

百五年前に二葉亭四迷の住んでいたストリャールヌイ街に、いよいよ出発することになった。ストリャールヌイ街は、「指物師横丁」という意味らしい。『罪と罰』によると仕立屋、錠前屋、料理女、下級官吏などあらゆる種類の人間が巣くっていた町ということになる。地下鉄センナヤ駅を降りるとまもなく、運河にさしかかった。今はクリボエードフ運河と呼ばれているエカテリーナ運河である。川幅は広く、水は溢れんばかりにたっぷりとしている。サンクト・ペテルブルグの水の流れは、どこも同じ顔をしてみえた。

今小雨に煙っている運河の向い側が、ストリャールヌイ街になるという。藻利さんとウスペンスキーさんの後から、私は一人静かな水面をみつめながら歩いていた。雨の音も、雨の匂いも、ここにはこもっていなかった。それだけ、この水は清潔だということなのだろうか。しかし、何か物足りない。私は、つい先程歩いたばかりのセンナヤ(乾草《ほしくさ》の意味)広場を思い出した。『罪と罰』のラスト近くラスコーリニコフが大地に膝を突いて、接吻したという広場である。彼は、土の面《おも》に頭をかがめた。その母なる大地は今、びっしりと冷いコンクリートで覆われていた。二葉亭四迷がいたころには、どうなっていたのか。まだ舗装されていないままだったのに違いない。

『罪と罰』が執筆されたのは、二葉亭が生まれた翌年のことだった。一八六五年、ドストエフスキーは四十代半ばにさしかかっていた。当時のセンナヤは、ロシア語の原語通りに乾草が中心に売られていた。ソビエト時代には「平和(ミーラヤ)広場」と名前が変わり、ペレストロイカの後に再び元の名前に戻ったという。今のセンナヤ広場は、やけにすっきりとしんとしてみえた。雨が降っていたせいがあるかもしれない。しかし、まだそこを通り過ぎてまもないのに殆ど印象が残っていないというのは、さびしい気がするのだった。ソビエト時代に広場にあった教会を取り壊して、そこを地下鉄の出入口にしたという。それでもペレストロイカのころまでは、露店の立ち並ぶごみごみとした広場だったらしい。ところが二〇〇三年のペテルブルグ誕生三百年祭をけじめとして、街全体の整備が行なわれた。ペテルブルグ出身のプーチンが、先頭に立って号令した。お蔭でどこもかしこもすっきりしたものの、それぞれの街の匂いは薄れていった。ラスコーリニコフが噴水をあらゆる広場に空気清浄器として取り付けることを空想した程に、センナヤはひどい臭気が漂っていた。それが今や、ネフスキー大通りの匂いとの区別がまったくつかなくなっている。水の流れが、どこも変わりなく感じられるのと同じように。

二葉亭四迷は、ロシアの小説家の中でドストエフスキーが一番好きであった。この小説家の心理解剖と宗教観に惹かれていて、中でも『罪と罰』がもっとも好きだった。ラスコーリニコフと二葉亭は、明らかに正反対の人間だったと思う。ラスコーリニコフは、人間を「凡人」と「非凡人」に分けて考えた。凡人は服従をつねとして、法律を踏み越す権利なんかない。一方の非凡人は、その非凡人なるがために、あらゆる犯罪を行ない、いかなる法律を踏み越しても構わないというこの青年の理屈は、ニーチェの「超人思想」にも、更には明治新政府が推進した「立身出世」にもつながって感じられるのである。「立身出世」は、選ばれたる青年の努力によるものであるとされた。確かに下級武士よりはるかに身分の低い「お徒歩《かち》」という階級の出から、長州出身の伊藤博文も山県有朋も政府の中枢を握る立場に登り詰めたのである。しかし、多くの秀才は二葉亭四迷が『浮雲』に登場させた主人公内海文三《うつみぶんぞう》の元同僚の小役人本田昇のように、時の勢いに乗って調子よく出世する道を選んだ。

勿論、ラスコーリニコフには、そのような調子のよさはない。むしろ不正を憎み、貧しい人を救おうとして、母親がやっとの思いで送金してきたなけなしのお金をはたいてしまったりする。しかし自分のことをナポレオンと同じように選ばれたる者だと自惚れるエリート意識が、高利貸の老女アリョーナを斧で殺害するもととなった。

「……あの小説の想は一體人間の過ち——殊に若いものには有勝ちのことであるが——は人間が多くエライものにならんとする希望である、一生の標準はたゞたゞエライものにならんとするにあるのはよくないといふことを説いたのである」

明治三十九（一九〇六）年一月の『中央公論』に、二葉亭はそのように書いている。二葉亭自身エライものへの反感を持ち続けていた。エライものにゴマをするという気持を一切持ち合せていなかったのである。

明治四十年秋、時の首相西園寺公望が主催する文士の集いに、二葉亭の友人内田貢（魯庵《ろあん》）は出席した。島崎藤村、幸田露伴、国木田独歩、泉鏡花、徳田秋声、田山花袋《かたい》、川上眉山《びざん》……なかなかに多彩な顔触れが揃った。坪内逍遥《しょうよう》、森鷗外、二葉亭四迷の三人は、欠席した。しかし森鷗外の書斎には、西園寺公の書がしっかり掲げられていた。「才學識」と書いてあった。夏目漱石には、何故か誘いの声がかからなかったという。このにぎやかな会は引き続き、来年も開かれることになった。内田魯庵は二葉亭に、来年こそ是非出席するようにという手紙を送った。ただちに、二葉亭から怒りの返信が届いた。

拝復　平凡ハ平凡なりそれを強て非凡たとおつしやるなら非凡てもよろし　けれと平凡は矢張平凡也

首相の招待に應せさりしはいやであつたから也　このいやといふ聲《こえ》は小生の存在を打てハ響く聲也　小生ハ是非を知らす可不かを知らす　只これか小生の本來の面目なるを知る而已

謀面は今時機に非すやかて折あるべし　草々頓首　長谷川生　内田兄

二葉亭は折りしも、東京朝日新聞に『平凡』というタイトルで、連載を始めるところだった。このようなタイトルにしたということは、あのラスコーリニコフへの反論でもあったと思う。二葉亭より四歳年下の内田魯庵は、『罪と罰』を日本で初めて翻訳したことで知られている。私は漠然とそのことから、彼はロシア語に通じる人物だと思っていた。ペンネームの魯庵の魯は、ロシアを意味するのである。しかし、その訳は英語からの重訳だった。二葉亭から文面による細やかなアドヴァイスを受けていた。サンクト・ペテルブルグという呼び方は目下、日常用語としてはあまり使われていない、文中ではペテルブルグで充分だと思うというような初歩的なことまで、二葉亭は丁寧に教えているのだった。

「余ハ魯文を解せざるを以て千八百八十六年板の英譯本(ヴ井ゼッテリイ社印行)より之を重譯す。疑ハしき處ハ惣て友人長谷川辰之助氏に就て之を正しぬ。本書が幸に英譯本の誤謬を免かれし處多かるは一に是れ氏の力に關はるもの也」

明治二十五年に刊行された本の巻頭に、内田魯庵は正直にそのことを書いている。しかし残念なのは、この翻訳が前半の第二篇で終わっていることだった。二葉亭にいちいちお伺いをたてて書くことが、わずらわしくなったのではないか。むしろ二葉亭の方が、年下の彼の功を急ぐ態度に心がさめていったのかもしれない。

ラスコーリニコフにも、かねてから秀才にありがちな、むきになる気持が動くことがあったと思うのである。予審判事ポルフィーリイの前で徹底的な自己弁護に終始するところなど、罪の意識が吹きとんでしまっている。この自己保身の姿勢こそ、「立身出世」のレールに乗る明治のエリートに共通するものだったのではないか。二葉亭があこがれるのは、「情」の世界だった。

……卽ち人生に處するに理を以てせんとする人である。其議論は成程尤ものことで道德上からも非難する處がないやうであるが、さういふ心持で世を渡らんとするのは大變間違つて居る。人間の依て活くる所以のものは理ではない、情である。情といふものは勿論私情の意にあらずして純粹無垢の人情である。人間の世に處し、依て以て活くる所以は實に此情にある――といふことが此小說を讀むと、理窟として心にわかるにあらずして自然と心に浸みて來る。

当然のことながらこの「情」とは、ソーニャの汚れなき魂をさしている。あまりにもエゴイストのラスコーリニコフを救うのは、聖母マリアのように相手の苦しみをわがこととして受け止めて、一緒に苦しみつつ抱き締めるソーニャにしかできないことだった。

ラスコーリニコフは、明らかに女性を一段下にみていたと思う。インケンな高利貸の老女アリョーナを、ネズミのようだともニワトリのようだともみることは、勝手である。しかし、殺すことはなかった。もっと問題なのは、アリョーナの極めて善良なる妹リザヴェータまでを、斧でそのこめかみを打ち割って殺したことである。たとえそれを忘れていたとしても、よき女性に対してこれは恐ろしい罪だと思う。もし二人が屈強な男性だったとしたら、はたしてラスコーリニコフは斧をふり上げることができただろうか。何よりも問題なのは、彼がリザヴェータの死については罪の意識を持たないことである。

「四つ辻へ行って、みんなにお辞儀をして、地面へ接吻なさい。だって、あなたは大地に対しても罪を犯しなすったんですもの。そして、大きな声で世間の人みんなに、『わたしは人殺しです!』とおっしゃい」

ソーニャのこの言葉は、母からの呼びかけに聞こえる。

二葉亭四迷は、ロシア文学を通して母なるものに惹かれていたのだと思う。彼はラスコーリニコフと違い、決して女性をみくびったりしなかった。婦人解放運動の先駆者、福田英子からも敬愛されていた。大変なおばあちゃんっ子として育ったことが、女性を大事にする心を持つきっかけになったのかもしれない。気むつかしくて評判の祖母が、幼い彼のいうことだけは何でも聞いたという。

……私は斯ういふ價値の無い平凡な人間だ。それを二つとない寶のやうに、人に後指を差されて迄も愛して呉れたのは、生れて以來今日迄何萬人となく人に出會つたけれど、其中で唯祖母と父母あるばかりだ。偉い人は之を動物的の愛だとか言つて擯斥《けな》されるけれど、平凡な私の身に取つては是程有難い事はない。

（『平凡』）

これは明らかなケンソンであり、いささか嫌味だと思う。しかしここまで書く中には、ラスコーリニコフの考えは如何にしても間違っているという、確固とした信念があったのだと思う。人が人を見下ろすということが、二葉亭はどうしても嫌だった。立身出世は、人を見下ろすことになると二葉亭は考えた。エラクなりたくない自分は、明治という時代にあって余計な人間なのだと思う。はぐれ者の自分をわかってくれるのは、ソーニャのような女性だけである。自らの手で、『罪と罰』を訳したい。二葉亭四迷は、心秘かにそう思っていたのではないだろうか。

内田魯庵の『罪と罰』の翻訳では、大学生のラスコーリニコフが「青年」ではなく「少年」となっていた。今の感覚からすると、いささかの違和感を覚えた。しかしそれ以上に、金貸し老婆のことを、わざわざ、「ばばア」とルビをふっているのにはびっくりした。途中から思い直したように、「老婦人」などと少し丁寧すぎる言葉に変わっていた。江戸の下谷で生まれた内田には、「ばばア」という言葉が身近だったのだろうか。しかし、この場合、「老婆」あたりが適当だと思うのである。「婆さん」でもよいと思う。魯庵の訳が中断した後、大正三年に中村白葉の手によって初めてのロシア語からの全訳が刊行された。こちらは、そのふたつのいい方を使い分けている。昭和に入ってからの米川正夫訳もそうなのだった。恐らく、内田魯庵は二葉亭に自分が気になるところだけの教えを乞うて、老婆の呼び方は自分の勝手にしたのだろう。

江戸市ヶ谷生まれの二葉亭四迷は、『平凡』の中で自分の祖母のことを、「おばあさん」と書いていた。普段の生活の中でも、「ばばァ」などと呼ぶことはなかっただろう。二葉亭が、明治二十九年に訳したツルゲーネフの『奇遇』には、一ヶ所だけ「老爺」と書いて「ぢゞい」とルビをふっているところがあった。しかし他の翻訳作品の中にも、「ばばァ」はみつからないのである。

ゆっくりとエカテリーナ運河沿いに小雨の降る中を歩くうちに、いつもここを歩いているような親しみがわいてきた。この運河に沿って二葉亭が下宿したアパートがあり、そこから始まるS横丁、ストリャールヌイ街には、ラスコーリニコフの下宿とドストエフスキーが考えたアパートがある。ラスコーリニコフが罪を犯しておよそ五十年後に、二葉亭はその一角に住んだことになる。アリョーナ婆さんの家とされている運河沿いの家まで、実際に二葉亭は歩いてみたことだろう。ラスコーリニコフは中背より高いと『罪と罰』に書かれているが、二葉亭も当時の日本人としてはとびぬけて背が高かった。歩幅は、大体同じ位だったかもしれない。ソーニャの家のモデルとなったとされている家も、運河沿いにある。殺されたアリョーナの家との丁度中間地点にあるという。あこがれのソーニャの家のあたりで、四十四歳の二葉亭は青年のように胸を高鳴らせたのに違いなかった。

突然橋の向うに、二葉亭のアパートがみえてきた。その五階建てとも六階建てともみえる細長い建物は、母の古い切り抜き帖の中の写真とまったく同じであった。間違いがない。しかし黄土色の建物は、何と堂々としてみえることだろう。何度も夢にでてきた時は、どこか危なげなピサの斜塔のような感じがしたのに、現実のそれはあくまで揺るぎがなく感じられた。イサク聖堂のドームを真似したような赤い屋根は、ペンキが塗り替えられてまだまもないらしく、雨に濡れて光ってみえた。今から百五年前、この部屋の二階の一室に二葉亭四迷が住んでいたのは、はたして本当だろうか。にわかには、信じられなくなった。

『罪と罰』にK橋と書かれているコクーン橋を渡り、S横丁のストリャールヌイ街に一歩足を踏み入れると、いっぺんに嬉しさが突き上げてきた。二葉亭四迷の住んでいたアパートは、間近でみるとますます立派にみえた。一階は、日用雑貨を売っている店だった。ショウウィンドウに、シャンプーやリンスのボトルが置かれていた。清潔な感じのするディスプレイである。通りに面したアパート入口の木の扉には、大きなガラスがはめこまれていて、なかなかにシックであった。長い年月の間に、この建物の修復は何十回となく繰り返されてきたことだろう。しかしその建物の雰囲気は、そんなに変わっていないという気がした。若々しい彼にこの落ち着いたのっぽの建物は、よく似合っていると思った。しかしその当時、ここが貧民窟と呼ばれていたということだけは、どうしてもまだ信じられないのだった。『罪と罰』が刊行されるざっと三十年近く前の一八三〇年代初頭に、場所もこのストリャールヌイ街の橋のたもとに、「六階建て」のアパートが完成してペテルブルグ中の話題になった。

ゴーゴリの作品『狂人日記』に、この評判の建物が登場する。農村からの人の波が、ペテルブルグへ急に押し寄せたころのことだった。もしこの二葉亭ゆかりのアパートが、その話題をさらった建物だったとしたら、どんなに面白いだろう。まぎれもなく目の前の建物は、橋のたもとにあるのだった。明治四十年春、丁度ペテルブルグへ旅立つ一年前に、二葉亭四迷は『狂人日記』を翻訳した。人と話したり、手紙を書くことのできる犬が、婦人二人とこのアパートへやってくる。

……豆町《まめちやう》へ出て、町人町《ちやうにんまち》へ曲つて、あれから指物屋町《さしものやまち》を通つて、杜鵑橋《ほとゝぎすばし》へ掛る手前で、大きな家の前で其婦人達は立止まつた。

（『狂人日記』二葉亭四迷訳）

アパートは、大きな家となっている。K橋すなわちコクーシキン橋の俗称が、「杜鵑橋」なのだ。昭和の江川卓の訳では、「郭公橋《かっこう》」となる。同じように「豆町」は、「豌豆通り《えんどうまめ》」ともう少しくわしい訳がされている。当時ぜいたくな帽子屋などが並んでいたゴロホワヤ通りのことだという。『貧しき人びと』のヒロインが、愛のない結婚のために身の回りのものを用立てる店もそこにあった。つまり、『狂人日記』の中の犬をつれたマダム二人は、私がセンナヤ広場の方から歩いてきたのと反対の方角からコクーシキン橋へ向っていたことになる。

いずれにしても、二葉亭は『狂人日記』を訳しながらここにもストリャールヌイ街——指物師横丁がでてきたことに興奮したことだろう。よもやその時は、自分が「大きな家」と訳したアパートに下宿したいとまでは、考えなかったかもしれない。しかし、何とかこのあたりに住みたいと、心熱く念じたと考えられるのである。

二葉亭の住んでいたアパートも、ラスコーリニコフの下宿とされる五階建てのアパートも、重なる大洪水や第二次世界大戦中の九百日にも及ぶドイツ軍の包囲網にもめげず、健在である。今も、人が住んでいる生きた建物なのが、すばらしい。ストリャールヌイ街の建物の殆どは、そのまま使われているようであった。コクーシキン橋のたもとのもう一方の建物は、六階建てだろうか。少し雑な感じがするものの、二葉亭の住んでいたアパートよりも一段と大きくみえた。こちらこそ、『狂人日記』に登場したアパートだったという気がしてきた。作者のゴーゴリも、そこを住まいとしていたようなのである。一階は、女性の下着が売られていた。ショウウィンドウに、マネキンの着ているビキニがみえた。原色でいささかけばけばしく、はて、どのような女性が身に付けるのだろうかと気になった。

二葉亭のいたアパートの木の扉の前に、若者が二人並んでしゃがみこんでいるのに気が付いた。手にはコーラのような瓶を持っている。この小雨の中を、何をしているのだろう。ウスペンスキーさんが、彼らの一人に話しかけた。アパートの管理人さんがどこにいるのか聞いているのかもしれない。そんなことをぼんやりと考えていると、どこからか中年の体格のよい女性がいきなり目の前に現れた。今にもアパートの中をのぞきこみそうになっていた私たち三人を、警戒してのことのようだった。

★

アパートの管理人らしき年輩の女性は、みしらぬ三人の中にロシア人のウスペンスキーさんがいたことに、ほっとしたらしかった。彼と二言、三言、何か話しをすると、そのままいなくなった。

「日本人だけだったら、もっと警戒されたことでしょう」

藻利さんが、そういわれた。外国人を警戒することは、ソビエト時代に習慣づけられていた。当時の密告社会のなごりは、このような下町でもまだ息づいているようだった。

二葉亭の住んでいたアパートの角を曲がると、そこも小さな通りになっていた。正面の入口と同じように、ガラス張りの木の扉があった。ガラス越しに、若いジーンズ姿の男性が一人階段を降りてくるのがみえた。彼が扉を開けるのを待っていたかのようにウスペンスキーさんが中へ入り、藻利さん、私も続いた。

一階の踊り場の隅に、ペチカの跡らしきものがみえた。およそ百五年前、二葉亭がここの二階にいたころからのものだったかもしれない。今ではもうそれは、白い壁の中にひっそりとへこんでしまっていた。ゆるやかな石の階段が、その横にあった。すっかりすり減っている。まだ真新しい黒いアルミの手すりが、却《かえ》って階段の古さを際立たせていた。

こちらに引っ越しをしてきてまもない二葉亭の、階段を昇る後ろ姿が浮かんできた。その足取りが少し重たく感じられるのは、白夜のペテルブルグで不眠症になってしまったからだった。気分があまりに、高揚していたせいがあったのではないか。彼がみつけたこのストリャールヌイ街の下宿先は、ドストエフスキーの『罪と罰』のラスコーリニコフが住んでいた屋根裏部屋のすぐ近くにあり、しかもゴーゴリの『狂人日記』に登場する「大きな家」の真向かいだったのに違いなかった。『狂人日記』の翻訳者でもある彼が、その可能性のあることに気付かずにいたとは考え難い。しかし彼はあくまでそのことを、心の中に秘していた。明治四十一(一九〇八)年七月十七日付けの妻柳子宛ての手紙の中に、「餘り氣には入らねど下宿を極めて只今引移り申し候」と書く。二葉亭が気に入らないのは、部屋代の高さにあるのだけれど、これでは下宿のすべてが気に入らないのだと勘違いされてしまう。同じ手紙の中で、彼は更に部屋の中を説明する。

「今日下宿したる處は按摩の家にて一間なれど十疊敷位の廣さに候片隅に寢臺を据ゑ之を屏風にて圍ひ其中に洗面臺もありて面は屏風の中にて洗ふ譯《わけ》に候机も椅子も長椅子も姿見もランプまで一通りの道具は備へありて一ケ月の貸間料四十圓の極め也只今は主人か留守にて食事の世話をせざれども歸つて來れは…(中略)…晩餐だけ世話にならんと存居候さうすれば生活は六七十圓位であがるべきか、それほど儉約せねバとてもやりきれ不申候」

二葉亭に部屋の一部を貸した家の人は、その部分を又貸ししたものと思われる。しかしこの手紙を読む限り、それが大きな五階建てのアパートの二階部分であるとはおよそ想像がつかないのだった。今でもかつての貧民窟の入口に立つアパートとは、とても思われない立派な外観である。その手紙の中で二葉亭は、ペテルブルグ市中の印象を事細かに説明している。

「……建物は繪葉書の通り三層四層五層にて二階は少なくそれに處々に雲に入る程の高き塔が聳《そび》えゐれば始めて此地に來た當日などは田舍者の東京見物のやうにキヨロキヨロして了ひ申候…」

そのように書く以上、実は自分の下宿先も五層建てなのだと、妻に自慢したくなるところである。しかしあえて抑えていたのは、それだけこの自分でも信じられない夢のような現実を大切にしたいという気持が強かったからだと思う。

昭和四十六(一九七一)年七月、評論家の中村光夫氏はソビエト時代のレニングラードのこのアパートを訪ねていた。氏の長年の研究による労作『二葉亭四迷伝』が刊行されて五年後のことである。帰国後の十一月、朝日新聞に寄稿した「レニングラードの二葉亭」によると、当時からアパートの階段は薄暗くひっそりとしていたらしい。二葉亭のいたとされる部屋には、引退した女性の化学者が一人で暮らしていた。物静かな強い性格の女性と、中村氏は感じた。一九二六年からこの部屋に住み、一九四一年のナチス・ドイツ軍によるレニングラード包囲の折りに夫と息子はここで餓死した。籠城戦は、九百日に及んだ。その間に、およそ百万ともいわれる市民が餓えと寒さと伝染病で死んでいった。市民の恐らく半数以上が、なすべもなく戦争の犠牲者となったのである。家族の死を次々と看取った小さな女の子がそのことを日記に綴り、程なく自分も息を引き取った。どうして、こんなひどいことになったのか。勿論、独ソ不可侵条約を破って侵攻したヒットラーが悪い。しかし、この一方的な開戦の情報は、スターリンに伝わっていたという。それなのに、何も手を打とうとしなかったスターリンは、市民の愛国心に訴えて、籠城を長引かせた。

もっと早くに籠城をやめる手立てはなかっただろうか。第二次世界大戦でのスターリンと当時の日本の軍部とは、共通するところがあった。「レーニンの名にかけて死守せよ」。このスターリンの命令から「国体護持のために死ね」という軍部の檄がよみがえってくる。どちらも、国民の命よりも国を大切に思った。一人一人の命あっての国だと思うのである。

そのスターリンは、だれよりも自らの死を恐れていた。国民の意志で戦争は止められるという二葉亭の考えを、十四歳年下の彼がもし知ったとしたら大笑いをしたことだろう。二葉亭の死は、明治四十二(一九〇九)年である。その一年後に、トルストイがなくなった。「非戦論」を唱えた彼の死を、多くの国民が悼んだ。トルストイ追悼デモから再び労働運動が盛り上がり、一九一七年の革命へとつながっていった。元化学者の女性がこの部屋に移り住んだころから、スターリンはどんどんと国の最高権力者の位置を昇りつめていき、やがて恐ろしい粛清の嵐が吹き荒れるようになった。独ソ戦は、その只中に起こったのである。

「……二葉亭も、ここで不眠症に悩み、電報の案文を苦吟し、最後に熱がさがらないのにじれて、一日に十遍も体温を計つたりしたのだ、と思ひながら、死ぬまでの生に黙つて堪へてゐるやうな上品な老女に別れをつげたのは、予定の時間を大分すぎてゐました」

中村氏の文章から、一人のロシア女性の深い悲しみと二葉亭の苦悩が伝わってくる。二葉亭の熱が下がらなくなったのは、肺の病いが急に悪化したからだった。日本へ記事の電報を打つために近所の郵便局から戻ってきた二葉亭は、だんだんと二階の部屋まで階段を昇るのが難儀になっていった。そのことを思うと、古びた石の階段を前にして私は胸がいっぱいになった。

気が付くと私は、二人の後から階段を上がっていた。二階に着くなり、目がくらくらとした。廊下の両脇の壁に、スプレーで色鮮やかな風景画が描かれていた。青い空の下に、黄色のチャペルのような尖塔がみえる。もう一方の壁は、コバルトブルーの夕空だ。オレンジ色の夕陽がわずかに残る中で、尖塔は黒いシルエットになっていた。日本の銭湯の富士山の絵のようだと思った。スプレー画は、よくみるとなかなか上手に描かれていた。わが家のガイドブックに、これと同じ構図の写真が載っていたことを思い出した。白夜のネヴァ河畔である。うっすらと金色に光ってみえる尖塔は、ペトロパヴロフスキー大聖堂だった。皇帝一族が、この中に眠っているという。十八世紀初めにスイス人の建築家によって建てられたこのペトロパヴロフスキー大聖堂は、ずっとペテルブルグ一番の高さを誇っていた。ペテルブルグのシンボルである。ネフスキー通りにあるイサク聖堂やカザン聖堂よりも建物が古いのに、むしろこちらの方が今風な軽さが感じられる。イサクやカザンのドームは、あくまで重々しい。

明治四十二年の年が明けてまもなく、二葉亭は一時《いっとき》元気を取り戻した。どんなにか、はりきっていたことだろう。ネヴァ川を馬車で島へ渡った。ペトロパヴロフスキー大聖堂は、うさぎ島という名前の島にある。いかにも、お伽話しにでてくるような島の名前がいい。「……日曜日　ジェと共に島々を乗行す。夕刻を彼女の許で過す」と一月の日記にある。ジェとは、ロシア人の女性の名前だ。どのような女性だったのだろう。いずれにしても、その時に二葉亭が間近に仰いだペトロパヴロフスキー大聖堂は、ひとしお明るく輝いてみえたのに違いない。一年足らずの最晩年の短いペテルブルグ滞在の間に、そのような時もあったことにほっとするのである。

もしかしたらこの絵を描いた画家が、今は二葉亭の部屋に住んでいるのかもしれない。先程階段を下りてきた青年がそうだったような気がして、心がはずんだ。数年前に『二葉亭四迷論』の著者十川信介氏が、このアパートへ向った。その時は、バスの運転手さんの一家が、二葉亭のいた部屋の住人だった。彼は、かつて江戸川乱歩の小説を読んで日本に興味を持っていた。それで中に入れてくれたのではないか、十川氏は「ペテルブルグの二葉亭」という文章の中でそのように推察されていた。その運転手さんが、もはや今もそのまま住んでいるとは考えにくかった。

「あの部屋は今、ホテルに利用されているような気がしますね」

一階へと階段を降りながら、藻利さんがぽつりといわれた。そういえば、そんな気もしてきた。踊り場から、ガラス越しに殺風景な中庭がみえた。大きなポストのかたちをした古いゴミ焼却炉が、雨に濡れていた。ひどく汚れてペンキがはげかかっていたが、そこにはかつてオレンジ色の大きな水玉模様が描かれていたことがわかるのだった。

二葉亭のアパートから小さな通りをほんの一筋か、二筋越えたところに、ラスコーリニコフが住んだとされるアパートがあった。百メートルと離れていない近さである。二葉亭の住んでいたアパートに比べると、かなり小さくみえた。一階の壁には、外套を肩に引っ掛けた猫背の目立つラスコーリニコフのレリーフがはめられてあった。何だか、ひどくおじいさんのようにみえた。その横には、1824と11という数字が記されたプレートがあった。一八二四年の大洪水の折りに、ここまで水位が上がったという印のギザギザの波のマークが付けられていた。百六十一センチの私の身長と、ほぼ変わらない高さである。その時も、多くの市民が水に呑まれて命をなくしたことだろう。農奴制の廃止を掲げたデカプリストの乱の起こる一年前である。

アパートの裏手の鉄柵の前で、ウスペンスキーさんが立ち止まった。彼はいきなり右手の細長い指先で、インターホンの下の暗証番号をガチャ、ガチャとやみくもに押し始めた。そうやって、無理やり扉を開けようとしているのだった。日本からやってきた私に、何とか内部をみせてやりたいという親切心からの行為だとわかった。しかし、それはとても恐いことに思われた。日本でそれと同じことをしても、住居侵入を疑われて誰かがすぐさまとんできそうだった。

「彼は若いころに、KGBからこれと同じようなことを、何度もやられていたのだと思いますよ」

藻利さんがそう話す傍らで、ウスペンスキーさんはとても悲しそうな横顔をしてみえた。彼の若き日の心の傷は、まだいえていないのだと思った。それにしても、ウスペンスキーさんは親切な方であった。このストリャールヌイ街を案内して下さる前には、藻利さんをさる秘密の古本屋へエスコートした。私も、同行させていただいたのである。それは、日露戦争時代の軍事関係の古本ばかりを集めた店だった。藻利さんがその当時の日本、ロシアそれぞれの捕虜収容所について調査中なのを、友人のウスペンスキーさんは知っていた。ネフスキー通りを少しそれた小さな通りに、その店はあった。しかし、通りを歩いているだけでは、決して店がどこにあるのかわからない。とある鉄柵の前で、ウスペンスキーさんはインターホンの暗証番号を押した。どこにでもある鉄柵が、「ギイーッ」と鈍い音を立てて開いた。一度その中庭に入ってしまえば、そこには気持のよい風が吹いていたのである。

店は、庭に面した一階にあった。白い壁に囲まれた明るい店の中と、棚に並んだ軍事関係の本とはどうもミスマッチな感じがした。年輩の男性客が、神妙な顔付きで本を開いていた。この店には、ウスペンスキーさんと同じように特別な暗証番号を知っている人しか入れないのだった。そうした秘密クラブのような古本屋が、サンクト・ペテルブルグのそこかしこに息を潜めているようであった。これも、ソビエト時代からのなごりらしい。道を歩いていてふらりと古本屋に入ることを何よりの楽しみにしている私には、いかにも息苦しく感じられた。

勿論、ロシアになってからのペテルブルグには、オープンな古本屋もある筈だと思った。藻利さんは、ペレストロイカのころからそのうちの何軒かを知っていた。ロシアの小さな画集をおみやげに買いたいという私を、そこに案内しましょうといわれた。ところが、どの店もこの十年、二十年の間に姿を消していた。一体、どこへいってしまったのか。ネフスキー通りからホテルへ戻る途中、ようやく表通りに古本屋を一軒みつけた。しかし本の数は到って少く、そのような手頃な画集は置いていなかった。ネヴァ川の向う岸にあるペテルブルグ大学の近くまでいけば、まともな古本屋をみつけることができるかもしれない。しかし今回の旅のスケジュールでは、そこまで足を伸ばすことがむつかしかった。

この一見すっきりした街で、物足りないことは他にもあった。砂糖入りの赤すぐりの生ジュースをレストランやホテルで飲むことができても、新鮮な果物や野菜はなかなか口にすることができなかった。輸入農産物ばかりを並べているらしい大型スーパー以外に、市内には何軒かのソビエト時代からの公共市場があるという。そこにいってみたくなった。ドストエフスキー博物館に近い裏通りをその市場に向って歩いていると、突然雨の中に野菜のみずみずしい香りが漂ってきた。市場の前に、傘をさした五十代から七十代にかけてのレディが一列に並び野菜や果物、花などを売っていた。香しい匂いは、そこからきていたのである。ひと目みて、新鮮なとれたてのものばかりだとわかった。どれも自分の家の庭や畑でとれたものに違いない。横なぐりの雨の中を立っているレディの顔は、皆一様にはれやかだった。

「そうだわ、私はこれから再びペテルブルグへくることがあったら、ここで買物をすればいいのだわ」

私の心も、いっぺんに明るくなった。彼女たちは、ソビエト時代もペレストロイカのころも、この通りに立ち続けていたという。ソビエトは、このようなささやかな直販方式は認めていた。ヤミ商売とは違って、明るく堂々と立っていたのである。スターリンがめざしたロシアの工業化は、間断なく続いてきた。更にロシアになってから、農地の荒廃化がひどくなった。農業保護政策をやめにして、外国農畜産物の輸入自由化を推進した。農業機械工場は、操業停止に追い込まれた。エリツィンのせいだといわれている。放置されたままのロシアの大地を守るのは、通りに立つ彼女たちなのだと思った。市場の中の野菜も果物も、輸入品が多いようにみえた。昼間のせいもあるのだろうか。市場には人影が殆どなく、高級なキャビアのもととなるチョウザメが一匹、魚市場の水槽の中をゆったりと泳いでいた。

ネフスキー通りに戻るとまもなく、四つ辻で物乞いに立っている老婦人に出合った。明らかに八十歳近い彼女は、姿勢を真っ直ぐに正して一人で立っていた。ロシア正教の信者らしく時折り胸許で十字を切る以外は、眉ひとつ動かすことがない。自由主義国家になってから、それまでの年金は大幅にカットされた。そうした年金生活者からうまく市内のアパートを横取りして、大金持ちになった人間がいる。ロシアは大変な格差社会になってしまった。超富裕層もそうでない人間も、所得税率は一律十三パーセントである。年金は少しずつ改善されているともいうが、公平感からは遠い。物乞いの老婦人は、そのような社会へのレジスタンスとして、おおしくそこに立っているのだと思った。『罪と罰』のソーニャの義母、カチェリーナ・イヴァーノヴナも子供たちと共に、街頭に立った。死を目の前にして血を吐き、頭が狂って泣いたりして、壁に頭を打ちつけたりしながらも、なお物乞いにでかけた。決して卑屈になることなく、子供たちに街頭での歌の指導をした。ソーニャは、叫ぶ。

……あの女《ひと》は公平ってものを求めているんですわ……あの女《ひと》は清い人なんですの。あの女《ひと》は、何事にも公平というものがなくちゃならないと信じ切って、それを要求しているんですの……たとえあの女《ひと》はどんな苦しい目に遭っても、まがったことなんか致しません。あの女《ひと》はね、世の中のことが何もかも正しくなるなんて、そんなわけに行かないってことに、自分じゃてんで気がつかないで、そしていらいらしてるんですの……まるで子供ですわ、まるで子供ですわ！　けども、あの女《ひと》は正しい人ですわ、正しい人ですわ！

（米川正夫訳、新潮文庫）

ソーニャのカチェリーナ評は、あまりにも切ない。二葉亭のいた革命前夜のロシアにも、このカチェリーナのような女性がたくさんいたことだろう。

二葉亭四迷は、誰よりもそのような女性と出合いたかったのに違いない。明治政府の「富国強兵」の犠牲者は、婦人たちなのだと思っていた。戦争未亡人の再婚は、死者への裏切りとする当時の社会にあって、二葉亭は生活のためにも新しい出発をした方がよいと考えた。その勧めを、姦通に陥った未亡人がヒロインの小説に書こうとした。『茶筅髪』というタイトルも決まりながら、ヒロインのモデルとなるような女性のイメージが今ひとつわかないまま筆を擱《お》いてしまった。夫をなくした妻のその後の生き方の苦しさは、ドストエフスキーの描いたカチェリーナからも教えられたのである。どんなに酒飲みのひどい夫でも、彼が生きている時は発狂することがなかった。二葉亭が最初に訳したツルゲーネフの短篇には、このような読んでいて涙がにじんでくるような苦しみを背負った女性は、まずでてこない気がする。

「ドストエフスキーは貧乏のどん底に喘いでいたので、作品をすぐ金に代える必要があったから推敲する暇がなかった。だから彼の作品は荒けずりです。しかし、恰も錦の裏を見るように底光りがしています。彼の作品は心の底から叫ぶ人間の苦悩で充ちているんですね」

二葉亭は彼の女弟子の物集《もずめ》芳子、後の探偵小説家大倉燁子《てるこ》にそう語りかけたという。彼女は妹の和子と共に、二葉亭がペテルブルグへ旅立つ直前までずっと彼に師事していた。やがてこの二人は揃って、平塚らいてうの『青鞜』に参加するようになる。二人共、創設のメンバーだった。『青鞜』の事務所は、物集邸であった。

はたして二葉亭四迷の文学に、そのような苦悩の叫びが感じられるだろうか。彼の小説は、どんな苦悩の中にあっても、どこかとぼけた飄逸さのようなものが感じられる。そこが、魅力なのである。むしろそのかろやかなほろ苦さは、ツルゲーネフの書くものに近い。重苦しく圧倒されてやまないドストエフスキーの小説とは、大いに違っていた。しかし二葉亭の苦悩は、表にはみえてこない分深かったともいえる。酒に酔うこともできない、酔えない人間の苦しみがあると、二葉亭は女弟子の芳子に話していた。酒に酔って自分をごまかすことのできない小説家だった。

ペテルブルグへきてからの二葉亭は、いよいよとドストエフスキー文学の悲しみを、現実のものとして受け止めるようになっていった。ソーニャのような女性に出合いたい。そう思うことが、何よりの心の救いになっていたのに違いない。

星はらはらとⅡ

二葉亭四迷が『平凡』を東京朝日新聞に連載したのは、明治四十(一九〇七)年十月三十日より十二月三十一日の大みそかにかけてのことである。ペテルブルグへ出発するおよそ半年前のこの連載が、二葉亭の最後の長い作品となった。自叙伝のように感じられる告白体の小説だった。

「私《わたし》は今年三十九になる」

冒頭のその一言が、印象的である。三十九歳という年齢は、ぎりぎり青春の感じがする。しかし実際の彼は、もう何年も前に四十代を迎えていた。年譜をみると、元治元(一八六四)年二月生まれの彼は、満四十三歳の後半から『平凡』の連載を始めたことになる。わざとサバを読んだというよりは、『平凡』は決して自叙伝ではない、小説なのだ。そう自分にいいきかせつつこの作品を書いていたような気がする。「追想とか空想とかで作の出來る人ならば兎も角、私にやどうしても書きながら實感が起らぬから眞劒になれない」。二葉亭は、連載後の『私は懐疑派だ』というエッセイの中で、そのように書いている。『平凡』の連載の始まる二ヶ月前に、田山花袋が『蒲団』を発表した。うら若き女弟子への悶々たる思いを赤裸々に綴り、日本の私小説のはしりとなった作品である。

「……近頃は自然主義とか云つて、何でも作者の經驗した愚にも附かぬ事を、聊《いさゝ》かも技巧を加へず、有《あり》の儘に、だら〳〵と、牛の涎《よだれ》のやうに書くのが流行《はや》るさうだ。好い事が流行る。私も矢張《やつぱ》り其《それ》で行く。

で、題は「平凡」、書方は牛の涎」

連載の第二回で、二葉亭四迷はそのように宣言した。日本の自然主義とは、ひとつの芸術作品を構築できないままに、事実をぐだぐだと書き連ねているだけのものだ。その思いが、「牛の涎」という痛烈な一言になった。更に自分も、その線で書いてみようとまで開き直っている。ところがいったん書き出すと、どうにもくだらなくなった。実感をこめながらのフィクションが、二葉亭の持ち分である。

「私は地方生れだ。戸籍を並べても仕方がないから、唯某縣の某市として置く。其處で生れて其處で育つたのだ」

『平凡』の第三回は、このようにして始まっていた。フィクションだから、事実ありのままに書く必要はないのだった。しかし、これではいかにもそっけない。この年の六月、二葉亭は突然急病に冒され、七十日余り病床に就いたと年譜にある。その後も、いちじるしく健康をそこねていた。からだの不調と共にいよいよの自然主義文学の擡頭に、連載の筆を執る意欲が一段と薄まっていったものと思われる。それに何よりも、その丁度一年前の同じ時期に東京朝日新聞に連載した『其面影《そのおもかげ》』に対する友人たちの冷たさが骨身にこたえていた。『浮雲』以来、およそ二十年ぶりに発表した小説だった。しきりと小説なぞ書きたくないという一方で、実は満を持しての発表だったと思うのである。連載でありながらどこにも破綻がなく、しっかりと構築された小説だった。心の通わぬ妻を捨てることもできず、さりとて愛に走ることもできないまま満州で一人アル中となった中年男性の孤独が浮かび上がってくる。『浮雲』の主人公文三《ぶんぞう》のその後の姿である。恐らくタイトルの『其面影』は、文三のその面影という意味もこめられているのだろう。

「……不幸にして私の友人は大抵屑ばかりだ。こんな人のこんな風袋《ふうたい》ばかり大きくても、割れば中から鉛の天神様が出て來るガラ〱のやうな、見掛倒《みかけたふ》しの、内容に乏しい、信切《しんせつ》な忠告なんぞは、私は些《ちツ》とも聞き度《たく》ない」

『平凡』第九回には、そのような言葉もでてくる。二葉亭の友人の筆頭を自認する内田魯庵《ろあん》は、このくだりを読んで、自分のことかとあわてた気持になったかもしれない。彼は、『其面影』を酷評していた。しかし長年の付き合いのある魯庵と反対に、顔を見合せてからまだ日の浅い夏目漱石は、

『其面影』を読み、すばらしいと思うという手紙を二葉亭に送った。漱石は、『其面影』の後を受けて東京朝日新聞に『虞美人草』を発表した。

端正なるロマンスの『其面影』と違って、『平凡』はどこまでも八方破れの書き方に終始していた。遠い昔の思い出が描かれていたところへ、突如として二葉亭の今の鬱屈した気持がほとばしりでてくる。これはフィクションとして問題があると思う。『平凡』の連載前に、彼はゴーゴリの『狂人日記』を翻訳していた。

「近頃狂人になりそうな気がしてならない」

二葉亭は、そのころそう話していたという。いつの日か、はるかペテルブルグへいきたい。その一途な夢が、今にも折れそうな心を持ちこたえさせていた。年が明けて、明治四十一年の春、ロシアから新聞記者であり作家のネミーロウィッチ・ダンチェンコが来日した。案内役の二葉亭に感動した彼の推薦により、朝日新聞特派員として思いがけずペテルブルグゆきが決った。二葉亭の心は、いっぺんに明るくなった。六月の出発を前にしたあわただしい中を、短いエッセイを書くばかりかインタビューも引き受けた。もの心ついてから、少年時代のころのことも笑いながら話している。

私は御承知の通り愛知の人間だが、生れたのは東京さ。卽ち當地の尾張邸。然うだ、今士官學校になつてゐる彼處で生れたのさ。七歳、八歳まで彼處で育つた。で、維新の騷ぎの光景も多少は幽かに記憶えてゐる。中には鮮やかに殘つてゐて、今でも眼の前に歴々と浮べることの出來るものもある。これは維新の當時因州兵が藩邸へ入り込んでゐた事があつた。つまり宿營させてやつたのさ。で、その兵隊どもの、だんぶくろに丁髷に陣笠といつた服裝、あれは今でも目に付いてゐる。その頃私は五歳か六歳、邸内で遊んでゐると、よく兵隊どもが出入に挑戯つたものだ。そして又兵隊どもが藩士のゐる長屋の方へ遊びに來る、そして又私などをよく玩弄にする。其麽事で毎日兵隊どもと一緒になつてゐた。だから其の姿はよく記憶えてゐる。

……中略……

最少し成長《おほき》くなつてからだが、これで私なども髷を結つて一本帶したものさ。そして郷里の方へ歸つてから城外の原へ若侍の調練に出かけるなどをもよく見たもの、十四五位で盛に撃劒をやつたさ。ひどいものだね、今日までも掌が瘤々だ。そして其頃の僕の第一の愉快といふのが、盛んに撲り合つて、じつとり汗になつて、體中がポカ〳〵するやうになつた處で、道具を脱るとかう竹刀を斜に構へて、チンテンツンと口三味線か何かで、淨瑠璃や唄を唸るのだ。ハハ、、、これが第一の愉快だつた。

（『酒余茶間』）

武士の子として維新前後の殺伐とした雰囲気を感じ取っていたのかと思ったら、どうもそうではなかったようである。他国の兵隊ともよく遊び、長じてからは剣の稽古にいそしんだもののそのすぐ後で、「チンテンツン」などと始めてしまう。このいかにもとぼけたありさまが、二葉亭の小説の魅力につながっていた。『浮雲』の文三に私が惹かれたのも、まぎれもなくそのおかしさにあった。

苦悩深き二葉亭が一方に合せ持つこの天性の明るさは、父吉数《よしかず》から受け継がれたものだった。二葉亭とほぼ同じころにやはり言文一致体の小説を書いた山田美妙は、吉数と知己の間柄であった。彼のことを極《きわ》めて上人《じょうにん》で、穏かな善良な人であり、人々からも大層好かれた人だったと回想している。二葉亭も『平凡』の中で、「快活で、蟠《わだかま》りがなくて、話が好きで、碁が好きで、暇さへ有れば近所を打ち歩き、大きな嚔《くしやみ》を自慢にする程の罪のない人だつた」。そのように書いた。よもやその父親が、二葉亭四迷のペンネームのきっかけとなった「くたばってしまえ」の一言を、一人息子に投げ付けるとは考えられなかった。

『予が半生の懺悔』の中で二葉亭自身は、苦悶の末に、「自ら放つた聲が、くたばつて仕舞へ（二葉亭四迷）！」になったのだと書いている。今でもその「くたばつて仕舞へ！」は有意味に響くという二葉亭は、本来明るさの勝った人だったのだと思う。しかし彼は、父親の吉数と違って、幼い辰之助時代より人みしりが激しかった。一人っ子の上に、祖母から猫可愛がりをされていた。家へ近所の女の子たちを呼び、ままごと遊びをした。その場面が、『平凡』第六回にでてくる。

「……お芳ちやんは色白の鈴を張つたやうな眼で、好兒《いゝこ》だつた。私は飯事《まゝごと》でお芳ちやんの旦那様になるのが大好だつた。お烟草《たばこ》盆のお芳ちやんが眞面目《まじめ》腐つて、貴方《あなた》、御飯をお上ンなさいなと云ふ。アイと私が返事をする。アイぢや可笑《をかし》いわ、ウンといふンだわ、と教へられて、ぢや、ウンと言つて、可笑くなつて、不覺《つい》笑ひ出す」

恋するお勢にいいようにふりまわされて両手を顔にあてて「あんまりだ」と泣く文三につながって

いる。私はだんだんとこの破れめの多い作品が好きになってきた。

「アイ」

と可愛いく返事をするのが幼い辰之助少年ではなく中年の眼鏡を掛けた二葉亭の顔になって浮かんできたりする。どこにも、武士のいかめしさが感じられない。

このような近所の女の子たちとのままごと遊びは、江戸から名古屋へ引っ越しをしてきて、まもなくのころのことだったと思う。明治元年四歳の辰之助は、祖母みつと母志津につれられて、両親の実家のある名古屋へ向った。維新後の混乱を、避けてのことだったと思われる。父の吉数は、三人を見送った。東京御留守居調役を申し付けられていた。そのままごと遊びのころに、辰之助は漢学の塾に入ったらしい。それと共に、母志津の弟後藤有恒について素読も始めた。志津も、同じ藩の下級武士の娘だった。吉数のことは、『落葉のはきよせ　二籠め』の中の「自伝　第一」にも触れられている。ここでの父の記述は、『平凡』の中のそれとは微妙に違っていた。

「……祖母なる人のいとめていつくしみ給ひて父の叱り給ふ時は機嫌よろしからぬほとなれば、おのつから氣隨におひたてり、されど小兒の時余の尤もおそれたるは父と家に藏する鐘キの畫像なりしとぞ……」

さすがに、父がいる傍でのままごと遊びは無理だったかもしれない。武士の家では、大方男の子のしつけは父親に任せられていた。それに藩の引払いなどに忙しく立ち回っていたころの吉数は、いくら生来呑気とはいえ、かなりの神経過敏になっていた筈である。そのような父の神経を、幼い辰之助はびしびしと感じ取っていたものと思われる。父とは別にこわかったのが、鐘馗様の顔だったとある。髭ボウボウで眼を剝いたその絵の中の顔は、優男《やさ》の父吉数とはおよそ正反対である。やがて明治政府の立役者となる誰かの髭面を思い出すのである。

「藩に學有り英佛兩語を教授す、予又之に入りて佛語を修めり……」(「自伝　第二」)

明治四年八月に、七歳の辰之助は名古屋藩学校(現在の愛知県立旭丘高等学校)に入学した。維新の後に名古屋藩が設立した学校だった。英語とフランス語の両方を教えるというのも、幕府がフランスと親しくしていたことからきていた。「藩に学有り」という言葉から、藩士の子供の誇りが感じられる。その前年の年の暮れに、吉数は名古屋藩に出仕となった。更に辰之助が藩学校に入学した一ヶ月後には、名古屋藩の会計科心得を申し付けられた。廃藩置県が、決まったばかりだった。

このような時に、藩の会計科に所属が決まるということは、吉数がいかに律儀で信頼できる人物であるかを、証明している。二葉亭が、ペテルブルグで、毎日きちんと細々としたお金の出入りをノートにメモしていたことを思い出すのである。明治四年は、中村正直《まさなお》が『西国立志編』を刊行した年でもあった。イギリスの著述家サムエル・スマイルズの『自助論』をもとにしたこの本は、福沢諭吉の『西洋事情』と共にまたたくうちに明治初年のベストセラーとなった。七歳の辰之助には、まだ読むのがむつかしかったかもしれない。しかし幕府最後のイギリス留学生だった中村正直の英訳は、実にわかりやすい日本語になっていた。

「独立心をもて、依頼心をすてよ、自主的であれ、誠実であれ、勤勉であれ、正直であれ」

本からのそのような呼びかけは、まだ小さい少年辰之助の胸にも清らかな水のように沁み渡っていったと思う。二葉亭は大人になってからもたえず、正直でありたいと思っていた。それは、儒教の教えによるところがあるというものの、何よりもこの本からの教えが強いように思われるのである。二葉亭が漢学の先生から一番に学んだことは、行儀作法であった。教室で先生の話を聞く時に、きちんと膝の上に両手を下ろし姿勢を正していることだった。

この年の十一月、明治政府の岩倉具視、大久保利通、伊藤博文らが欧米視察のために大挙して横浜から船出した。その総勢百人あまりの中に、辰之助と年の変わらないおかっぱの少女がアメリカ女子留学生として加わっていた。五人の少女は、十四歳が二人、十一歳が一人、八歳が一人、六歳の津田梅子が一番年下だった。揃って朝敵藩とされた幕府方の旧藩、或いは旗本の出であった。二葉亭の父も長い間の江戸詰で、御家人化していたという。五人の少女と、もし幼いころの二葉亭がままごと遊びをすることがあったら、きっとどんなにか楽しかったことだろう。

「アイ」

五人の聡明な少女に囲まれて、思わずそのように返事をするまだ幼い辰之助少年の姿が、いかにも愛らしく浮かんでくる。しかし現実には、無理があったと思う。恐らくは維新前後の混乱をそんなにも激しく受けることなく、江戸以上にさばけた遊芸の盛んな土地柄の名古屋だからこそ、幼い男女がなかよくできたのに違いない。評論家の中村光夫氏によると、三味線を弄ぶのは藩士一般の気風だったという。実際志津の弾く常磐津の三味線で、吉数が一曲ということもよくあったらしい。

佐倉藩士津田仙の娘として生まれた梅子は、帰国後長い月日がたった後の明治三十三(一九〇〇)年、「女子英学塾」を開いた。今の津田塾大学の始まりである。開校に当って、共にアメリカへ留学した三歳年上の山川捨松は協力を惜しまなかった。会津藩家老の娘として生まれた捨松は、帰国の翌年当時の陸軍卿大山巖と結婚した。会津戦争の折りには戦地へ鉛の玉を運んでいたという少女が、かつての敵陣の将の妻となったのである。捨松は、やがて鹿鳴館の舞踏会でも、かろやかなステップを踏むことになった。少年時代にはヒョットコ踊りなどを楽しんでいたという二葉亭は、鹿鳴館とは無縁だった。

八歳の長谷川辰之助が横浜から開通まもない鉄道で東京へと向ったのは、五人の少女がアメリカへと出発してから丁度一年後の明治五年の十月のことだった。県勤めの父親と別れて、母や祖母と再び東京で暮らすことが決まった。名古屋県は、愛知県と名前が変わっていた。東京までの道中は、竹馬の友の中村達太郎少年が一緒だった。辰之助よりも四歳年長であった。その時を回想した達太郎の文章は、なかなかに興味深い。

「……其時分には腕車も無く、汽車も東京横濱間のみであつた。君と僕とは義經袴を穿ち、頭髪を茶筌に結ひ、草履を穿きて歩行したるが、駕籠に乘りたるは僅に箱根山を越えたる時のみで、君は八歳の時既に此の如く堪忍強くあつた。今僕の子供に十歳前後のがあるが、是の如き旅行をさせたら恐らく一二里を出でざるに早く腕車を乞ふであらう。東京に着してから僕は父と共に芝新錢座の攻玉社に寄寓し、君は御両親と共に富士見町卽ち今裁判所のある所に居られたと思ふ」

二人の少年が汽車に乗ったのは、日本で初めての東京の新橋と横浜の間に鉄道が開業してから、まだ一ヶ月しかたっていないころのことだった。東京での開業式で、三条実美太政大臣は、次のような祝詞を述べた。

「此工業の如き、国に益あり、民に利なる、固《もと》より言を俟《また》ず。是偏《ひとえ》に陛下励精と群臣の協力とに由れり。臣等、更に望《のぞむ》らくは、此挙を首歩とし、其大益厚利を全国に洽《あまね》からしめ、人民をして永世感戴して不朽に伝えしめんことを」

国に益あり、民に利なるとは、まことにその時の三条の実感であったと思う。民の利あってこその国益なのだった。それからの日本は、国の益のために国民の利は取り残されていく方向に向ったが、明治五年のころまでの日本はそうではなかった。「学制」ひとつ取っても、個人の意志を尊重していた。「……人よくその才のあるところに応じ、勉励してこれに従事し、しかしてのち初めて生を治め産を興し、業を昌にするを得べし……」。明治五年八月の「学制」公布一日前に発表された趣意書の言葉に心打たれるのである。やがて始まる上からの押し付けは、ここにはみごとなまでに感じられなかった。「学制」は、アメリカ、フランス、オランダ、ドイツ、イギリスなどさまざまな国の教育制度のよいところを吸収していた。岩倉具視を団長とする使節団は、長く海の向うにいた。その間に、留守内閣の江藤新平らは次々と新しい政策を打ち出していった。「学制」は、リベラルな洋学者たちによって考えられたものだった。福沢諭吉の『学問のすゝめ』にも、よく似ていた。

初めての汽車に揺られながら、辰之助は何を考えていたのか。これから、東京でしっかりと勉強したいと思ったのに違いない。公布まもない「学制」のあの趣意書の言葉を、はたしてまだ八歳の少年の彼は知っていただろうか。辰之助は名古屋藩学校を、上京の四ヶ月前に退学した。しかし上京直前まで、幕府の開成所教官を務めていた林正十郎、更にはフランス人ムウリエについてフランス語を学んでいた。二人の先生のいずれかから、この趣意書のことを教えられていたかもしれなかった。

「人々自らその身を立て、その産を治めその業を昌にして、以てその生を遂るゆえんのものは他なし」

「必ず邑に不学の戸なく、家に不学の人なからしめんことを期す」

ひとつ、ひとつの言葉は、今声にだして読んでも美しい。

辰之助たちを乗せた列車は、横浜海岸に沿って走っていた。青い海に白い帆の船が浮かんでいるのをみると、いつか自分もあの海の向うの外国へいってみたいと思ったのではないか。初めての汽車の乗り心地は、どのようなものだったのだろう。イギリスから高い値段で買わされた小さな中古機関車と共にその狭いレールは、いかにも残念だったと思うのである。それより前に幕府は、汽車はアメリカからと決めていた。どちらが、よかったのか。それはわからない。とも角、新政府が始めて考えたことでなかった。

「全国の人心を統一するには、此運輸交通の斯《かく》の如き不便を打砕くことは必要である。又封建的割拠の思想を打砕くには、余程人心を驚かすべき事業が必要であるから、之に向って何か良い工夫がないかと云う考の起って居る時に、此鉄道の議論を聞き、是等が動機となって、何んでも鉄道が一番良いと云うことになって、夫《それ》から鉄道を起すと云うことを企てました」

鉄道開通から三十年後に大隈重信はそのように語っているが、幕府のアメリカとの約束をどうして無効にしたのだろう。アメリカ側が鉄道建設の利権を要求していたからということになっているものの、幕府の決めたことはすべてご破算にしたいという新政府側の思惑があったのは確かだと思う。

横浜から東京新橋までの汽車は、当初一日九本ずつ発車したという。上等、中等、下等と、運賃が分かれていた。下等でも、三十七銭五厘した。米一升が、約五銭だった時代である。五十二分で着いてしまうという便利さはあっても、かなりのゼイタクであった。早々とそれを利用できたのは、父の吉数のお蔭である。体制が激しく変わっても、彼は周囲から愛され続けた。武士から県庁の役人へと、嫌味なくするりと変わることができた。その無邪気な器用さを持った父親を慕いつつ、二葉亭四迷はそれに背を向けた道を歩くことになる。

★

明治五(一八七二)年十月十六日、辰之助は、母志津、祖母みつ、中村達太郎少年と共に開業まもない新橋駅に降り立った。達太郎とはそこで別れて、家族三人は東京の新らしい住まい、飯田町へ向った。新橋から、歩いてもそんなに遠くない距離である。

「麹町區飯田町消防屋敷跡」

二葉亭の年譜には、そのように書かれていた。「消防屋敷」という名前が、気になった。しかも、辰之助少年の住んでいたのは、その屋敷跡とある。一体、どういうところなのか。

『大江戸古地図散歩』という文庫本を、近所の古本屋でみつけた。文庫本のサイズに縮小された安政五(一八五八)年作成の番町大絵図の頁を開くと、現在の飯田橋、九段北から麹町にかけての武家屋敷の住人の名前が、ブロックごとにきっちりと書き込まれていた。緑一色に塗られた騎射馬場御用地《きしゃばばごようち》の程近くに、

「定火消《じょうびけし》御役屋鋪　戸田采女」

と書かれたひときわ大きな一区画があった。これは、きっと消防屋敷のことなのだ、辰之助少年の住んでいたところなのだと、すぐに思った。今の地図と、突き合わせてみた。飯田橋駅から早稲田通りにでて、日本歯科大学のキャンパスと富士見小学校の校舎のあたりに、その屋敷があったことがわかった。富士見二丁目という町名が付けられている。高台の富士山のみえる場所だったのだろう。九段高校前の交差点が、目と鼻の先にあった。緑濃いかつての幕府の騎射馬場御用地が、靖国神社になっていた。

それにしても、「定火消」とは大層な名前だと思う。幕府常設の消防組織だったという。五千石前後の旗本を組頭に、与力六騎、同心三十人でひとつの組を作っていた。「臥煙《がえん》」という呼び名の火消人足《にんそく》を指揮しての消火活動だった。飯田町の他に半蔵門外、溜池の内、御茶の水、八代洲河岸、市

ケ谷左内坂、赤坂門外、駿河台と、その殆どは高台にあり、火の見櫓《やぐら》が設置されていた。しかし幕末になるにつれてこのような幕府の定火消は形骸化していき、町人の自治的組織である町火消が活動を盛んにするようになったという。

飯田町の定火消屋敷は、およそ三千坪あったらしい。旗本の妻子も、一緒にそこで生活していた。敷地内の火の見櫓を見上げながらの毎日である。その屋敷も火の見櫓と共に、明治政府がすばやく取り壊してしまったのだろうか。そこのところはよくわからないながら、「屋敷跡」とはそういうことなのだと思われてくるのである。駿河台の定火消屋敷跡は、維新後まもなくにロシア大使館が建ち、やがてその跡地にニコライ聖堂が建てられることになった。

「明治初年の東京は、次第に新しい日本帝國の首府として打建てられつゝあつた。土藏造りの家屋は日に減つて、外國風《ぐわいこくふう》の建物は日増に加はつて行つた。日本橋の大通の改築が口に上されて、『無理に西洋風にするのも考へもんだ。日本風の土藏が却つて首府の美觀をそへてゐるぢやないか』などと言ふことが新聞などに書かれた。

しかし新しい都市の要求は、漲るやうにあたりに滿ちわたつた。御成街道《おなりかいだう》は見る〳〵大きな通りになり、大通りもぐつとひろくなつて行つた。橋梁のかけかへ、火消地の撤廢、狹い通りの改良、昔の江戸は日に日に破壞されつゝあつた」

田山花袋は、『東京の三十年』という文章の中でこのように書いている。八歳の少年の辰之助の目にも、四年ぶりの東京がまったく見知らぬ街のように思われたことだろう。この年の二月に、銀座の大火が起きた。煉瓦の舗道に煉瓦造りの建物の建設は、急ピッチで進められていた。

辰之助は人力車と何度もゆきかうことにも、びっくりしたのに違いない。明治三年三月、人力車の営業が許可された。それから、もう二年以上がたっていた。屋根付きの荷車のような人力車でも、それまでの駕籠に比べて乗り心地もよかった。珍しさもあり、一日中借り切って乗りまわす人もいたという。お抱え車夫をやとってマイカーとする人も現れた。すべては、この維新をいとも上手に泳いでいる官吏や成金、芸者たちである。辰之助が上京した年、東京の人力車の数はまたたくうちに一万を超えていたという。


辰之助は名古屋からの長旅の疲れもあり、ついふらふらと人力車にひかれそうになってしまったことがあった。小説『平凡』に、そのような場面がでてくる。愛犬ポチがいなくなり通りをさまよう小学生の「私」は、突然トンと突きとばされて、コロコロところがった。その後が、こう続くのである。


「危ねい！　往來の眞ン中を彷徨《うろ〳〵》してやがつて……」

とせい〳〵息を逸《はず》ませながら立止つて怒鳴《どな》り付けたのは、目の怕《こは》い車夫であつた。

車には黒い高い帽子を冠つて、温《あつた》かさうな黄《きい》ろい襟の附いた外套を被《き》た立派な人が乗つてゐたが、私が面《かほ》を顰《しか》めて起上るのを尻眼に掛けて、髭《ひげ》の中でニヤリと笑つて、

「鎌藏《かまざう》、構はずに行《や》れ。」

「へい……　本當《ふんと》に冷《ひや》りとさせやがつた。氣を付けろ、洟垂《はなた》らしめ！……」

と車夫は又トツ〳〵と曳出《ひきだ》した。

紳士は犬殺しでない。が、ポチを殺した犬殺しと此人と何だか同じやうに思はれて、クラ〳〵と目が眩《くら》むと、私はもう無茶苦茶になつた。卒然《いきなり》道端の小石を拾つて打着《ぶつつ》けてやらうとしたら、車は先の横丁へ曲つたと見えて、もう見えなかった。


場所は、名古屋らしいことになっている。しかし、数年ぶりの東京の街で思わずぶつかった人力車の上の髭の紳士が、このような意地の悪い笑みを浮かべたということは、充分に考えられるのだった。

「辰之助、大丈夫かい？」

そういって祖母と母親が走り寄ってきたとしたら、

「名古屋へ帰りたい」

袴に付いた泥の汚れを二人の女性に払ってもらいながら、彼は泣き声でそういったかもしれなかった。『平凡』には、通りの向うからやってくる巡礼の親子をみて、自分も何だかこの仲間へ入って一緒にポチを探して歩きたくなったとある。その時、人力車に突き飛ばされてしまうのだった。はたして辰之助にとって久しぶりの東京の街を、巡礼の親子が歩いていたのだろうか。

辰之助は、同年輩の浮浪児の姿をみかけたのだと思う。慶応四(一八六八)年の戊辰戦争で親をなくした幼い子供が、そのまま大きくなりグループを組み、東京の川べりなどで夜露をしのいでいた。

からだを洗わないまま何年もたったのだろう。真っ黒い顔の彼らの写真を、外国人カメラマンが写していた。

「かわいそうなものさ。〝勝てば官軍〟とやらで、負けた徳川さんの子供たちには、今のお上も冷いもんだよ」

祖母のみつは、川岸で傍らの辰之助の手を握りながら、いかにも口惜しそうにそうつぶやいたかもしれなかった。

「そうだよね、おばあさん、あの子たちも武士の子なんだよね？」

徳川の武士の子としての怒りが、その時の辰之助の胸にふつふつとわいてきた。あの人力車の髭の紳士は、薩長側の人間に決まっていると思った。

無事にたどりついた飯田町の消防屋敷跡は、どのような雰囲気になっていたのだろう。二葉亭四迷は、ここでの一年半の生活を一行の文章にもしていなかった。談話として話してもいない。固く口を閉ざした貝のような沈黙を、どのように考えたらいいのか。

この年の十二月、山県有朋の手による徴兵令が公布された。二十歳に達した日本男子は、軍隊に入らなければならないことになった。しかし、長男は免除された。金持の息子も、いかない場合が多かった。太平洋戦争の時までも、軍にコネのある人間には抜け道が用意されていた。二葉亭四迷は明治十一年、十四歳の秋に、陸軍士官学校の入学試験を受けた。不合格となり翌年も、更にその次の年もと続けて三回も受験して、すべて失敗した。強度の近眼の彼に、祖母のみつがしつこく受験を勧めていたのではないかと思う。

「陸軍でえらくなって、薩長のおえらいさんを見返しておやり」

そういって聞かせたとしても、無理のないところがあった。初代の陸軍卿は長州藩出身の山県有朋である。彼は、二葉亭四迷が生まれた尾張藩上屋敷の広大な敷地が陸軍士官学校建設の用地に決まったことを、恐らく誰よりも喜んでいた。かつてその豪荘な敷地には、琵琶湖を模した美しい池があった。太鼓橋のアーチも見事ないかにも優雅なそのたたずまいは、名園の誉れが高かった。園の名前は、「楽々園」といった。殺気だつ幕末の世にあっても、「楽々園」と共に邸内の藩士の家族は、のんびりと楽しく暮らしていたのである。

これは、蘭医であり徳川の奥医でもある桂川甫周《ほしゅう》の築地の家にもみられる呑気さだった。築地中通りの家には、福沢諭吉などの洋学者がよく訪れたことでも知られる。甫周の次女今泉みねは、安政二年に生まれた。二葉亭より九歳年上の彼女は、子供のころの江戸を次のように回想している。

「江戸はあんまり泰平に酔っておりました」

父の甫周は、帝政ロシアのアレウト列島に漂着し、ペテルブルグで当時のエカテリーナ二世にも謁見した大黒屋光太夫の話しを口述記録したことでも知られていた。一方のみねは、昭和十二年に八十三歳でなくなるまでのおよそ一年あまりの間に、維新前後の江戸のことをしみじみと息子の源吉に語りかけた。その聞き書きの本『名ごりの夢』を読んでいると、二葉亭にも通じる江戸のお嬢さんののどかさに、思わず微笑んでしまうのである。幼いころの隅田川は、真底《しんそこ》きれいで水晶をとかしたようであったという。その静かな水の面に浮かぶ屋根舟から、「チャンチャラチャン」という三下りの都々逸《どどいつ》かなにかの三味線の音が響いてくる。尾張藩邸の二葉亭の家からも、父の清元か何かに合せて母がつまびく三味線の音が流れてきただろうことを思い出すのである。

「……新内でも、清元《きよもと》でも、上手の歌ふのを聴いてゐると、何だか斯《か》う國民の精粋とでもいふやうな物が、髣髴《ほうふつ》として意氣な聲や微妙な節廻しの上に顯はれて、吾心の底に潛《ひそ》む何かに觸れて、何かゞ想ひ出されて、何とも言へぬ懷かしい心持になる」

『平凡』には、このようなことも書かれていた。二葉亭はペテルブルグへいくまでは、どうしても洋楽にはなじめなかったようである。西洋画にも、しきいが高いものを感じていたらしい。明治五年春湯島での東京で初めての「博覧会」に、名古屋の金のしゃちほこなどと共に本格的な油絵が出品された。幕末にオランダ留学生だった文部省の内田正雄が、彼の地より持ち帰った数点である。辰之助少年が上京するおよそ半年前のことだった。もしその時本物をみていたら、気持が変わっていたかもしれない。すべては、幼い日の原体験につながっているように思う。

名古屋での彼は、たとえ『平凡』の中にでてくるような「いじめっ子」に出合ったとしても、充分幸せだったのに違いなかった。年上の女の子のお芳ちゃんとのままごと遊びこそ、二葉亭にとって人生最良の至福の時であったという気がする。

「アイ」

そのようにあこがれの彼女に向って返事をする幼い彼の声が、いつまでも耳許に響いてくる心地がする。もし東京に戻ってきてから、桂川家のお嬢さんのみねに出合うことがあったとしたら、彼はどんなにか気持が救われたかしれなかった。もはや八歳の辰之助は、ままごとをする年頃ではない。みねとは、かなりの年の開きがある。しかし二人は、のんびりとした感性が似ているのだった。年頃の彼女はまだ小さな辰之助を、実の弟のように可愛がったと思う。或いは、彼が犬のポチをこよなく愛したように。

……何故私はポチを躾《しつ》けて、人を見たら皆惡魔と思ひ、一生世間を睨《ね》め付けては居させなかつたらう？　愍《なま》じ可愛がつて育てた爲に、ポチは此様《こんな》に無邪氣な犬になり、無邪氣な犬であつた爲に、遂に殘忍な刻薄な人間の手に掛つて、彼様《あんな》非業《ひごふ》の死を遂げたのだ。（『平凡』十六）

もしかしたら、二葉亭四迷はこの小説の中で、

「ポチは、自分だ！」

そのように叫びたかったのではないか。

名古屋でもずっと家族に守られて、殊に祖母からはなめるように可愛がられて育ってきた彼は、数年ぶりの東京の街で、人力車にぶつかった。幼い二葉亭が心の底から憎んだのは、「危ねい！」とどなりつけた車夫ではなく、車の上から彼を見下ろしてニヤリと笑った髭の紳士の方である。ポチを殺した犬殺しの顔だった。

「私はポチが殺された當座は、人間の顔が皆犬殺しに見えた。是丈《これだけ》は本當の事だ」

ポチの話の最後をそのように結びながら、二葉亭四迷は改めてあの時の人力車の髭の紳士の顔を思い出して、怒りが突き上げてきたのだと思う。立派な紳士のその顔は、陸軍の長としてあの当時から変わることなく明治政府の中心にいる人物に似ていた。

明治元年十月十三日、うら若き天皇の一行は錦の御旗と共に東京に入った。沿道には、人々があふれかえっていた。その先陣を切ったのが、長州の武士集団である。明治元年までに長州藩から江戸に移っていった武家は、五千家に及んだという。

「江戸へ」

「東京へ」

頭のよい長州藩士は、浮き足だっていた。明治政府は、「薩長土肥」の維新の功労者たちによって立ち上げられた。中でも長州の人間は、知恵者が揃っていた。山県有朋と伊藤博文は、同郷のライバルである。先輩の彼らの後ろ楯により、長州の人間は維新後にもっとも「立身出世」を考えられるポジションに立ったのである。いくら二葉亭の祖母のみつが孫を陸軍のえらい人にと考えたところで、とっくにそちらは「薩長」の人たちがポストを占めるように体制が整っていた。それが太平洋戦争が終わるまで続いたというのだから、気の遠くなるような現実である。

そのことに、二葉亭四迷は少年時代に目をつぶっていたのだろうか。祖母のみつのたっての願いで、仕方なく受験を重ねていたような気がする。みつとは、直接の血のつながりがなかった。二葉亭の父吉数《よしかず》は、同じ尾州(尾張)藩の水野家から長谷川家に養子に入っていた。そのような間柄であるだけに、なおさら辰之助はみつの溺愛ぶりに何とか応えたいというあせりがあったのかもしれない。度重なる受験の失敗は、彼の強度の近眼のせいとしか思われなかった。

父の吉数は、眼鏡を掛けていなかった。壮年時代の写真をみると、彼は髭も生やしていない。現代の青年のように滅法若くみえる。恐らく二葉亭が眼を悪くしたのは、勉強のしすぎにあったのに違いない。そのことも、『平凡』の中で正直に書かれていた。

私は我儘者の常として、見栄坊《みえぼう》の、負嫌《まけぎらひ》だつたから、平生も餘り不勉強の方ではなかつた。無論學科が面白くてゞはない、學科は何時迄經つても面白くも何ともないが、譬へば競馬へ引出された馬のやうなもので、同じやうな青年と一つ埓内《らちない》に鼻を列べて見ると、負るのが可厭《いや》でいきり出す、矢鱈《やたら》に無上《むしやう》にいきり出す。

平生さへ然《さ》うだつたから、況や試驗となると、宛然《さながら》の狂人になつて、手拭を捻《ねぢ》つて向鉢巻《むかふはちまき》ばかりでは間怠《まだる》ツこい、氷嚢を頭に載《のつ》けて、其上から頰冠《ほゝかむ》りをして、夜の目を眠《ね》ずに、例の鵜呑をやる。

これだけ勉強していれば、近眼になるのが当然である。ままごと遊びをしていたころのおっとりとした辰之助は、どこにいってしまったのだろう。秀才への出発は、名古屋藩学校に入学の時からあった。漢学と共にフランス語の勉強にも、幼い辰之助少年は一生懸命だったと思うのである。明治維新の後にできた名古屋藩学校でフランス語を学ぶことができたのは、幕府がフランス軍から軍のもろもろを教示されていたからだった。フランス語の日本人の先生、林正十郎は、幕府の開成所教官だった。維新の折りには会津城にたてこもり、その後名古屋藩に招かれたという。

二葉亭が彼からフランス語を学んだ期間は、ほんの一年に過ぎなかった。しかし幼い彼はそこで、外国語のむつかしさと共に林正十郎から、「維新の志士肌」ともいうべきものを学び取ったかもしれなかった。この言葉を、私は二葉亭四迷の文章から知った。維新の志士に、二葉亭はあこがれていた。もっとも苦手としたのが、維新後に擡頭《たいとう》した官吏たちであった。

祖母や母と共に東京へと戻ってきてからの辰之助は、いよいよと勉強にいそしむ毎日になったものと思われる。せっ角のフランス語の勉強は、中断してしまった。一八七〇年の普仏戦争でフランスがドイツに負けたせいもあり、多くの学校がフランス語の授業を取り止めにした。何よりも山県有朋は、これからの日本はすべての面でドイツをみならうといいと考えつつあった。

もしかしたら、二葉亭四迷は東京で小学校にいかなかったかもしれないのである。満八歳からいくようにと文部省からいわれていても、今しばらくは無理やりいかなくてもよいということになっていたらしい。飯田町消防屋敷跡に建ったと思われる富士見小学校は、明治十年の創立である。恐らく遠くへの登校を、みつが心配したのではないだろうか。近所の漢学の先生やら算術の先生の塾にひとまず入れればよいのだ。そのように考えたのではないか。

「名古屋藩学校のようなよい学校は、東京にはあるまい」

男勝りの姑のみつの言葉に、嫁の立場にいる母親の志津は何もいえなかった。辰之助をつれて女二人が東京にでてきてから一ヶ月もたたないうちに、それまでの名古屋県は愛知県となった。父親の吉数は、名古屋藩会計心得から愛知県権少属となった。廃藩置県は、その前の年の七月のことである。

「愛知県なんぞというより、名古屋藩といっていた方がよかった」

みつが、家の中でそんなことをぶつぶつという日もあったかもしれない。同じ徳川家の水戸藩も、茨城県という名前に改称された。一方、長岡藩は新潟県、佐倉藩は千葉県、松江藩は島根県などというように「薩長土肥」に冷遇された朝敵藩に、大幅な改称が目立った。

「お寺さんの鐘の音があまり聞こえてこないのは、さびしいね」

消防屋敷跡の恐らく安普請の家の茶の間のこたつでお茶をすすりながら、みつはそのようにつぶやく時があったかもしれない。引越しをしてきてまもなく、太陽暦が採用されることになった。明治五年十二月三日が、六年の一月一日と改正の旨の布告がでた。時を告げるお寺の鐘の音が前より聞こえづらくなったのは、そのせいもあった。しかしそれ以上に、明治維新の廃仏毀釈で、廃寺になった寺が多かったことが原因していた。山県有朋は、九段坂上の招魂社の社殿の完成に力を入れていた。今の靖国神社である。

★

二葉亭四迷は四十五年という短い生涯の中で、何度となく転職を繰り返した。日本で初めての言文一致体の小説『浮雲』を二十四歳の時に発表する一方で、ツルゲーネフ、ゴーゴリなどの作品を次々と翻訳していた。しかし筆一本で生活することは、むつかしかった。明治二十二(一八八九)年二十五歳の夏に、東京外国語学校時代の恩師古川常一郎の世話で、内閣官報局雇員となった。月俸三十円、初めての就職である。上司に恵まれ、文章を書く自由も得られる中で、二十九歳の二葉亭は最初の結婚をした。子供が生まれ、順調に昇給をしていたものの、明治三十年、三十三歳の年の暮れには辞職する。そこから、二葉亭の転職癖が始まった。離婚は、その前の年の春先のことだった。再び恩師古川の世話になり、明治三十一年三月の春より陸軍大学校露語学教授嘱託の職が決まった。しかし、一ヶ月と持たなかった。急性膝関節炎にかかった二葉亭は、ここへきて前妻との関係をきっぱりと断つことになる。彼の方は、復縁も考えていたらしい。そのような混乱の中でもこの年の十一月末には、海軍編修書記の職がみつかった。父吉数の死は、それから数日後のことである。脚気と慢性胃腸カタルで入院してまもなかった。かつての自慢の息子の思わぬ彷徨に、吉数は胸を痛めていたことだろう。恐らくそのころのものらしい二葉亭の経歴書の下書が残っている。

経歴書

東京市本郷区駒込東片町百廿二番地

東京府士族　長谷川辰之助
文久二年十月八日生

そのように始まっているのだった。二葉亭のいかにも柔らかなたっぷりとした肉筆は、実に読みやすく心地よい。しかし年齢を、二歳半もサバを読んでいた。実際は、元治元(一八六四)年二月三日、もしくは二月二十八日の生まれである。当時はそうやって、少し年を上にいう風習があった。それにしても、どうして文久二(一八六二)年としたのか。どうせサバを読むのなら、文久元年でも、更にその前の年の万延二年でもよかったのにと思う。文久二年は、語呂がよい。ただ、それだけのことだったのかもしれない。しかしもしかしたら、二葉亭にとってその年は、特別な意味のある年だったようにも思われてくるのだった。年譜によると、吉数が尾張藩御鷹場吟味役の職につき、市ヶ谷の尾張藩上屋敷に定詰を命ぜられたのがこの年となる。殿が鷹狩りをする時にいつも傍近くにいてお伴をするのは、余程のおめがねに適《かな》った果報者といえそうだった。長谷川家にとって文久二年は、辰之助が生まれた二年後の元治元年と共に、忘れられない年であった。

実はこのころ、夏目漱石の年の離れた姉の佐和が尾張侯の御殿女中を務めていた。二人は、御殿の廊下ですれちがっていたかもしれないのである。当時尾張藩は、めまぐるしく藩主が交替していた。第十四代藩主徳川慶勝《よしかつ》(慶恕《よしくみ》)は、慶喜《よしのぶ》を将軍にという一橋派の代表格だった。安政の大獄のころには井伊大老により隠居謹慎を命じられていたものの、安政七(一八六〇)年の桜田門外の変の後には尾張藩の実権は彼が握ることとなった。即ち二葉亭の父長谷川吉数は、第一次長州征伐の総督を務めた徳川慶勝に気に入られたのである。徳川御三家の筆頭でありながら、慶勝は鳥羽伏見の戦いの後には新政府側へと寄り添う姿勢をみせた。支藩の美濃高須藩から尾張藩主に入った彼の弟は、会津藩主松平容保《かたもり》である。心中複雑なものがあって当然だった。藩内の佐幕派が一掃される中で、吉数は日和見主義を貫いた。

尾張藩は、かねてから江戸とは距離を置く立場にあった。「尾張は将軍位を争わず」。尾張四代藩主吉通《よしみち》の言葉を家訓として、尾張藩はわが道を歩んできた。江戸よりも江戸らしく風流を好む家風も、そこから生まれた。二葉亭四迷と共に、彼の師匠の坪内逍遥も尾張藩士の息子である。

二葉亭四迷はおばあさん子であると共に、のどかな父親が大好きだった。さすがに明治維新の前夜のころには、呑気者の吉数も生命の危機を感じることがあっただろう。藩の江戸御留守居調役である。会計の仕事も任されていた。家の中で、母志津、祖母みつと女性に囲まれて過ごす日が続いた。志津もみつも、かいがいしくきりもりするのが性に合っている。似た者同士の二人の間が、そんなにうまくいっていたとは思われなかった。辰之助が、父の帰りを待ちわびる日が続いた。

親父が外へ出て夕方になつても歸つて來ない。すると子供心にも心配になる。親父が無事に歸つて來ればいゝといふ……やうな不安な氣持になる。長屋を出て見にゆく。邸内の松林の立續くあたりに、蒼然と昏れゆく夕空の下、何時《いつも》親父の歸つてくる路を眺めやりながら、行きつ戻りつして待つてゐる。子供心にも暗愁が胸を蔽うて來る。で、ともすれば昏れゆく夕空を仰いで、悽然として物寂しい氣分になる——といふやうな事が度々あつた。

（『酒余茶間』）

夕暮れの中の黒々とした松林をさわさわと吹く北風は、幼い辰之助少年の胸に重く沁みたことだろう。尾張藩上屋敷には、それまで明るい風しか吹いていなかったのである。いかにゴッドファーザーの慶勝が官軍に恭順の意を表したとしても、徳川は徳川である。広大な邸内を明け渡す時には、藩士もその家族も無念の涙がにじんで当然だった。屋敷も庭も、すべてが取り壊される運命にあった。イギリスの外交官アーネスト・サトウは、日本橋や居留地のある築地が官軍の侍でにぎわっているのに比べて、大名屋敷のあたりへ行くと、死の町も同然のさびしさだったと書いている。江戸城が官軍に接収されて、まだ数ヶ月しかたっていない時期のことである。

はたして尾張藩上屋敷の取り壊しが始まったのは、いつごろのことだったのだろう。明治三（一八七〇）年十一月から翌四年二月にかけてここは、「非常御用意ノ皇居」としての利用が計画されていた。そうやって「離宮」になる筈だったところが、突然その計画は中止となり、二月末に、尾張藩上屋敷は全部兵部省に引き渡されることが決った。欧米視察から帰国まもない兵部少輔山県有朋が、そのように持っていったのではないだろうか。その年の七月に、彼は兵部大輔に昇任した。上屋敷の跡地に陸軍士官学校が開校したのは、明治七（一八七四）年十月である。山県は、慶勝が第一次長州征伐の長だったことを忘れられなかった。それに何よりも、この上屋敷の見事な庭園が気に入らなかった筈である。

「『楽々園』などという庭の名前からして、ふざけておる」

庭の太鼓橋を前にして、山県はそう声にだしてつぶやいた。東京の椿山荘《ちんざん》、京都の無鄰菴《むりんあん》……彼の所有する宏壮な別荘の庭は、今も美しいことで知られている。

一方、楽々園を間近にみて育った二葉亭四迷は、およそ自分の庭を持ちたいなどと考えたことはなかった。むしろ貧民窟に住むことを願っていた。それでも、明治十一(一八七八)年から十三年にかけて三回も陸軍士官学校を受験したのは、あの場所へのなつかしさがあったからだと思う。どんなに変わりはてていても、あの地に二葉亭四迷のルーツがあった。陸軍士官学校は、幕府伝統のフランス式教育で始まった。プロシア式士官候補生制度になったのは、その十年後のことになる。憲法も教育もすべてプロシアをみならってという山県有朋の考え通りになっていった。やがてここは、昭和十六(一九四一)年から敗戦の日まで、陸軍省、陸軍参謀本部が置かれるようになった。軍部の中枢である。楽々園と呼ばれたことなど、とっくに忘れ去られてしまっていた。昭和二十二(一九四七)年に極東軍事裁判が、この中で開かれた。戦後の十四年間は、米軍に接収されたままだった。その後長く自衛隊市ヶ谷駐屯地として知られ、平成十二年からは防衛省の敷地となった。

二十数年前、当時の自衛隊市ヶ谷駐屯地から尾張藩上屋敷時代の遺物が大量に発見された。江戸時代の上屋敷の遺蹟としても大変貴重であり、これ以上破壊されないようにと国会でも取り上げられた。その中には、藩士の家族が日常使っていたとみられる茶碗などもあった。もしかしたら、長谷川家の茶碗も出土したかもしれない。

「辰之助、ご飯のおかわりはどうするかね?」

祖母のみつにそのように聞かれて、

「アイ」

そう答える辰之助の小さな手に握られた茶碗は、はたしてどのようなものだったのだろう。そうした日用品が遺物としてザクザクとでてきたのは、多くの藩士の家族が新政府からあわただしく立ち退きを迫られた結果ではないかと考えられるのだった。

辰之助が飯田町消防屋敷跡に住むようになった明治五(一八七二)年ごろには、あたりの旗本屋敷が二束三文で売られていた。堂々たる大名屋敷であっても、あまり変わらなかったという。屋敷を買うのは、「壊し屋」が多かった。地方からでてきた長州などの官軍の人間もいた。辰之助と同じ年頃の子供の姿は、あまりみられなかっただろう。辰之助のさびしさは、市ヶ谷の上屋敷に住んでいた維新直後のころと同じだった。この周辺の様子は、それから十年以上たっても殆ど変わりがなかったようである。明治十一年生まれの日本画家鏑木《かぶらき》清方は、子供の時分にこのあたりの家につれられてきたことがあった。父、条野採菊は明治五年創刊の東京日日新聞に関係し、やがて自ら「やまと新聞」を発行した自由人である。築地や木挽町という下町に住んでいた少年にとって、そこはまったくの別世界のように思われた。

……靖国神社の北側、富士見町あたりの……(中略)……これまで来たことのない山の手で、家の造りも、家人の言語応対も、何から何まで知らぬ他国へ連れて来られたようで、物珍しく、髯の生えた軍人をただまじまじと見詰めていた。

（『こしかたの記』）

恐らくこの軍人も、長州あたりからきていたのだろう。後に靖国神社となる招魂社《しょうこんしゃ》は、幕末期には騎射馬場や歩兵屯所として使われていた、かつての火除《ひよけ》地の跡である。そのすぐ真向いの屋敷に、木戸孝允、かつての桂小五郎が住むようになった。江戸の人たちの間で、木戸孝允は評判がよかった。夫人も、江戸っ子のようにからりとしていると親しみを持たれていた。幕府の会計副総裁を務めた成島柳北も、薩長の人物の中で木戸だけと話しが通じていたようである。木戸孝允は、薩摩の大久保利通とも同じ長州の山県有朋ともずっと距離を置いていた。

「ここが、あの桂小五郎のお屋敷らしいよ」

祖母のみつとその家の前を歩いている時に、辰之助はそう教えられたことがあった。子供の時から「維新の志士肌」ともいうべき傾向のあった彼は、桂の先生でもある吉田松陰に惹かれていた。更には、西南の役で命を落とすことになる西郷隆盛こそ、二葉亭の終生尊敬してやまない人物となった。明治六年の政変で西郷が江藤新平、板垣退助、後藤象二郎、副島種臣と共に内閣の参議をやめた時、二葉亭はまだ九歳の少年だった。彼はその時、この日本を揺るがす事件を知っていたのではないか。たまたま名古屋から出張で上京していた父吉数が、縁側で新聞を拡げていた。

「これは、大変なことになったぞ」

新聞を手にそうつぶやく吉数の表情が、いつになく曇っていた筈である。

この政変は、今日に到るまで「征韓論政変」と呼ばれてきた。すなわち、朝鮮への武力行使を主張する西郷隆盛と、それに反対する大久保利通というみかたである。しかしよく考えてみると、西郷は刀一本も持たずして丸腰のまま護衛も持たずにたった一人で、大使として赴くと主張したのだった。居留民保護を理由に派兵をと発言する板垣退助にはっきりと反対した。これは、平和外交といっていいものではないだろうか。まず礼を尽くしてこちらがでかけていき話し合ってくるのである。いくさを考えてでかけるのだというようなことが板垣への手紙に書かれていることから、やはりこれは「征韓論」だという考え方もある。しかしそれは、板垣をひとまずなだめるための言葉のあやのように思う。本当に朝鮮とのいくさを望むのであれば、このような行動は考えないのではないか。

西郷は上野彰義隊の戦いの時にも、「やるに及ばず」と意見していた。勝海舟との間で「江戸城無血開城」が決められたのも、彼なればこそだった。さる代議士が数年前に国会でした発言は、およそ正反対のものだった。彼は、武士は刀で斬り合わないまでも、刀の柄《つか》に手を掛けてカチャ、カチャいわせての恫喝《どうかつ》が必要だと話した。恫喝からは恫喝しか返ってこない。中国の日本への威嚇はそこから始まった。もし明治六年に、西郷隆盛がその考え通りに礼を尽くして朝鮮の国王にあうことができていたら、その後の日清戦争も日露戦争も起こらなかったかもしれない。

明治七(一八七四)年二月に、佐賀の乱が起きた。初代司法卿として司法権の独立をめざした江藤が、さらし首の刑に処せられることになった。大久保の命によるものだった。何んと江藤が処刑された直後の生首の写真の印刷が、全国にまかれた。当時下町で新婚生活を送っていた今泉みねも、佐賀出身の夫と共にその写真をみた。それ以来、夫の身体の具合は悪くなった。明治五年の新聞の創刊を激励していた江藤への残酷極まりない仕打ちだった。翌明治八年にそれまでの新聞紙条例が改正され、讒謗《ざんぼう》律が公布された。新聞弾圧の始まりである。十一歳になった二葉亭が島根県勤務となった吉数に従って松江に向ったのは、その年の五月のことである。吉数は、出納課計算係となった。同じ五月に、ロシアとの間に千島・樺太交換条約が調印された。千島が日本のものとなるかわりに、樺太全土がロシアの領土となった。これは明らかなる不平等条約だという少年の憤激が、敵国ロシアを知ろうとする思いにつながっていった。そのように、後年の二葉亭は述懐するのである。

二葉亭はそれからの二年半に及ぶ松江時代のことを、一切文章にしていない。松江はラフカディオ・ハーンが愛してやまなかった麗しの町である。どうして、何も書こうとしなかったのだろう。彼は松江相長舎に入り、内村友輔について漢学を学んだ。一方松江変則中学校に入学、日本地理や日本外史の他に、博物、物理、数学とさまざまな教科を勉強することになった。彼はすべてに優秀だったが、数学だけは苦手だったようである。自宅は、松江中学の隣の屋敷だった。当時の辰之助少年は、紅顔で身なりもきちんとしていた。ハイカラなきゃしゃな少年にみえたという。明治十(一八七七)年二月、西南戦争が起こった。西郷びいきの辰之助は、叔父の後藤有常が政府軍に従軍したことを口惜しがっていたという。美丈夫の吉数は、県の役人の五等属から四等属になった。はぶりもよかった。さる女性との間に二葉亭の異母妹が生まれたのも、そのころのことになるらしい。そのような吉数に、辰之助が無言の冷ややかなまなざしを投げかけていたとしても当然である。

「辰之助、勉強の方はうまくいっているか?」

吉数からの問いかけに、返事をしない日が続いた。

「たまには返事をしなさい」

自らの行状に少し弱気になっている吉数からそういわれて、辰之助は冷くこう言い放ったような気がする。

「あなたは、その女性と情死する勇気もないのですね」

そのとき辰之助の脳裏には、名古屋にいる時に川べりで目撃した若い男女の晴着を着た水死体が浮かんでいた。何ともいえない美しさだった。ペテルブルグ出発を前にしたエッセイ『巨匠断片』の中に、そのことがでてくる。

「おそろしいことをいう」

吉数は、その時初めて息子に不可解な空恐《そら》ろしさを感じたかもしれない。二葉亭はその異母妹のことも、文章に書いていなかった。彼女は、幼くして夭折したという。二葉亭にはあったことのない彼女が、ハーンのお伽話の雪女のように、はかなく美しく思われた。「私小説は、嫌いだ」。後年二葉亭がそのようにはっきりと口にするようになったきっかけは、この妹のことがあったのだと思う。

辰之助が吉数と共に松江へ旅立つより一年前の明治七年(一八七四)六月、横浜から汽車で新橋へ向う一人のロシア人がいた。ロシアを亡命した革命家のメーチニコフだった。まもなく彼は、創立まもない東京外国語学校露語科の先生となる。辰之助が入学する七年前のことである。メーチニコフは日本に着く前からもう充分に、日本語をマスターしていた。アイヌに関する論文もあった。西郷隆盛こそが、わたしの唯一の上司にしてパトロンになる筈だったとメーチニコフは手記に書いている。初代の陸軍卿の西郷が、薩摩藩の子弟のための学校を開設するために日本へ招聘《しょうへい》されたのだという。これは、どういうことなのか。

メーチニコフはパリ・コンミューンを手助けした後にジュネーブで、留学中の大山巌に出合った。のちの陸軍元帥の大山は、西郷隆盛の従弟である。メーチニコフは大山にフランス語を教えるかわりに、彼から日本語を学んだ。その当時既に二十ヶ国語も話せたという語学の天才の日本語の上達は、大山が息をのむ程に早かった。東京での薩摩藩の学校開設のために招聘するより先に、大山は当時北海道開拓使次官だった身内の黒田清隆にメーチニコフの就職の斡旋を依頼したらしい。岩波文庫のメーチニコフ著『回想の明治維新』の訳者渡辺雅司氏は、そのように推定されている。まことに残念なのは、彼が来日した時既に西郷はあの政変で鹿児島に戻ってしまっていたことである。

ジュネーブで大山巌に出合った翌年の明治六年の六月、メーチニコフは同じ地で今度は渡航中の岩倉使節団の一行と面会した。彼は一行の中で、木戸孝允と二度にわたり五時間もの長時間歓談したという。『木戸孝允日記』にも、メーチニコフが登場する。『回想の明治維新』の中で、木戸と大久保の決定的な違いに触れたくだりは実に興味深い。

「……フランスの中央集権制に惚れこんだ大久保は、パリでは得々としてセーヌ県の複雑な機構と出版にかんするナポレオン法典の研究にいそしんだ。これに対し木戸は、日本議会の召集を夢み、ほどなくすばらしい炯眼《けいがん》をもってつぎのことを洞察した。すなわち長期にわたる共同体制度をそなえたスイスこそ、領土の狭さにもかかわらず、多様な地域的、歴史的特殊性をもった日本のような国の為政者にとっては、格好の政治的教訓となろうと」

メーチニコフは既にこの時、『スイス論』を発表していた。歓談とはいっても、恐らく木戸の方が一方的にメーチニコフの話に聞きいっていたのだろう。しかし木戸孝允が、よその国のどのような立場の人の話にも、じっと耳を傾ける柔らかな心を持っていたことは明らかである。明治初年に「征韓論」を考えていたころとは、人が違っていた。当初彼は、キリスト教にも非寛容だった。しかしアメリカで、留学生の新島襄と話すうちに大きく目が開かれていった。「頼むべき一友なり」と日記に記す。木戸は聖書の言葉「鳩のように素直な」心の持ち主だったのだと思う。片や内務卿の大久保利通は、亡命ロシア人革命家というふれこみのメーチニコフを、どこか冷ややかに見下ろす気持を抱いたのではないだろうか。大久保が考える専制君主の国のかたちは、将軍慶喜が先に夢みていたことであった。

西南戦争が起きたころ、木戸孝允は重い病いの床にあった。もし西郷隆盛と二人、ゆっくりと話し合う機会があったら、木戸は誰よりもよく西郷の真意を理解できたのに違いない。それにつけても、西郷とメーチニコフの出合いがすれ違いになってしまったのが惜しまれる。彼の小国論に、西郷は大きな目を輝かせてうなずいたのに決まっていた。二人の考える学校は、どのようなものになっただろう。

★

二葉亭四迷は、元治元(一八六四)年二月の生れである。二月二十八日に江戸市ヶ谷合羽坂尾州公邸に生れたりと、彼自身が書いている。『落葉のはきよせ　二籠め』の中の「自伝　第一」の一節である。明治二十二(一八八九)年、二十五歳の時に書かれたものだった。内閣官報局に就職が決まった年でもあり、二葉亭はここできちんと事実を書き記しておきたいと思ったのだろう。文久二(一八六二)年十月八日生れと経歴書に明らかな年齢のサバを読むのは、それから九年後のことになる。

この同じ月に、西郷隆盛が沖永良部島への島流しを赦免され帰藩した。攘夷の嵐が、吹き荒れているころだった。その年の六月には、池田屋の変が起きた。翌月の蛤《はまぐり》門の変(禁門の変)では、西郷が指揮を執り長州軍を撃退することとなった。十一月、彼は第一次征長軍参謀に就任した。総督は、尾張藩徳川慶勝《よしかつ》である。慶勝は、西郷にすべてを任せた。今長州藩を叩きのめすことはない。攘夷の過激派と恭順派に分裂している藩内の乱れを、そのままにしておこうと考えたらしい。倒幕の日のためにも、長州は大切だと思ったのに違いない。参謀になる二ヶ月前、勝海舟と出合い、いよいよその日が近いことを実感していた。混乱する長州に対し、帰順を促す道筋を示した。むやみな血は流したくないという独自の信念がここからも感じられる。過激派の奇兵隊軍監、山県有朋は、三家老の処刑、五人の公家の引き渡しなどの幕府側の条件は、西郷の首と引きかえだといきまいていたという。一方の徳川慶勝は、長州征伐のやり方が手ぬるいと、幕府内から批判を受けることになった。隆盛と慶勝のこの浅からぬ縁を、二葉亭は少年のころから知っていたことだろう。二葉亭にとって西郷は、特別の人だった。そのことがしかとわかるのは、たとえば次のような文章に触れた時である。

……私は當時「正直」の二字を理想として、俯仰天地に愧ぢざる生活をしたいといふ考へを有つてゐた。この「正直」なる思想は露文學から養はれた點もあるが、もつと大關係のあるのは、私が受けた儒教の感化である。話は少し以前に遡るが、私は帝國主義《インペリアリズム》の感化を受けたと同時に、儒教の感化をも餘程蒙つた。だから一方に於ては、孔子の實踐躬行といふ思想がなか〳〵深く頭に入つてる。……いはゞまあ、上つ面の浮かれに過ぎないのだけれど、兎に角上つ面で熱心になつてゐた。一寸、一例を擧げれば、先生の講義を聽く時に私は兩手を突かないぢや聽かなんだものだ。これは先生の人格よりか「道」その物に對して敬意を拂つたので。かういふ宗教的傾向、哲學的傾向は私には早くからあつた。つまり東洋の儒教的感化と、露文學や西洋哲學やらの感化とが結合つて、それに社會主義《ソシアリズム》の影響もあつて、こゝに、私の道徳的の中心觀念、卽ち俯仰天地に愧ぢざる「正直」が形づくられたのだ。

「俯仰天地に愧ぢざる」という言葉は、西郷の生き方が好きでならないからこそ、でてきたものだと思われる。孟子の言葉だという。孔子の「実践躬行」という一言よりも、こちらの方がはるかに私には胸に重く伝わってくる。はたして、そのような生き方を貫くのは、どんなに辛いことか。まして腹芸が必要な政治家として、これは命取りとなると思う。実際西郷隆盛は、そのために自ら率先して戦うつもりのなかった西南戦争で命を落としてしまうのである。西南戦争は、大久保利通ら新政府側によって仕掛けられたものだった。鹿児島の火薬庫にあった陸海軍の弾薬を、政府方は夜陰に乗じて大阪へ移そうとした。そんなことをしたら、血気盛んな西郷の私学校の生徒たちがどのような行動にでるか、よくわかるではないか。折りしも、西郷が暗殺されるという噂が高まっていた。彼らは、火薬庫から弾薬を強奪した。

「しもたっ」

その話を聞いて、西郷は愕然とした。暗殺の話など馬耳東風と聞き流し、犬をつれての狩りにでかけていたところだった。西郷はそこまでいくとは思っていなかった筈と、大久保の次男で後の外交官、牧野伸顕《のぶあき》は昭和二十年に証言する。こうなったら致しかたなくという無念の思いで、西郷は戦争を決意した。一方の大久保は、当時の部下の前島密《ひそか》に向っていつもの無表情のまま、

「いよいよ西郷が出た。昨夕《ゆうべ》電報が来たが、案外早かったので愕《おどろ》いた」

といった。「いよいよ出た」とは、「熊が出た」などというい方とまるで同じではないか。郷土の

恩ある先輩への敬意は、そこから感じられない。このことを知らせる、伊藤博文に宛てた手紙が残されている。

「……実に曲直明正々堂々その罪を鳴らし鼓を打ちてこれを討てば、誰かこれを間然するものあらんや。ついてはこの節事端をこの事に発《ひら》きしは、誠に朝廷不幸の幸と窃《ひそか》に心中には笑を生じ候位《くらい》にこれあり候」

無表情にみせて心中笑いを浮かべる大久保利通は、その三年前の佐賀の乱で、早刻江藤新平を極刑に追い込んでいた。わざわざと江藤死刑判決の瞬間を物陰から傍聴した大久保は、「江藤醜体笑止なり」と、その日の日記に書き記す。「笑止なり」とは、「恥ずかしい」という意味も鹿児島にはあるという。しかし、私はただただ権力者の恐さを感じる。二葉亭が幼いころに恐くて泣いたという絵の中の鐘馗《しょうき》様の顔が、そのまま大久保利通の晩年の顔として浮かんでくるのだった。そのような大久保を、後に「郵便の父」と呼ばれる前島は、ひたすら「平生沈毅《ちんき》な寡黙な喜怒の少しも色に出ぬ人」と感じていた。大久保利通は、明治十一（一八七八）年五月十四日、赤坂紀尾井坂で暗殺された。西郷隆盛が明治十年九月二十四日、城山で自刃してから八ヶ月もたっていなかった。二人は空の上で、どのような顔をして向き合ったのだろう。鐘馗様さながらに恐い表情のまま沈黙する大久保に向って、西郷の方から手をさしのべていった。

「もういくさの時は過ぎもっそ」

いつまでも、その大きな目で大久保をじっとみつめたことだろう。

「人を相手にせず、天を相手にせよ。天を相手にして、己れを尽して人を咎《とが》めず、わが誠の足らざるを尋ぬべし」

『南洲遺訓』の中の西郷の言葉である。この言葉の通りに生きようと思えばこそ、大久保らによって朝鮮に使節として渡航することを拒まれた末に「征韓派の急先鋒」という理屈に合わないレッテルを貼られてふるさとへ戻ることになったのである。大久保は、西郷が朝鮮で殺されることを恐れて、渡航を反対したとされている。しかしその当時の朝鮮の皇帝は、穏やかな人柄であった。軍隊らしきものも、持っていなかった。そのような心配がまずないことを、実は西郷も大久保も知っていた。ただ西郷の方には、たとえ殺されてもよしという覚悟があった。しかしその思いは、西郷が幕末からたえず抱いているものだった。「自殺願望」は、なかったと私は思う。天命を心のよりどころとする西郷は、僧月照との入水事件以来、やすやすと死ぬことは天の声に反するものと思うようになっていた筈である。太政大臣三条実美が使節問題の閣議開催を延期したのに抗議しての手紙の中に「死を以て国友へ謝し」と書いたのも、「命がけで」という意味だったのではないか。むしろ彼が死を強く意識したのは、その後に薩摩へ戻ってからのことだった。桐野利秋、篠原国幹、村田新八、そして最後に介錯を頼むことになった別府晋介、だれもが西郷を追いやった新政府側を激しく憎んでいた。彼らは、西郷にどこまでもついていこうとした。一緒に死ぬことを熱望していた。

「その日は近い」。西郷は犬をつれて野山を歩きながらも、つねに死の時を考えていたのに違いなかった。もし朝鮮に渡ることができたら、天からの新しい光りが舞い込むような予感がしていた。

つまりよく話し合うことで、一緒にロシアの侵略の野望を食い止める方向に向かうことができるのではないかと考えた。これは、勝海舟の考えと同じだった。もし西郷が無事朝鮮から戻った暁には、国中の西郷の人気はいよいよ高まっていったであろう。ここへきて大久保の中に、一刻も早い中央集権の確立を願う心がわき上がってきたのかもしれない。二人のような平和外交をよしとする気持は、大久保には理解できないものだった。「江戸無血開城」の折りにも、大久保は最後まで将軍慶喜《よしのぶ》の切腹にこだわり続けていた。自分がよしとした方向へ無理やり持っていこうとするその辣腕さは、いよいよ増するばかりだった。政府方の人間の大隈重信も、この大久保の手法をあれよ、あれよとみていた一人だった。

「……征韓論と云えば、世間の人々は西郷がその主唱者であり、原動力になったものとするものが少なくはないが、果してそうであったかどうかは今でもなお漠然として疑問の中にある」

西南戦争から十八年の月日が経った明治二十八年、大隈はその昔日譚の中ではっきりとそう語っている。大隈は当時非征韓派の立場にいた参議の一人である。非征韓派の先頭に立った大久保は、征韓論に断固反対という考えでは、なかったようなところがあった。本当は、西郷の方こそ非征韓派なのである。彼は、丸腰で一人の兵士も持たずに出発することを決めていた。ところが、朝鮮ゆきの話がぐずぐずするうちに、別府晋介が是非共自分もおともでついていくと申し出た。彼は西郷がそこで殺されるものと信じてしまったらしい。どうしても一緒に死にたかった。西郷は、血気充満する彼の同行は困ると思ったのではないか。あわてて、土佐の北村重頼も同行を希望していると別府に手紙を出した。「土佐人も一人はしなせ置候はゞ跡が可宜《よろしかるべく》と相考居申候……」というように手紙を書いたのである。これを持っても西郷は征韓派ではないかと、大著『勝海舟』の著者松浦玲氏は考えられた。

しかし私は、ここから西郷の優しさを感じるのである。自分をどこまでも慕ってくる別府に、ピシャリと同行を断わって傷付けたくない。土佐の人間も同行を希望していると書くことで、彼はあきらめるだろうと思った。別府には、薩摩だけの人間で西郷を守りたいという思いが人一倍強かったかもしれない。更にその時の別府の心情を思いやってこそ、最後に介錯を頼むことへとつながっていったように思われるのである。「出立前に風邪共御煩いにては、少しは娑婆《しゃば》が名残り有りげに相見申し候。呵々《かか》大笑」。このくだりを読むと、西郷はやはり別府をつれていくつもりになっていたのだという気もしてくる。しかし、兵士とお供は、まったく違うものだと思う。「護兵の儀は決して宜《よろ》しからず」と西郷は、太政大臣宛の最後の始末書にもはっきりと書いている。最後に「呵々大笑」とあるのは、いかにも西郷らしい。いささかの表情も変えずして心の中でしてやったりと笑みを浮かべる大久保と正反対だった。

明治六年十一月、傷心の西郷が薩摩へ帰国してから四ヶ月もたたないうちに、大久保は台湾征討を決めた。佐賀の乱鎮圧に向かう八日前のことである。木戸孝允は反対、陸軍卿の山県有朋ですら、わが国の軍制はようやく揃いはじめたばかりで、まだこれからであるとの意見書を提出した。勝海舟は猛反対である。このことが、日清戦争につながっていくに違いなかった。勝は参議をやめさせられてしまう。大久保の「わが世の春」のはじまりだった。亡命ロシア人のメーチニコフは、当時日本にいた。

「……立憲派の木戸だけが、戦争反対の論陣を張った。台湾土人〔高砂族、生蕃とも呼ばれる〕に対する征討は、中国との深刻な衝突に容易に発展する、と彼は予見したからである。この派が何よりも恐れたのは、この戦争がそれでなくてもすでに日本の今後の市民的発展にとって著しい障害《しょうがい》となっている軍国主義に、拍車をかけることだった」

「……ウルップ製の大砲や、そのほかの改良された軍備を入手するためには、それまで日本政府がじつに惜しみなくつぎこんできた国民教育予算や、その他の生産的投資を大幅に削減せねばならなかった。だがこれは言わずもがなのことであって、むしろこの戦争のもっとも暗い面は、これによって薩摩派の中央集権的志向が優位に立ってしまったこととみるべきであろう」

明治七年春から明治八年暮れにかけて、わずか一年半あまりしか日本にいなかったにもかかわらず、メーチニコフは日本のこれからの行方をきっぱりと見抜いていた。しかし戦争反対の木戸は、三条からの話から西郷のことを誤解し続けていたのである。彼が西郷と二人だけでゆっくりと話しあうことがなかったのが、つくづくと惜しまれる。メーチニコフは、薩摩派の中央集権的志向と書いているがこれは、東京に残った薩摩の大久保派ということになる。その中に、パリでメーチニコフと出合った大山巌もいた。勝海舟は、西南戦争を大久保と薩摩士族一般との戦争とみていた。

「西郷は征韓論に非ず」

晩年の勝海舟は、繰り返しそのことを言い通した。明治二十年代に入ってからのことである。勝は西郷が非征韓論者だった証拠として、明治八年九月に起きた江華島事件の折りの西郷の憤りを挙げている。日本の軍艦「雲揚」が、朝鮮の江華島付近で測量中に、突然砲台から射撃を受けたのである。それに対する日本の報復たるや、すさまじいものとなった。陸戦隊が上陸して、町や村を焼き尽くした。この事実を鹿児島で知った西郷は、日本のやり方に激怒した。

譬《たとえ》此戦端を開くにもせよ、最初測量の義を相断り、彼方承諾の上、〔それでも〕発砲に及び候えば、我国へ敵するものと見做《みな》し申すべく候えども、左《さ》も之なく候はば、発砲に及び候とも一往は談判いたし、何等の趣意にて此《かく》の如く此《この》時機に至り候や、是非糺すべき事に御坐候。一向彼を蔑視し、発砲いたし候故応砲に及び候と申すものにては、是迄の友誼上実に天理に於て恥ずべきの所為に御坐候

（『西郷隆盛伝』第五巻）

「天理に於て恥ずべき」とは、二葉亭四迷の文章の中の孟子の言葉「俯仰天地に愧ぢざる」と同じ意味なのであった。西郷はいついかなる時でも、「天なるもの」を意識していた。

『南洲遺訓』のもとは、儒学の尚書《しょうしょ》からきている。彼が朝鮮と共に、中国を大切に思っていたことは、そこからも明らかだった。天も地も、中国、朝鮮、更にはロシアへとはてしない。どの国のどのような土地の人ともなかよくしたいと、西郷は思ったのに違いなかった。明治六年に佐賀藩士だった夫と築地の大隈重信屋敷跡で新婚生活を送っていた今泉みねも、西郷びいきだった。徳川のことを悪くいう夫と、よく言い合いになった。

「西郷さんだけは忠義をほこるようなところがなく、自分は偉いもんだという御様子がみえません。ですから徳川に対してもおなさけがありました」

そういうと、夫は苦笑いをしたようである。こうして江戸の人にも人気があった西郷隆盛は、この年の十一月に、鹿児島へ帰国してしまう。

「朝野に去来するは名をむさぼるに似たり／攙譎《ざんたく》の余生栄をほっせず／小量まさに荘子の笑いとなるべし／犠牛、杙《よく》につながれて晨烹《しんぽう》をまつ」

明治初年、西郷は山県有朋にそのような自作の漢詩をみせたという。今は何のかのと祭り上げられているが、いずれは殺される運命にあるという意味なのだろうか。西郷にはその時、徴兵令の施行に是非共協力していただきたいともみ手をする、山県の胸の中が透けてみえたことだろう。いずれ彼が自分に代わって陸軍のトップとなり、専制君主制の国のために自分を見殺しにする日がくるかもしれないことを。実際山県は、明治十年西南戦争が起こると、征討軍を指揮する立場に立った。城山総攻撃の後に、山県は感慨無量の面持ちで、西郷の首を手にした。「西郷の顔附も以前と変りない。この髭は三日剃り位だろう」。そういってその髭を撫でていたという。山県も、西郷が好きだったのだと思う。大久保も、実は死の前日に西郷の夢をみていた。死の当日も、彼からの手紙を読み返すことになった。明治天皇も、西郷が好きだった。

「山もさけ海もあせむとみし空のなごりやいづら秋の夜の月」

歌人でもある山県は、城山陥落の折りにそのような歌をよんだ。なかなかの秀歌だと思う。無骨一方の西郷には、とても作れない歌である。しかし、どこか空々しい。東京へ戻ってくると、彼は早速目白に一万八千坪の広大な土地を購入した。

「万民の上に位する者、己《おの》れを慎み、品行を正くし、驕奢《きょうしゃ》を戒《いまし》め、節倹を勉め、職事に勤労して人民の標準となり、下民その勤労を気の毒に思う様《よう》ならでは、政令は行われがたし、しかるに草創の始に立ちながら、家屋を飾り、衣服をかざり、美妾《びしょう》を抱え、蓄財を謀《はか》りなば、維新の功業は遂げられ間敷《まじき》也。今と成りては、戊辰の義戦もひとえに私を営みたる姿に成り行き、天下に対し、戦死者に対して面目なきぞと、しきりに涙を催されける」

『南洲遺訓』には、そのようなことも書かれていた。明治三(一八七〇)年に庄内藩の酒井忠篤以下数十人の西郷の崇拝者が鹿児島にやってきた折りの言葉である。

西郷隆盛は山県有朋の徴兵令の案は致し方ない世のなりゆきと思ったものの、それからの軍の独走を許すような国のかたちについては夢想だにしなかったことだろう。西郷が明治七年から九年にかけて鹿児島に設立した私学校の中の幼年学校には、イギリス人、アメリカ人教師も雇い入れた。もしそこに、メーチニコフが加わったとしたら、どんなにすばらしい学校になったことだろう。西郷は、元士族を養うためにも、土地を開墾しつつ学問をすることを考えた。何よりも、「農業」を大切にしたいと思った。砲術学校も作ったが、それは余程の国難が起きた場合のことを考えてのものだったろう。

西郷はいくつもの種類のある学校の中でも直接土に向き合う「開墾社」に力を入れたようである。

「富国強兵」は、必要ない。「小国日本」で、充分だと思った。あくまで西郷は、日本の中の小さな理想郷を夢みていたように思う。連邦制の国家がいいと思った。維新まもない日本という国をつぶそうなどという野心は、みじんも持っていなかった。

西郷隆盛が評判のやうな人なら偉大なシムボリストと云へませう。其等の人はシムボリズムだなど〻識らず云はずに自ら偉大なるシムボリストです。吾々のはシムボリズムなど〻仰山らしく吾等から離して置いて、其處へ行つて入らうとするのだから、却て非シムボリストになりやすいのです。何れは苦しい自意識とか自知とか云ふ事の鎖に捕へられて居るのです。比堅い鎖を斷ち得たら世の中が樂になるでせう。二つに分れた靈と肉との一致した妙境に至らんとするルシアン、シムボリストの苦しみも思ひやられます

（明治四十年九月『早稲田文學』所載「露国の象徴派」）

ロシア出発のおよそ十ヶ月前に書かれたものである。少々わかりにくいところがある。しかし、西郷の苦しみをわがことのように分かちあいたいという二葉亭の熱い思いが伝わってくるのだった。

★

明治十一（一八七八）年三月三十日、長谷川辰之助は松江より東京へ戻った。祖母みつと二人だけで、四谷左門町に住むことになった。三年ぶりの東京である。辰之助は、その一ヶ月前に十四歳の誕生日を迎えた。十月に、陸軍士官学校を受験するための上京だった。学校は、辰之助生誕の地尾

張藩上屋敷を取り壊した跡に建てられていた。広大な上屋敷の中の合羽坂に近い長屋で、辰之助は四歳のころまでを過ごしたのである。合羽坂の門のあたりには、いくらか十年前の面影が残っていただろうか。左門町から合羽坂へは、ゆっくり歩いても二十分とかからない。たとえどんなに景色が変っていたところで、辰之助にとって一番なつかしい場所だった。陸軍士官学校がもし他の地に建てられていたとしたら、どんなに祖母のみつが勧めたところで彼は受験する気持を持たなかったかもしれない。

四谷左門町へいってみようと思ったのは、新宿での用事が予定より早く終った十月半ばの午後遅くのことだった。四谷駅の改札口をでた時、既に時間は四時半をまわっていた。日が暮れるまでに、十四歳の彼が住んでいた家がわかるなどということは奇蹟に近かった。そもそもどの年譜にも、祖母みつとともに四谷左門町に住んだとしか書かれていない。今の左門町は、にぎやかな外苑東通りを間に挟んで東西に別れていた。ここ周辺の土地勘はゼロだし、ひどい方角音痴でもあった。老舗の佃煮店、和菓子店と、よく磨き込まれた店先が、次々と目にとびこんできた。焼きたての海苔を売る店も、魚の粕漬け専門の店もあった。ふと、育ちざかりの辰之助は家でどのようなものを食べさせてもらっていたのだろうと考えた。キュウリが一番の好物だったというところからすると、あまり食いしん坊とは考えられなかった。むしろ粗食の方だったのではないか。お茶と甘いものに目がなかったという。ペテルブルグから妻の柳子へ宛てた手紙の中にも、日本のお茶のことがでてくる。ペテルブルグの下宿で、一人大切にお茶を飲んでいたらしい。四谷左門町の家で受験勉強に励んでいる時は、みつがおいしいお菓子とお茶を用意したことだろう。折り折りの菓子は、どのようなものだったのか。小さなころと変りない駄菓子が、多かったように思う。

……兎に角祖母は此通り氣難《きむづ》かし家《や》であつたが、その氣難かし家の、死んだ後迄噂に残る程の祖母が、如何《どう》いふものだか、私に掛《かゝ》ると、から意久地がなかつた。

　何で祖母が私に掛ると、意久地が無くなるのだか、其《それ》は私には分らなかつた。が、兎に角意久地の無くなるのは事實で、評判の氣難《きむづ》かし家《や》が、如何《どう》にでも私の思ふ様になつて了ふ。

　まづ何か欲しい物がある。それも無い物ねだりで、有る結構な干菓子《ひぐわし》は厭《いや》で、無い一文菓《いちもんぐ》子《わし》が欲しいなどと言出して、母に強求《ねだ》るが、許されない。祖母に強求《ねだ》る、一寸澁る、首玉《くびつたま》へ噛り付いて、よう〳〵と二三度鼻聲で甘垂《あまた》れる、と、もう祖母は海鼠《なまこ》の様になつて、……（中略）……彼様《あんな》に言ふもんだから、買つて來てお遣《や》りよ、といふ。

（『平凡』）

幼い辰之助の鼻声に海鼠のようになってしまうみつは、十四歳の少年の辰之助にも相変らずそうであったのだと思う。

「辰之助、お茶が入りましたよ。好物の豆菓子だよ」

勉強中にいきなりそういってずかずかと入ってこられでもしたら、思春期の辰之助は「うるさい」とばかりに、みつの手にした盆の中の豆菓子を投げ付けたくなる衝動にかられたこともあったかも

しれない。しかし現実には儒教の教え通り、祖母にも「いい子」のままの彼は、

「アイ」

幼いころと同じ返事をして、豆菓子をつまみお茶をすすったことだろう。そのような辰之助を、みつは目を細めてみつめていた。辰之助にとっては、いかにも気の重いことであった。陸軍士官学校の入学が、みつの願い通りに首尾よくいくとは考えられなかった。数学が苦手な上に、近眼が進んでいた。年譜によると、上京後一ヶ月もたたない五月二日から森川塾というところに入り、代数学の復習が始まった。しかし実際のところ、辰之助の心は勉強どころでなくなっていた筈である。西南戦争は、明治十年九月二十四日の西郷隆盛の自刃と共に終わっていた。辰之助の上京は、その半年後のことになる。しかし、東京では西郷が「西郷星」となって輝いているという話しでもちきりだった。明治十年九月二十一日の読売新聞には、「西郷星」がみえる、みえると騒ぎながら夜空を見上げているおじいさんの談話が載っていた。

「……此間まで鹿児島で大敵を引受けた西郷様が討死なすツたから其魂が天上へ昇つて、一ツのお星さまに成つたのよ。此《こ》のお星様《さま》拝んでおきな。吃度いゝことが有るぜ。第一喧嘩をしても人に負ける様なことはないぜ」というようなことを、いっているのだった。

二十一日といえば、西郷はまだ生きていた。それでもこのようなコメントが新聞に載るということは、いかに彼が人々から愛されていたかがわかるのである。そのころ、火星の大接近があった。ひときわと明るく大きく輝く星をみて、多くの人が西郷を生きているように感じた。西郷をこよな

く敬愛する辰之助も、じっと火星を見上げながら胸を熱くしていたのに違いなかった。

「おばあさん、今日も西郷星がよく光っているね」

庭の物干し竿の前に立って夜空を見上げながら、辰之助は傍らのみつに、そのように話しかけたことだろう。

「そうだね。でも、西郷さんはひょっとしたら生きておいでなすっているかもしれないというじゃないか」

みつも、西郷さんびいきであった。新聞のおじいさんと同じく、

「西郷様」

そのように大切に話していたかもしれない。政府がいくら西郷のことを、「征韓論者」、「国賊」と吹聴しても、当時の国民はその手に乗らなかった。殊に東京の人にとって、「無血革命」を遂行して人々の命を守った西郷は恩人であった。みだりに国家のいいなりとならないたくましさを、明治初期の日本人は持っていたように思われる。新聞は、色々であった。当時政府御用新聞の東京日日新聞は、西郷に宛てた降伏勧告文を社説にする一方、「西郷星」のことに触れていないようである。

……往来を通行していると、戦争画で色とりどりな絵画店の前に、人がたかっているのに気が付く。薩摩の反逆が画家に画題を与えている。絵は赤と黒とで色も鮮かに、士官は最も芝居がかった態度をしており、『血なまぐさい戦争』が、我々の目からは怪奇だが、事実描写されている。一枚の絵は空にかかる星（遊星火星）を示し、その中心に西郷将軍がいる。将軍は反徒の大将で

あるが、日本人は皆彼を敬愛している。鹿児島が占領された後、彼並に他の士官達はハラキリをした。昨今、一方ならず光り輝く火星の中に、彼がいると信じる者も多い。

（モース『日本その日その日』）

「お雇い外国人」として来日していたモースは、そのように書いている。モースは、生物学を東京大学で教えていた。大森貝塚の発見者として知られるアメリカ人の彼の最初の来日は、明治十（一八七七）年である。モースはカメラを片手に、東京の主に下町を歩きまわった。明治十一年の二度目の来日の折りには、函館、小樽、札幌から東北、京都、奈良、神戸、九州にも足を伸ばした。彼の貴重な写真と共に、膨大な日本コレクションが残された。ぜいたくな陶器がある一方、しっかりと使い古された下駄や雑布の類いも収集されている。

私はその一部を、江戸東京博物館で開催されていた『明治のこころ　モースが見た庶民のくらし』展でみることができた。ぱさぱさに乾いて茶色に変色した山形屋製の味付海苔までが、そのブリキの缶と一緒に並んでいた。当時の東京湾でとれた海苔なのだろう。二葉亭もきっと、大好物だったのに違いない。陶器のコーナーに、「楽々園焼」と書かれたものが陳列されていた。尾張藩上屋敷の「楽々園」のことではないかと、胸が高鳴った。あっさりと釉《ゆう》が掛けられただけのシンプルな大壺である。じっとみつめていると、それに間違いがないという気がしてきた。「楽々園」は消滅したが、そこでの焼き物は今、ボストン美術館に収蔵されている。陶器だけで五千点に及ぶというモースコレクションの一部である。

会場入口には、モースが撮影した明治の子供たちの写真が掛けられていた。大きく引き伸ばされた写真の中の子供たちは、まだ二歳位の男の子を除いて全員が笑っていた。少し恥ずかしそうにみえるものの、みんなの笑い声が聞こえてくるような明るい笑顔だ。真ん中にいるひときわ小さな男の子だけが、一人ぽかんとしていた。だれもが笑うのにぼんやりしてしまったのかもしれない。白い前垂れ姿の上品な可愛い子である。モースが最初に来日した明治十年ごろの写真らしかった。

下駄に足袋の足許をぶらぶらさせて笑っている男の子たちは、これから十七年後には日清戦争、更に二十七年後には日露戦争へと駆りだされていくことになった。貧しくともこの笑顔のままの日本人でいることができたら、どんなによかっただろう。会場には、若い女性が樽のお風呂に漬かっている写真もあった。狭い樽の中から肩の上だけをだして、恥じらいながら笑っているのだった。首に手拭いを当てた彼女は、日本髪を結っていた。明治十年にはまだ、東京でも日本髪の女性が多かった。ちょんまげの男性も、少なくなかったようである。入浴中のところをカメラを向けられてもなお微笑んでいる若い女性に、モースは心のやすらぎを覚えたことだろう。カメラマンは、外国人である。「夷狄《いてき》」などという幕末の殺伐した雰囲気は、江戸の市井の人々には無縁のまま、明治を迎えたような気がする。

そのころの日本には、多くの「お雇い外国人」が来日していた。亡命ロシア人のメーチニコフも、その一人だった。彼は、東京外国語学校のロシア語教授となった。神保町に家があった彼は、モースのように遠出することなくこの町のどこにでもみかけるおびただしい数の書店めぐりをしていた。

……度の強い鼻眼鏡をかけた、いかにも気まじめそうな店主が、びっくりするほど厚い羊皮の台帳を考え深げにめくりながら、時おり算盤《ソロバン》(中国式の計算器である)をはじいている。…(中略)…わたしは店の隅の畳のうえでうずくまっているムスメ(娘)が一体なにを読んでいるのか知ろうと懸命であった。このムスメというのは、日本のどんな店でもよく見かける手代とも、女中とも、はたまた店主の妾とも親類ともつかぬ娘たちのことである。日本人の愛想の良い性格も手伝ってか、そうしたムスメたちは、わたしの好奇の目に気がつくと、自分の方から可愛らしい笑みを浮べて、自分の読んでいる本をわたしに手渡してくれた。こうしてわたしは、そうした書店ではとうてい買えないような、日本でもっとも愛読されている小説のタイトルをいくつも知ることができたのであった。

(『回想の明治維新』岩波文庫)

日本人が本をよく読むことに、メーチニコフはびっくりした。明治初期の識字率は、ロシアと比べても驚く程高かった。江戸時代の寺子屋教育が、効を奏していた。しかしその日本がロシアの専制君主国の面をよしとしたところに、メーチニコフはわりきれないものを感じた。彼は母国のロシア程、高度の中央集権的な国家権力を持つ国は見当たらないと考えていた。なればこそ、革命家の彼は亡命という道しか考えられなくなったのである。亡命先の国のひとつであるイタリアでは、ガリバルディ率いる「赤シャツ隊」がイタリア統一を求める解放闘争を繰り広げていた。ロシア人の彼もその戦いに加わり、そこで片足を負傷した。

実は日本へきた「お雇い外国人」の中に、もう一人「赤シャツ隊」のメンバーがいた。イタリア人画家のフォンタネージだった。明治十年、工部美術学校の西洋画学科教師に招聘されたフォンタネージは、日本の近代洋画の恩人である。浅井忠も、イコンの画家山下りんも彼の教え子だった。バルビゾン派風の情感豊かな画家として知られた彼は、日本へのあこがれと使命感と共に高額な政府からの月給にも魅かれていた。メーチニコフも、そうだったという。二人は、革命家であると共に多くの国をさまよい歩くボヘミアンでもあった。そこが、二人よりもっと高額な月給を得ていたアメリカ人のモースとは大きく違っていた。メーチニコフは、明治九年には日本を去った。体調が芳しくなくなったからだとされている。しかしそのこと以上に、日本がロシアと国のかたちが似てきたように思われて、そこが息苦しくなったのだと思う。フォンタネージの来日は、その一年後のことになる。かつての赤シャツ隊の二人は、どんなにか気が合ったことだろう。メーチニコフも画家を志していた時期があったという。フォンタネージも脚気《かっけ》がひどくなり、明治十一年には日本を離れることになった。今しも西洋画排斥運動の嵐が吹き荒れようとしていたころである。

「敬天愛人」

西郷がもっとも大切にしていたこの言葉を知ったら、メーチニコフはきっと涙ぐんでしまったことだろう。かの孟子の「天命思想」が元になっているという。孟子は、天下を取るには領土の拡大ではなく、人民の心を得ることがよろしいと考えた。これは、まさしく生きているうちに「西郷星」となった西郷隆盛の考え方そのものではないか。孟子は、君主たるもの利益ではなく仁義によって国を治めるべきであり、そのようにすれば小国であっても大国に負けることはないとも説いた。礼を尽くしてあくまで使節として韓国に渡ろうとした西郷の姿勢は、孟子の教えからきていたのだった。「国益」という言葉を多用する現在の日本の政治家の姿勢が、悲しい。孟子は、政治にとって人民がもっとも大切で、次に国家の祭神が来て、君主は軽い、そのような意味のこともいっている。

「民を貴しと為し」

この孟子の言葉は、あまりにも重い。日本は国民よりも国の領土拡大を第一に思ったからこそ、夏目漱石が小説『三四郎』の中で予言していたように、太平洋戦争で「亡《ほろ》びる」という方向に向ってしまったのだと思う。この孟子の言葉は、一四七二年に生まれた王陽明の言葉へとつながっていく。明の時代の思想家の彼は、読書のみの学問の朱子学を批判して、実生活や仕事を通しての行動を促した。

「満街の人すべて聖人」

何と、いい言葉だろうか。選ばれたる人だけが聖人なのではなく、すべての人が聖人となるのだった。朱子学が基本の江戸時代に、陽明学が伝えられた。天保八(一八三七)年に起きた「大塩の乱」の大塩平八郎も、陽明学を信奉していた。天保の飢饉においても窮民救済に動こうとしないままの幕府に、彼は蜂起を決意する。その檄文の表書きは、

「天より被下候」

という一言で始まっていた。蜂起は、「天怒」であった。

幕末に維新の志士たちに熱く語りかけた吉田松陰も、陽明学者であることを自認していた。

「草莽崛起《そうもうくっき》」

松陰はこの言葉を草むらの中に住む無名の人々に呼びかけた。二十世紀に入り、ロシア革命が農民の決起によって遂行されていったこととも重なる。

「国に在るを市井の臣といい、野に在るを草莽の臣という。皆庶人をいう」

『孟子』にでてくる言葉である。松陰の胸には、つねに王陽明と並んで孟子の教えも生き続けていたことになる。一方の王陽明は、

「万物一体の仁」

という言葉の人だった。人も含めた万物は、すべて根元が同じである。自他一体とみなす思想は、西郷隆盛の考えにもつながっていく。「道は天地自然の物にして、人は之を行ふものなれば、天を敬するを目的とす。天は人も我も同一に愛し給ふゆゑ、我を愛する心を以て人を愛する也」(『西郷南洲遺訓』二四)。聖書の教えにも通じる。己れの慎みを忘れた明治新政府の面々を眺めれば、明治維新に次ぐ第二の維新が必要であると思われた。まだ十代半ばの辰之助は、更なる革命を夢みていたことになる。そのきっかけは、孟子と共に中国の歴史を綴った『十八史略』を読むことで深まっていったと考えられる。どちらも、松江の時代から学んでいたことである。

「草莽」は、ロシアの「大地」という言葉につながっていくと思うのである。ロシアでは、「母なる大地」、「母なるヴォルガ」というように自然を人と同じように考えるところがある。『罪と罰』の中でソーニャが思い上がったエリート意識から金貸しの老婆を殺したラスコーリニコフに叫ぶ言葉が思

い出されてくる。「四つ辻へ行って、みんなの人におじぎをして、地面に接吻をなさいまし。あなたは地面に対しても罪を犯しなすったんですから」(『罪と罰』中村白葉訳)

大地にひれ伏すことで、ラスコーリニコフはようやく野に在る「草莽の臣」であることを自覚するに到った。そのようにも解釈できるのだった。

十四歳の長谷川辰之助も、一人の草莽の臣であることを意識していたのだと思う。幕府方の武士の子として生まれても、彼は明治維新が必要なものだったと考えていた。しかし、明治新政府のトップは、自分たちがそうであることを早々と忘れ去ってしまった。そのような世にあっては、なおのこと草莽の臣であり続けたい。政府の人間に尻尾をふりながら、生きていくのは嫌だった。「草莽」が仕官することなく野にある人たちを指すならば、辰之助もあくまで権力から遠去からなければいけない。「立身出世」からは、背を向けた生き方になる。薩長が支配する陸軍に入ることをよしとしないという思いが、受験に失敗する以前から既に芽生えていたのではないか。

しかし他の目標がみつからないままに、両親・祖母の願いを無視して陸軍士官学校の受験を取り止める勇気も持ち合せていなかった。祖母のみつと二人で上京してきてからというもの、辰之助の背はみるみると高くなっていっていた。肩幅もがっしりとして、眼光も鋭くなったようにみつには思われた。

星はらはらと　Ⅲ

二葉亭四迷の直筆の経歴書が、早稲田大学図書館に保管されている。三十代前半の二葉亭が転職を繰り返していた明治三十(一八九七)年ごろに書かれたものである。閲覧室で、彼の書いた一字一字をみつめた。優しく、とてもわかりやすい字だった。最初の妻つねとの離婚や、膝の関節の不調などと試練の只中にいた時なのに、その字はあくまでのどかにみえた。

「文三《ぶんぞう》さん」

私はその字に向かって、そう話しかけたくなった。『浮雲』の主人公の名前である。上司にゴマをすれなくて官吏をクビになるというピンチに陥っても、文三はどこか大きくすっとぼけている。そこに惹かれた。下宿先の娘のお勢《せい》にいいようにふりまわされる姿も、たまらなく愛おしい。『浮雲』を執筆した時、二葉亭はまだ二十代の半ばにいた。文三を自分の分身として、書き進めていた。

……眼に見る景色はあはれに面白い。とはいへ心に物ある兩人《ふたり》の者の眼には止まらず、唯お勢が口ばかりで

「アヽ佳《いい》こと。」

トいつて何故《なにゆゑ》ともなく莞然《につこり》と笑ひ、仰向いて月に觀惚《みと》れる風《ふり》をする。其半面《よこがほ》を文三が竊《ぬす》むが如く眺め遣れば、眼鼻口の美しさは常に異《かは》ツたこともないが、月の光を受けて些《すこ》し蒼味を帯んだ瓜實顔《うりざねがほ》に、ほつれ掛ツたいたづら髪、二筋三筋扇頭《せんとう》の微風に戰《そよ》いで頰の邊《あたり》を往來する所は、慄然《ぞつ》とするほど凄味《すごみ》が有る。暫らく文三がシケ〲と眺めてゐるト、頓《やが》て凄味のある半面《よこがほ》が次第〲に此方《こちら》に捻《ねぢ》れて……パツチリとした涼しい眼がジロリと動き出して……見とれてゐた眼とピツタリ出逢ふ。螺《さゞい》の壺々口《つぼくぐち》に莞然《につこ》と含んだ微笑を、細根大根《ほそねだいこん》に白魚《しらうを》を五本並べたやうな手が持てゐた團扇で隱蔽《かく》して、耻かしさうなしこなし。文三の眼は俄に光り出す。

「お勢《せい》さん。」

但し震聲《ふるひごゑ》で。

「ハイ。」

但し小聲で。

「お勢さん、貴嬢《あなた》もあんまりだ、餘《あんま》り……殘酷だ、私が是れ……是れ程までに……」

トいひさして文三は顔に手を宛てゝ默ツて仕舞ふ。意《こゝろ》を注《とゞ》めて能《よ》く見れば、壁に寫ツた影法師が、慄然《ぶるぶる》とばかり震へてゐる。……

この場面は、『浮雲』の中でもとりわけ笑いを誘う。明治のエリートの中に、こんなにもナイーブな青年もいたのだ。『浮雲』を読んだ私は、心が明るくなった。大正時代の画家竹久夢二の絵の中に、この文三を思わせる青年がいた。日本髪の女性の横で、男性だけが両手を顔にあてて泣いている。女性の方は、この時のお勢さながらに涼しい顔をしているのである。『浮雲』は、夢二の絵を先取りしていた。明治という時代がどんなに男性社会であっても、『浮雲』の文三とお勢のこうした情景だけからは、「女性上位」という今時の言葉が浮かんでくる。しかしよく考えてみたら、文三の方だって最初のうちは、お勢の月の光りを受けた横顔を、「シケ〳〵と」眺めていたのである。この形容が、何とも愉快なのだ。しかし、せっ角の「シケ〳〵」は、お勢の「ジロリと」動き出す眼に出合った途端、塩をまかれたナメクジのようになってしまう。ユーモラスな「シケ〳〵」よりも、きわめて現実的な「ジロリ」の方が優位に立つのは致し方ない。「ジロリ」にあわてた文三に、お勢はいよいよわざとらしくにっこり笑ってみせる――。

このような男女の心の機微の描き方は、二葉亭が明治二十一(一八八八)年七月から八月にかけて『国民の友』に翻訳発表した、ツルゲーネフの『あひゞき』から学んだものと考えられた。『浮雲』第一篇が金港堂から出版されたのは、その前年の二十年の六月のことだった。二十一年の春早々に第二篇が出版されるというように、『浮雲』と『あひゞき』は、同時進行されていた。ツルゲーネフの文章を一行、一句、そのコンマのひとつまで原作に忠実にと心を砕いていた二葉亭が、ツルゲーネフの文体に感化されるのは当然のことだった。二葉亭の翻訳による『あひゞき』の自然描写は、まことに美しい。しかしこの短篇が、素封家の若い息子に少女がいいようにふられるのを、たまたま若き日の自分が目撃したという内容なのにひきかえ、『浮雲』の方はもっと複雑である。

前半はちゃらちゃらと若い文三の心をかき乱して悦にいっていたお勢が、途中から一転今度は彼女の方が文三の同僚の本田にもて遊ばれてしまう。文三と違って軽薄な本田は、「立身出世」を地でいく生活を送っている。上司にも適当にゴマをすり、更にはお勢をふって彼の娘となかよくなろうとする。だんだんと堕落していくお勢をまのあたりにしながら、文三はおろおろとするばかりなのだ。リストラされてからというものお勢の母のお政《まさ》からは、「立身出世」ができない男はわが家に無用だとじゃけんにされる。それでもなお文三は、お勢を思い続けて下宿をでていこうとしない。この決断のなさは、まぎれもなく現代の悩めるハムレットである。彼は部屋で翻訳の仕事を開始する。きちんとフリーターとして働き始めるのだった。ツルゲーネフの小説に登場する「貴族」や「高等遊民」とは明らかに違っていた。かといって、落語の「熊さん、八っさん」とも大きく隔たりがある。

文三も作者の二葉亭も、当時のとびきりのエリートだった。二葉亭のロシア語のセンスは、日本では誰も持っていないものであった。しかし、『浮雲』を読んでいて、そのようなエリート臭はどこからも伝わってこない。落語を聞いているような心地よさの中に、やがてほろ苦い青春の悲哀について考えさせられるのである。

千早振《ちはやふ》る神無月《かみなづき》も最早《もはや》跡二日の餘波《なごり》となツた廿八日の午後三時頃に、神田見附《かんだみつけ》の内より、塗渡《とわた》る蟻、散る蜘蛛の子とうよ〳〵ぞよ〳〵沸出で〻來るのは、孰《いづ》れも顋《おとがひ》を氣にし給ふ方々。しかし熟々《つら〳〵》見《み》て篤《とく》と點撿すると、是れにも種々《さまぐ》種類のあるもので、まづ髭から書立てれば、口髭、頬髯、顋《あご》の鬚、暴《やけ》に興起《おや》した拿破崙髭《なぽれをんひげ》に、狆《ちん》の口めいた比斯馬克髭《びすまるくひげ》、そのほか矮鶏髭《ちやぼひげ》、貉髭《むじなひげ》、ありやなしやの幻の髭と、濃くも淡《うす》くもいろ〳〵に生分《はえわか》る。髭に續いて差《ちが》ひのあるのは服飾《みなり》。白木屋《しろきや》仕込みの黑物《くろいもの》づくめには佛蘭西皮の靴の配偶《めをと》はありうち、之を召す方様《かたさま》の鼻毛は延びて蜻蛉《とんぼ》をも釣るべしといふ。是れより降《くだ》つては、背皺よると枕詞《まくらことば》の付く「スコッチ」の背廣にゴリ〳〵するほどの牛の毛皮靴、そこで踵にお飾を絶《たや》さぬ所から泥に尾を曳く龜甲洋袴《かめのこづぼん》、いづれも釣《つる》しんぼうの苦患《くげん》を今に脱せぬ貌付《かほつき》、デモ持主は得意なもので、髭あり服あり我また奚《なに》をか覓《もと》めんと濟《すま》した顔色《がんしよく》で、火をくれた木頭《もくづ》と反身《そつくりかへ》ツてお歸り遊ばす、イヤお羨しいことだ。其後《あと》より續いて出てお出でなさるは孰《いづ》れも胡麻鹽頭、弓と曲げても張の弱い腰に無殘や空《から》辨當を振垂《ぶらさ》げてヨタ〳〵ものでお歸りなさる。さては老朽しても流石《さすが》はまだ職に堪へるものか、しかし日本服でも勤められるお手輕なお身の上、さりとはまたお氣の毒な。

『浮雲』は、この冒頭からすばらしいと思う。心がはずんでくる。ゴーゴリの『外套』を参考にしたといわれているけれど、それぞれの主人公は同じ下級官吏とはいえまるで似ていない。『外套』の中年を過ぎたアカーキイ・アカーキエヴィッチは、うら若い文三に更に使われる立場にいたのだった。

神田見附は、今の霞ヶ関に当たるところだったらしい。勤めがはねてぞろぞろと動きだす髭の集団が、間近にみるようにくっきりと浮かんでくるのである。髭だけで集団の中の一人、一人の個性がたちのぼってきて、上質のアニメをみているように面白い。髭の集団の後には、空弁当を腰からぶら下げた老いたる人たちが続く。ゴーゴリの『外套』の主人公、下級官吏のアカーキイ・アカーキェヴィッチのことをふと思い出す。しかし『浮雲』では、下っぱの彼らの登場はこの冒頭だけである。あくまでお話は、リストラまもない文三のお勢に対するもたつきぶりに焦点が当てられていく。これから文三の生活がどうなっていくのか読んでいてもあまり心配にならないのは、彼が翻訳のアルバイトをして食べていけることがわかるからだった。フリーターの方が似合っていますよと励ましたくなる。そこが妻子持ちのアカーキイ・アカーキェヴィッチとは大いに違っていた。彼が官吏の仕事をやめたら、家族を抱えて他に生きていくすべがない。寒いペテルブルグで、彼はずっとボロボロのすり切れた外套を着て通勤していた。しかしやっとの思いで買うことができた新しい外套を、彼は橋のたもとで追いはぎに盗られてしまう。絶望のあまり、アカーキイ・アカーキェヴィッチはペテルブルグの吹雪の中で幻覚に襲われた揚句、息を引き取るのである。実に悲しいお話であった。

一方の若手官吏時代の文三は、「……年數物《ねんすうもの》ながら摺疊皺《たゝみじわ》の存じた霜降「スコッチ」の服を身に纏《まと》ツて、組紐を盤帶《はちまき》にした帽檐《つば》廣《びろ》な黒羅紗の帽子」という、まずはまともないでたちで歩いていたのである。高校時代に初めて『外套』を読んで以来、何度読み返しても、笑える部分は一ヶ所もない。溜息ばかりがでてくる。その分、当時の帝政ロシアへの批判がきいている。やはり二葉亭も『浮雲』の中で、「官尊民卑」の社会を告発しようとしていた。「立身出世」のトップにいるのは、官吏であった。「上等官吏」という言葉が使われていた。しかし、『浮雲』を読んでいても、それへの批判は二葉亭が考えていた程にはそんなに強く迫ってこないのである。文三は下宿でお政に嫌味をいわれると、すぐはらはらと涙を流す。お政は、わかりやすい女性である。本田は文三と違って学問はできないようだといわれ、

「立身出世すればこそ学問だ」

お政は、そのように言い放つ。明治初期に『開化好男子』という錦絵が有名だった。その絵の中のサーベルを下げた礼服姿の「上等官吏」の妻に、娘がなることを夢みていたのだと思う。お政の政は、政治の政から二葉亭が考えた名前である。お勢の勢は、時の勢いであるという。文三の文は、文学の文なのだろうか。それならば、文の力でもっとこてんぱんにお政をやっつける場面を作るか、或いはお政を更なる悪女に仕立ててもよかったと思う。いささか物足りないものの、そこに作者二葉亭の女性への気弱さが感じられて私はにっこりしてしまう。お政には、二葉亭の祖母のみつと重な

るところがあったのではないだろうか。二葉亭の陸軍士官学校への入学は、「立身出世」の足がかりになると、彼女は思っていた。

『浮雲』の何よりの魅力は、そうやってあるがままの世のなりゆき、人のなりゆきを、ユーモラスに映し出しているところにあった。クスクスと笑いながら、世の中のしくみが今もそんなに変っていないことに考えさせられる。文三の正直な心に、胸を打たれるのだった。涙を流すことも、正直さのあかしであった。男子が涙を流すなどもっての他だという気風は、明治維新と共に強まってきた。風流を愛する江戸のなごりは、西南戦争のころより急速に消えていっていた。戦況を知らせる派手な錦絵をみて育った子供たちは、いくさごっこに熱を上げるようになった。地方においても、そうだったという。国粋主義運動の機運が高まってくる時代にあって、あえて泣く男を小説の主人公にしたのは、大変に勇気のあることだったと思う。

それにしても、明治時代にはいろいろな髭があったものである。大久保利通も伊藤博文も髭を生やしていた。政治家、軍人、官吏の多くは、髭面だった。髭は、権力の象徴であったのだと思う。西郷隆盛は、髭を生やしていない。福沢諭吉も、大隈重信も、生やしていなかった。二葉亭四迷も、『浮雲』を執筆当時は文三と同様に髭がなかったようである。髭を生やしはじめたのは、明治二十二年内閣官報局雇員となってかららしい。二葉亭は口髭をたくわえてからも、少しも威張った感じがしない。むしろ穏やかさを増した顔付きになったと感じられるのは、こちらのひいき目だろうか。しかし明らかにそれまで「維新の志士」のようにきゅっと吊り上がってみえた彼の目は、それ以降の写真でみると丸く大きく感じられるのだった。「志士」へのあこがれから、「文学」へのあこがれへと変わっていったことが、その面構えからもよくわかるのである。

そこでと、第一になぜ私が文學好きなぞになつたかといふ問題だが、それには先づロシア語を學んだいはれから話さねばならぬ。それはかうだ――何でも露國との間に、かの樺太千島交換事件といふ奴が起つて、だいぶ世間がやかましくなつてから後、『内外交際新誌』なんてのでは、盛んに敵愾心を鼓吹する。從つて世間の輿論は沸騰するといふ時代があつた。すると、私がずつと子供の時分からもつてゐた思想の傾向――維新の志士肌ともいふべき傾向が、頭を擡げ出して來て、卽ち、慷慨愛國といふやうな輿論と、私のそんな思想とがぶつかり合つて、其の結果、將來日本の深憂大患となるのはロシアに極つてる。こいつ今の間《うち》にどうにか禦《ふせ》いで置かなきやいかんわい――それにはロシア語が一番に必要だ。と、まあ、こんな考からして外國語學校の露語科に入學することゝなつた。

(『予が半生の懺悔』)

明治四十一(一九〇八)年六月、ペテルブルグへ出発する一ヶ月前の『文章世界』に、彼はこのように書いている。樺太・千島交換条約は、明治八(一八七五)年五月七日、日本の特命全権公使榎本武揚とロシア宰相兼外相ゴルチャコフとの間に調印された。その時二葉亭は、十一歳の少年だった。条約は全文八款から成っていたが、もっとも重要なのはその最初の部分であることが、真鍋重忠著

『日露関係史』(吉川弘文館)を読むとよくわかる。
「⑴日本は樺太全島をロシヤに譲り、宗谷海峡を両国の国境とする。
⑵ロシヤはその代償として千島を日本に譲渡し、カムチャツカのロパットカ岬とシュムシュ島間の海峡を両国の境界とする」

間宮林蔵が、樺太を島であると確認してから、六十年以上が経っていた。樺太は日本の領土という考えが日本に定着していたのも、無理からぬところがあったと思う。それをそっくりロシアへ譲ってもよいと考えたのは、黒田清隆開拓次官だった。寒烈な気候と不毛な土地のせいで、開発が一向に進まない、力を無用の地に用いるに非ずと力説した。最初から結論ありきの交渉だったということを、十一歳の二葉亭は見抜いていたのかもしれない。

それより十三年前の文久二(一八六二)年七月、同じペテルブルグで幕府の使節団の一行は、ロシアの政府代表と国境問題について話し合っていた。あくまで北緯五〇度を両国の国境としたい、と日本側は持っていきたかった。しかし正使の竹内保徳《やすのり》は、北緯五〇度内外に日本人が居住していないことを知っていた。通詞としてこの交渉の席にいた福沢諭吉は、その時の模様を『福翁自伝』の中でこのように述懐している。

「日本の使節がソレを言い出すと先方《せんぽう》は少しも取り合わない。或いは地図などを持ち出して、地図の色はこう〱いう色ではないか、おのずからここが境だと言うと、ロシア人の言うには、地図の色で境がきまれば、この地図を皆赤くすれば世界中ロシアの領分になってしまうだろう、またこれを青くすれば世界中日本領になるだろうというような調子で、漫語放言、迚《とて》も寄り付かれない。マア兎《と》にも角《かく》にも、お互いに実地を調べたその上のことにしようというので、樺太の境はきめずに宜《いい》加減《かげん》にして談判はやめになりました……」

それより更に八年前の安政元（一八五四）年十二月、下田で日露修好条約が調印された。

「樺太島に至りては、是迄之通日本と魯西亜国との間に於て界を分たず」「是迄仕来之通たるべし」

条約書には、そのような一文が書かれていたという。「界を分たず」とは、なかなかに含蓄ある言葉ではないだろうか。ちなみに、本文第一条は、次のように書かれていた。

「今より後、両国末永く真実懇にして各其所におゐて互に保護し、人命は勿論什物におゐても損害なかるべし」

幕府方の全権代表筒井政憲《まさのり》、川路聖謨《としあきら》らの心の細やかさ、深さが伝わってくる。ロシア特使のプチャーチンとの、心のふれあいの確かさもわかるのだった。勿論、時の老中阿部正弘が慎重なる開国派の路線を敷いていたからこそ、このような感じのよい日露修好条約が調印されることになったのだと思う。しかし何といっても、川路聖謨の聡明さがプチャーチンを感動させていたことが大きい。樺太もエトロフも、千島群島もこちらのものと主張してやまないプチャーチンに向かって、川路聖謨は相手をケムに巻くような言葉を発した。

「ロシアは、虎狼の国と、世上で取沙汰せり。果して虎狼の国なりや、或いは信義の国なりや」

プチャーチンは、信義の国であると答えたのに違いない。

少年時代の二葉亭は、幕末の日露修好条約についてはたしてどの程度、知っていたのだろうか。川路聖謨のことは、秘かに敬愛していたことだろう。これ程までに頭脳明晰な人物が、何故井伊直《なお》弼《すけ》に疎んじられるようになったのか。将軍後継問題で、一橋慶喜《よしのぶ》を推したからだという。同じ理由で、尾張藩の徳川慶勝《よしかつ》も憎まれていた。尊王攘夷の嵐が吹き荒れる中、聖謨は中風の発作に襲われた。慶喜の大政奉還の後の日記に、六十八歳となった聖謨は次のように記した。

「いろ〳〵の風聞、驚嘆の事のみ、憤怒悲傷半ばせり」

慶応四年三月、まず腹を切った後に、聖謨はピストルで喉を撃って自死した。あまりにもいたましい。

一方、同じ幕臣であっても榎本武揚は、将軍家と明治政府に仕えた転向者として福沢諭吉の『丁《てい》丑《ちゅう》公論』の中でも批判されている。確かにペテルブルグでの樺太・千島交換条約の締結にしても、薩摩出身の黒田清隆の意向を汲んでのことだった。勿論、日本人として恐らく馬車に乗って初めてのシベリア横断旅行をしたり、ロシア語も習得したという立派さがある。しかし、明治の中期には徒歩でシベリアを横断した日本人がいるのだった。馬車が揺れて、シベリアの大地で頭を打ったという榎本に、そんなにも感動する気持にはなれない。何よりも問題なのは、この条約の背景にあったものである。日本の韓国への野心だった。樺太南部をロシアに譲る代償として日本は、韓国で軍事行動を取る場合の中立をロシアに求めたという。井上勝生著『開国と幕末変革』(講談社学術文庫）には、興味深いことが書かれていた。聖謨が代表する幕府は、日本が「弱国」であることを率直に認めた上で、交渉に当った。「弱国」という現実を冷静に意識して細心の注意を払い、熟慮の上に交渉に臨んだからこそ、大国との等距離外交を進めることができたのである。「弱国」が「弱国」に攻めいるなどということを考えるのは言語道断だったと思う。その時のロシアは、バルカン半島の方角に頭が向いていた。実際、樺太・千島交換条約の締結二年後の一八七七年に、トルコとの間に戦争が始まった。ロシア宮廷内には樺太における紛争の中止と日露関係強化のために、樺太を日本に譲渡すべしという意見があったらしい。そのような情報を、既に明治四年には外務卿の副島種臣がフランス公使館筋から入手していた。アメリカがアラスカを買収したように、日本政府が北樺太を二百万円で買収してもよい。副島が本気でそう考えたのも、よくわかる気がするのである。しかし副島は、西郷隆盛、江藤新平らと共に、明治六年の政変で下野してしまう。

　少年時代の二葉亭四迷の「慷慨愛国」には、「弱国」であることを忘れて「強国」の道を歩み出した明治維新政府へのアンチテーゼがこめられている。そう考えたい。

★

　経歴書に年を四歳もサバを読んだ二葉亭四迷は、初めての小説『浮雲』では主人公内海《うつみ》文三《ぶんぞう》の年を、そのまま自分の年にしていた。明治十一（一八七八）年、数え十五歳の春の上京という設定は、作者もそうだった。父親は旧幕府に仕えて俸禄を食《はん》だ者とした。これも同じである。ただ父吉数は尾張藩の武士であるところを、静岡と変えていた。静岡は、徳川慶喜《よしのぶ》が隠棲《いんせい》していた地である。

……幕府倒れて王政古《いにしへ》に復《かへ》り時津風《ときつかぜ》に靡かぬ民草《たみぐさ》もない明治の御世に成ツてからは、舊里靜岡に蟄居して暫らくは偸食《とうしよく》の民となり、爲《な》すこともなく昨日《きのふ》と送り今日と暮らす内、坐して食《くら》へば山も空しの諺に漏れず、次第々々に貯蓄《たくはへ》の手薄になる所から足掻《あが》き出したが、偖《さて》木から落ちた猿猴《さる》の身といふものは意久地の無い者で、腕は眞陰流《しんかげりう》に固《かた》ツてゐても鋤鍬は使へず、口は左《さ》様《やう》然らばと重く成ツてゐて見れば急にはヘイの音《ね》も出されず、といつて天秤《てんびん》を肩へ當《あて》るも家名の汚《けが》れ外聞が見ツとも宜《よ》くないといふので、足を擂木《すりこぎ》に駈廻ツて辛《から》くして靜岡藩の史生《しせい》に住込み、ヤレ嬉しやと言ツた所が腰辨當の境界《きやうがい》、なか〳〵浮み上る程には參らぬが、デモ感心には多《おほく》も無い資本を吝《をし》まずして一子文三に學問を仕込む。

（『浮雲』第二回）

文三の父は、息子の上京の一年前になくなっていた。文三は、父の弟に当る叔父の園田家に下宿する。彼の妻がお政、娘がお勢であった。イトコに当るお勢に、文三はふりまわされていく――。

一方作者自身がそうやって女性をまともに好きになったのは、二十代半ばを大分過ぎてからのことになるらしい。二十四歳の春に初めて二葉亭と号して『浮雲』第一篇を発表、翌年には第二篇を、更にその一年後には第三篇をと、完成までに三年かかっていた。『浮雲』は、二葉亭四迷のおくての青春が、まだ始まったばかりのころに書かれたことになる。

「幕府倒れて王政古に復り時津風に靡かぬ民草もない……」という『浮雲』の一節からも、時代の流れにあえて逆らう気配のない西南戦争後の今の風潮を、嘆かわしく思う若き二葉亭の嘆きが聞こえてきそうな気がする。しかし、心の中で幕府のころの方がよかったと思う市井の人は日本中に少くなかったのである。群馬県沼田で憲法発布のころまでの幼少期を過ごした作家の生方敏郎《うぶかたとしろう》は、次のように回想している。

憲法発布前は勿論、その後両三年位までも、私の地方民は明治政府に心から服従してはいなかった。他の地方のように、叛乱なぞを起したことは一度も無いが、決して政府を信頼してはいなかったらしく思われる。もとよりこれは私の尋常小学時代における観測なのだから、或はこの通りでないかも知れぬ。ただ子供心にこう映じたことは事実だ。

私の地方民はその頃まだ明治新政府に反感を持っていた。そして西郷隆盛に同情し、西郷はまだどこかの山の中に生きている、と人々はしばしば語っていた。（『明治大正見聞史』）

西郷隆盛は人々に空のお星さまのように感じられていた一方、まだ山の中で生きているとも思われていた。このような人々の西郷への熱き思いは、西南戦争直後に福沢諭吉が抱いた感情とまったく同じであった。

西郷は天下の人物《じんぶつ》なり。日本狭しといえども、国法厳なりといえども、豈《あに》一人を容《い》るるに余地《よち》なからんや。日本は一日《いちじつ》の日本に非ず、国法は万代《ばんだい》の国法に非ず、他日この人物を用《もち》るの時あるべきなり。これまた惜《おし》むべし。（『丁丑《ていちゅう》公論』）

生方によると西南戦争後、子供同士二組に分かれていくさごっこをすることが多くなった。ジャンケンで、組を決める。官軍と賊軍の場合、勝った方が賊軍になる。官軍の組になることを、大変屈辱と考えていたという。

長谷川辰之助は西南戦争が起こった時には、父と松江にいて既に十三歳になっていた。いくさごっこをすることは、もはやなかったかもしれない。しかも当時の辰之助は、とても穏やかな少年にみえていたらしい。しかし、彼より一歳年上の後年社会主義者となる安部磯雄は、少年時代をこのように回想していた。

「西南戦争も終りを告げ、世は太平となったけれども、私ども少年の頭にはなお多くの戦争気分が残っていた。私どものあいだにはさかんに戦争ごっこがおこなわれ、しかもそれはきわめて冒険的のものであった。町と町との少年のあいだにはしばしば石合戦がおこなわれた。双方とも木炭の空《あき》俵《だわら》に多くの小石を拾い集め、十四、五間ないし二十間ぐらいをへだててさかんにこれを投げるのである。これがため数人の負傷者を生じたことも私はよく記憶している」（『社会主義者となるまで』）

犬のかみ合せなども、さかんに行なわれていたという。犬の大好きな辰之助少年には、耐えられないことだったと思う。少年時代の思い出に、その場面はでてこない。女の子とのままごと遊びの回想は書かれていても、いくさごっこの話は一切でてこないのだった。そのような彼に、陸軍士官学校はやはり無理だったと思うのである。それでも入学しようとしたのは、心の片隅に幕府方の武士の子として、新政府の軍部の現実を探りたいという思いがあったとも考えられなくはなかった。

「虎穴に入らずんば虎子を得ず」

辰之助は、この有名な言葉を心の中でつぶやきつつ、陸軍士官学校の受験を重ねていたと思いたいところである。『後漢書』にでてくるこの言葉は、松江相長舎で学んだ『十八史略』の本の中にあった。『十八史略』は、中国のあまたの歴史書を集めたものだった。一回目の受験失敗の後に在学した愛宕下濟美黌でも、『論語』などと共にこの本の講義を受けていた。「君は国に依《よ》り、国は民に依る」「一人をもって天下を治むるも、天下をもって一人に奉《ほう》ぜず」。いずれも、唐の時代の言葉である。二葉亭の後年の思想は、このようなところからもきていると思う。しかし彼が『十八史略』の中でもっとも気に入ったのは、次なる言葉だったような気がする。「われを生む者は父母、われを知る者は鮑子《ほうし》なり」

春秋戦国時代の初期、斉《せい》の時代の言葉だという。鮑子とは、幼友達の呼び名らしい。生んでくれたのは親でも、この自分をしっかりと理解してくれるのは友達の鮑子である。父や母への愛を尊ぶ儒教の教えとは又別な『十八史略』の中のこの言葉に、家族が自慢するいい子だった辰之助は、ほっと救われる思いがしたのに違いない。陸軍士官学校の受験をやめて明治十四年に東京外国語学校露語科に入学したあたりから、ようやく彼の親離れが始まった。その半年後に、祖母のみつがなくなった。父や母以上に辰之助を溺愛してくれた祖母の死である。さびしさと共に、いいようもない解放感が心の中に拡がっていったことだろう。明治十九年の露語科退学は、みつがいなくなっていたからこそできたことだったのだと思う。一方彼の分身の文三は、二十三歳になっても儒教の教えそのままに、親はどのような親であっても尊重しなくてはいけないと考えていた。あのあさはかなお政にたいしても、彼女が一人の母親であるところにだけは敬意を払い続けた。そのことで、娘のお勢を鼻白ませるのである。

……文三は垂れてゐた頭《かうべ》をフツと振擧げて、

「エ、母親《おつか》さんと議論を成《な》すつた。」

「ハア。」

「僕の爲めに。」

「ハア、君の爲めに辯護したの。」

「アヽ。」

ト言ツて文三は差俯向《さしうつむ》いて仕舞ふ、何《なに》だか膝の上へボツタリ落ちた物が有る。

「どうかしたの、文さん。」

トいはれて文三は漸く頭《かうべ》を擡《もた》げ、莞爾《につこり》笑ひ、其癖眶《まぶち》を濕《うる》ませながら

「どうもしないが……實に嬉しい……母親《おつか》さんの仰しやる通り二十三にも成ツてお袋一人さへ過しかねる其《そん》な不甲斐ない私《わたし》をかばつて母親《おつか》さんと議論をなすつたと、實に……

母親と議論してどこが悪いのだろうかと、読んでいて思わず文三に突っかかっていきたくなる。

更に、このようなふがいない言葉もでてくるのだった。

「……が併しお勢さん、お志は嬉しいが、最《も》う母親《おつか》さんと議論をすることは罷《や》めて下さい、私の爲めに貴嬢《あなた》を不孝の子にしては濟まないから。」

（『浮雲』第五回）

このようなことを本気でいっているらしい文三は、どうしたものかと思う。しかし、優柔不断、好きなお勢の前でもはっきりとプロポーズできないままに、ただおろおろとしていくという気の弱さは、実に愛おしく思われるのだった。それも二葉亭四迷の一面だったのに違いない。しかし作者は、時に文三ばかりでなく、お勢にも乗り移っていると感じられるところがあった。文三が免職になったことでコロリと態度を変えた母親のお政に向かって、お勢は小気味のよいたんかを切る。

「ヲヤ免職に成ツてどうしたの、文さんが人を見ると咬付《かみつ》きでもする様になつたの、へー然《さ》う。」

「な、な、なんだと、何とお言ひだ……コレお勢、それはお前あんまりと言ふもんだ。餘《あんま》り親をば、ば、ば、馬鹿にすると言ふもんだ。」

「ば、ば、ば、馬鹿にはしません。へー私《わたくし》は條理のある所を主張するので御座います。」

（『浮雲』第五回）

お勢は、その前のくだりで「不条理」という言葉を口にしていた。カミュの『異邦人』にでてくる言葉が、日本での言文一致体の初めての小説に登場するのだから驚きである。そもそも当時の日本に、普段の話し言葉で書かれた小説が突如として出現したのである。しかも、ただ読みやすいだけではない。時にクスリと笑いだしたくなりながら、気が付くと文三はじめそれぞれの登場人物の心の動きに溜息をつきそうになっている。優しい文三は現代の悩めるハムレットであった。もっとはっきりとお勢にプロポーズすればいいものを、却って相手を白けさせるようなことばかりをいってしまう。しかも軽薄な本田へとお勢の心が向きかかっているとわかると、いよいよいってはいけない言葉を口にしてしまうのだった。本田に再就職の手伝いをしてやろうなどと調子のいいことをいわれてたちどころに拒否した文三は、更に「痩我慢なら大抵にしろ」といわれてしまった。文三は、本田に絶交を申し出た。

「但し斯うは云ふやうなものゝ、園田の家と絶交して呉れとは云はん。からして今迄のやうに毎日遊びに來て、叔母と骨牌《かるた》を取らうが、」

と云ツて文三冷笑した。

「お勢《カズン》を藝娼妓の如く弄ばうが、」

ト云ツてまた冷笑した。

「僕の關係した事でないから、僕は何とも云ふまい。だから君も左《さ》う落膽イヤ狼狽して遁辭を設ける必要も有るまい。」

（『浮雲』第十回）

この「冷笑」という言葉は、二葉亭四迷が『浮雲』の中でも繰り返し使うものである。樋口一葉の小説の中の、「いやだ」という一言を思い出すのである。一葉は登場人物にしきりと、「もういやになった」といわせていることを、田中優子氏も指摘されている。樋口一葉が『たけくらべ』を発表するよりも七年以上も前に、『浮雲』は世にでていた。「冷笑」という一葉の作品にもよく似合うこの言葉を、二葉亭はどこから考えだしたのか。明らかに、ロシア文学の影響が考えられた。

二葉亭は虚無《ニヒリズム》という言葉にもあこがれたのだと思う。一八七〇年から一八八〇年にかけて、丁度日本では明治十年代初めのころ、ロシアでは革命運動ののろしが上がりはじめていた。若き青年男女が、「人民のなかへ《ヴ・ナロード》」を相言葉に、農村へと入っていった。農民大衆と共にというナロードニキ運動は、やがて弾圧によりテロリズムへとかたちを変えつつあった。明治十二年十月の朝野《ちょうや》新聞には「虚無党の暴状」という言葉が、更に明治十四年九月に刊行された『内外交際新誌』には、「虚無党の主義」と題した社説が載せられた。辰之助が東京外国語学校露語科に入学前後のことである。

それにしても、「冷笑」とはなかなかに魅力的だと思うのである。「いやだ」には突き放されたようなさびしさが残るが、「冷笑」となると、こちらも薄笑いを浮かべたくなるようなゆとりを感じる。他者を馬鹿にして、笑っているのではない。そのような冷たさは感じられないのだった。あくまで、自らのあほらしさを笑っているように感じられる。こういうところが、ハムレットの心理と似ているいると思う。いってはいけない言葉を口にしては、内心正反対のことを考えている自分に冷笑する。ハムレットは愛するオフィーリアに向かって、「尼寺へいけ!」と言い放った。文三が本田にいった「お勢を芸娼妓の如く弄ぼうが」という言葉とそっくりであった。二葉亭四迷は、『ハムレット』を読んでいたのに違いない。

二葉亭自身が、つねにハムレットのように日頃心が揺れ動いては、「冷笑」を繰り返していたのだと思う。しかしその文体のどこからも、冷たさが感じられない。暗さも、感じられなかった。ロシアの小説をみならって社会派の小説を書きたいと思ったらしいけれど、どうも当時の社会への告発といったものはあまり伝わってこないのである。役所から理不尽なリストラをされたというのに、それにたいしてそんなにも拳《こぶし》を振り上げているようにはみえない。すべてはお勢への恋心に、収斂されていく。そこが、少し物足りない。しかしそれだからこそ、『浮雲』は明るいのだった。どんなことがあっても、ひとたび好きになった相手を思い続ける。そこから、希望がほのみえてくるのだった。二葉亭は、お政とお勢との激しい言葉のやりとりからも明るい未来を感じようとした。

「……之を親子喧嘩と思ふと女丈夫の本意に負《そむ》く。どうして〳〵親子喧嘩……其《そん》様な不道徳な者でない。是れはこれ辱《かたじけ》なくも難有《ありがた》くも日本文明の一原素ともなるべき新主義と時代後《おく》れの舊主義と衝突をする所、よくお眼を止めて御覽あられませう」

少しおどけているようで、彼は明らかに新しい日本のあけぼのを、こうしたところからも見い出そうとしていたことがわかる。西南戦争の後、自由民権運動の呼び声が全国各地でわき上がっていた。辰之助はその運動に直接加わった形跡がないものの、それにつながるともいえる行動を二度目の士官学校入学試験不合格の後に起こしていた。

その一年前、丁度辰之助が上京まもない明治十一年五月十四日、大久保利通が暗殺された。午前八時半、裏霞ガ関三年町の自宅を二頭立ての馬車で元老院へ向かっていたところ、紀尾井町の清水谷のあたりで総勢六人の刺客がとびだしてきた。実はこの紀尾井坂の変の起こるほんの数日前、前島密《ひそか》は大久保から直接不思議な夢の話を聞いていた。西郷隆盛と言い争って格闘した揚句、西郷に追われて高い崖から落ちた。頭をひどく石に打ちつけて脳が砕けてしまった。自分の脳が砕けてピクピクと動いているのがありありとみえた。そう話したという。凶変の直後、現場に駆けつけた前島は、その夢の通りになった大久保の最後の姿をみることになった。大久保の胸許には、西郷からの手紙が血で真っ赤になって残っていた。その三、四日前、三条実美《さねとみ》に貸しておいた西郷の維新前の手紙が戻ってきた。それからというもの、大久保は肌身離さず持ち歩いていたのである。きっとしみじみと西郷がなつかしくなっていたのだと思う。よもやあのおそろしい夢が、正夢になるとは思ってもみなかったのに違いない。刺客は、石川県士族島田一郎《いちろう》ほか五名であった。島田は、三十一歳の美髯《びぜん》の男だった。他の四人は二十代、最年少の杉村文一はまだ十七歳という若さであった。六名はそれぞれ懐《ふところ》に、同じ「斬姦状」をしのばせていた。陸義猶《くがよしなお》という人物が書いたものだった。その内容の要約を、松本三之介編著『日本の百年2　わき立つ民論』(ちくま学芸文庫)で知ることができた。

「その一、公議を杜絶《とぜつ》し、民権を抑圧し、もって政事を私《わたくし》す」

御一新の時の御誓文に、広く会議を興《おこ》し万機公論に決すべし、とある。一八七四年(明治七年)に民選議院設立の建議あり、一八七五年には立憲政体を建立する旨の詔令が下った。しかるに政府は、天皇にも人民にもそむいて、民会を開かぬ。それというのも姦吏《かんり》どもが自分らの不便になるからではないか。けしからん。

「その二、法令漫施《まんし》、請托《せいたく》公行、恣《ほしいまま》に威福を張る」

政府は手前勝手に政令を出したりひっこめたり、おかげで人民は迷惑至極だ。正邪を定める法律を姦吏どもは私物視して、はなはだしきは黒田清隆《くろだきよたか》の妻斬殺の罪業のごときも見て見ぬふりをする。上がそれなら小吏まで、賄賂横行、官民結託、私利をむさぼる。聞くにたえん。

「その三、不急の木工を興し、無用の修飾を事とし、もって国財を徒費《とひ》す」

近ごろ姦吏ども、道路工事や官庁舎建設の土建業を競い、見てくれのよさが国の経営だと思っておる。文明開化は形になく実力にある。西洋各国の見事さは多年の蓄積に立っておる。根を忘れ枝葉を飾って何になる。愚か者め。

「その四、慷慨《こうがい》忠節の士を疎斥《そせき》し、憂国敵愾《てきがい》の徒を嫌疑し、もって内乱を醸成《じょうせい》す」

征韓論で五参議が辞職して以来、内乱がつづくのは姦吏どもの責任だ。ことに昨年の鹿児島の件は、姦吏どもが刺客を送った陰謀から起こったのだ。しかも事起きるや公正な処置もとらず、大あわてに賊呼ばわりして踏み潰す。自分らの奸計をかくす魂胆《こんたん》なのだ。人民を保護するはずの政府が、無罪の人民を殺す。汝らこそ国賊だ。

「その五、外国交際の道を誤り、もって国権を失墜す」

……朝鮮修好、樺太交換、台湾の役、みな徒労と失体のみ。弱を侵さず強に屈せぬのが外交の根本だが、わが政府のなすことはその逆だ。なっとらん」

原文は漢文書き下し体の格調高き長文だというが、要約で読んでみてもなかなかのものだと思う。彼らは、西郷党であった。筋が通っている。黒田の事件は勿論、西南戦争のきっかけとなった政府側の陰謀も、多くの人々がひそかに噂していたことだった。おそろしいテロリストたちが、「弱を侵さず強に屈せぬのが外交の根本」とわかっていたところが興味深い。江戸幕府の外交姿勢が、そのようなものであった。江戸時代には、朝鮮とも友好関係を保っていた。幕末に日露修好条約に当った川路聖謨《かわじとしあきら》も、そのことを肝に銘じていたのである。明治政府になって、どうしておかしく変わってしまったのか。

「斬姦状」(要旨)は、五月十五日付けの朝野新聞に掲載された。朝野新聞はこのために、十日間の発行停止の処分を受けた。政府は、この中の真実が明るみにでることを恐れたのである。朝野新聞は、勇気があったと思う。他の新聞社は、政府の顔色をうかがっていた。最年少のテロリストの杉村文一は、辰之助の通う濟美黌に通っていた。辰之助が入塾した時、既に文一は塾をでていたものの警官隊が塾を捜索にきたという。斬姦状の写しを持っている塾生も、何人かいたらしい。十四歳の辰之助のまわりは、一度に騒然とした空気に覆われていった。

★

辰之助が芝愛宕下にある濟美黌に在学したのは、明治十二(一八七九)年二月のことである。十五歳の誕生日を、目前に控えていた。高谷龍洲について『論語』『十八史略』などを聴講した。しかし、これらの多くは、松江にいる時に学んだものだった。再度の陸軍士官学校受験を念頭に置いての復習である。彼は当時、祖母みつと共に四谷左門町に住んでいた。毎日みつの作った弁当を持って、ずんずんと足早に愛宕下へと向っていたものと思われる。途中、その前年の五月の朝に大久保利通が遭難した紀尾井坂のあたりにぶつかってもおかしくなかった。事件の前から、薄暗いさびしいところとして知られていた。

……常にさへ往來のまれなるに早朝《あさ》と云ひ空《そら》かき曇《くも》り今にも雨降《あめふ》り出ん氣色なれば道行《みちゆ》く人もなくて只前路《ゆくて》に書生とも覺《おぼ》しき二人《ふたり》の若《わか》き男が手に花を持ち立止《たちとゞ》まりて何か戯《たわむ》れ居たるが先《さき》を拂ふ馬丁《べつたう》(名は芳松とか云へりと)は駈《か》け拔《ぬ》けて紀尾井坂の方へ走る後《うし》ろより馭者《ぎよしや》(名は太郎とか云へりと)は馬に鞭《むちう》ち赤坂御門の前を左《ひだり》へ曲《まがり》て壬生邸の横を走らす折しもあれ左の方に板《いた》もて圍《かこ》ひたる街厠《せつちん》の蔭《かげ》より四人の男現《あら》れ出でおの〱表着《うはぎ》袒《はだ》ぬぎて两袖《りやうそで》を腹《はら》のあたりに緊《しつか》と束《つか》ね白《しろ》き筒袖《つゝそで》の肌着《はだぎ》を袪《あら》はし手に〱長脇差《ながわきざし》を拔《ぬ》き連《つ》れ左右一時に馬の前足《まへあし》を薙《な》ぎ倒《たふ》せば馬は堪《たま》らず

足を折《お》り一聲嘶《いなな》きて倒れ臥《ふ》すにぞ……（後略）

（東京日日新聞、明治十一年五月十五日）

なかなかの名文は、当時の主筆福地源一郎によるものだったかもしれない。西郷の軍が敗退して城山に向った時に、山県有朋が西郷隆盛に宛てた長文の手紙を思い出す。あの悲憤慷慨の講談風の文面に通じるものがあった。「……（前略）君幸に少しく有朋が情懐の苦を明察せよ。涙を揮て之を草す。不レ得レ尽レ意。頓首再拝」。この有名な手紙は、当時山県の秘書役を務めていた福地が書いたものではないかとされている。福地は幕府方の人間として江戸開城の折りには徹底抗戦を叫んでいたのに、一転明治新政府になると時の権力にすり寄る姿勢をみせていた。西南戦争の現場にじかに接して、記事にしたことはさすがであった。しかし、大久保の遭難現場にいあわせたことがなかったのは確かだろう。読者の興味を惹くようにそこは微に入り細に入り書く一方で、肝腎のテロリストたちの「斬姦状」の内容には、一切触れることがなかった。日日新聞が御用新聞のゆえんである。恐らくここまで事細かな記事にすることができたのは、テロリストの島田一郎らが確信犯として堂々と供述していたからなのだと思う。

この大事件に際しても、日本にいる外国人はおしなべて冷静だった。商法講習所の教師として赴任した父につれられて、母、兄妹と共に明治八（一八七五）年に来日したクララ・ホイットニーは、当時十七歳のアメリカの少女だった。後年勝海舟の三男梅太郎と結婚するクララは、五月十六日の日記の中でこの事件について触れている。テロリストの青年が手に持っていた花は、一輪の撫子であったという。可憐な花と、テロとはあまりにもかけはなれて感じられる。しかし、彼らなりのロマンがあったのだろう。その日のクララの日記には、「西南の役の原因は、西郷隆盛と大久保利通との間の個人的ないさかいだった」とある。恐らくまわりの大人たちが話していたことだと思う。大久保利通は人望がなかったと受け取られる箇所もある。「……これは私たちの友人の大久保(一翁)氏とは関係のないことだ。こちらの大久保氏も偉いには偉いが、人望がある。最近不思議に人気の出てきた徳川政府で高い地位にあった方である」

ホイットニー一家は、勝一家となかよくしていた。しかし、明治新政府より徳川の時代の方がよかったという声は、江戸のなごりから新政府が眼を外そうとすればする程に強まっていたのは確かだった。お雇い外国人として明治九年に招聘されたドイツ人医師ベルツも、来日以来克明な日記を付けていた。政府に反旗をひるがえした西郷隆盛の行動を、革命として捉えた。明治十年十月四日の日記には、このように書く。

「革命は七カ月続いたのち、叛軍の完全な鎮圧で終りを告げた。西郷は傑出した軍人であり、指揮者であることがわかった」。しかし、それから七ヶ月後の大久保の死には、日記の中で一切触れていない。西郷への同情が、ずっと心に尾を引いていたからだと思う。はたして、大久保はそのようなはたからのまなざしを、しかとまともに受け止めていたのだろうか。

「西郷の心事は天下の人にはわかるまい、わかるのはおれだけだ」。大久保は西郷がなくなってからというもの、息子の牧野伸顕《のぶあき》にそのように話していたという。牧野は、彼のもっとも信頼する次男だった。大久保は絶対君主制を揺るぎないものにするために、大恩ある竹馬の友西郷をあえて犠牲にしたのだと自らを納得させていた。西郷も、それをわかった上で死に赴いたのだと片付けようとした。冷徹な大久保の最大の問題は、人の心を解する眼が粗いところにあったと思う。人がどのような心であっても問題にしないで、国のかたちを考えるトップだった。大隈重信は西郷なき後の大久保は、それまでの苦労がようやく晴れたという面持ちになって、急に打って変わって言うこともハキハキしてきたと後年回想している。

「……かつて伊藤《いとう》（博文《ひろぶみ》）とおれとを呼んで、今までは吾が輩はいろいろの関係に掣肘《せいちゅう》されて、思うようなことができなかった。君らもさぞ頑迷な因循な政事家だと思ったろうが、これからは大いにやる。おれは元来進歩主義なのじゃ。大いに君らと一緒にやろう。一つ積極的にやろうじゃないか、と言った風の話で、盛んな元気であった。……（中略）……大久保が初めて愁眉《しゅうび》を開いて、志を得た間はわずかに八ヶ月、二十年の大苦辛になんら酬《むく》いられるところなく、ただ八ヶ月のみ安らかな思いをして死んだのだ。（明治四十四年四月十七日）」

大久保の心が、何故そんなにもやすらかであったのか。事実最晩年の彼の顔は、写真でみるとても穏やかにみえる。鍾馗様のようにモシャモシャだった顎髭も心なしか疎らになり、親しみが持てるのだった。それでも西郷の死後元気いっぱいになったという大久保の心は、いかにも不可解なのである。友を死に追いやったという罪の意識が、感じられない。それでいて、死の朝も懐に西郷の昔の手紙を忍ばせていたという。西郷を身近にもっともなつかしく感じつつ、彼の深い苦悩にまでは思い至ろうとしない。生来、人の心への関心が、薄いたちなのかもしれなかった。

非常な子煩悩であったという。長男の利和と共に次男の伸顕はまだ十二、三歳の時に、岩倉使節団に同行した。二人をそのままアメリカに留学させたのも、愛息の将来を思ってのことだろう。明治三十(一八九七)年からイタリア、オーストリア、スイスの各国公使を務めた伸顕は、立派に親心に報いたことになる。二人は、大久保の自費で出発したらしい。そういうところは、実にきちんとしていたと思う。「奢侈《しゃし》、遊惰の風は大久保生前は見たくも見られなかった」とイギリス大使から外務大臣を歴任した林董《ただす》も証言する。しかし、身内に厳しいからこそ、兄とも慕う西郷を斬ったのだともいえないのだった。北海道開拓使長官の黒田清隆が酔って妻を蹴殺したという事件が起きた時、岩倉具視邸で内閣会議が開かれた。その席上で、大久保はこのように言い放った。

「……黒田は私と同郷のものでかつ親友ですから、私は自分の身に引き受けて、そんなことのないことを保証いたします。この大久保をお信じ下さるなら黒田をもお信じ下されたい」(明治四十三年十月十九日、千坂高雅談)。何が何でも黒田清隆を救うと決めたら、あくまでそのように持っていく。コワモテならではの、「情」に走った言葉だと思うのである。

もしかしたら大久保の西郷を思う心は、黒田を思う心よりはるかに強かったのかもしれない。あまりに強すぎて、自らがたじろぐ程だった。せめて、その半分をなくしてしまいたい。そのような思いが、西郷を追いつめることにつながっていったとも考えられなくはなかった。

大久保の西郷への確執が引き起こしたともいえる西南戦争は、戦費だけで四千百万円も使うことになった。明治十年度の一般会計の歳出が、四千八百万円であることを思うと、これは気の遠くなるような金額だった。しかし、大隈の回想によると大久保の表情はあくまで晴れ晴れとしていた。「誠に朝廷不幸の幸と窃《ひそか》に心中には笑を生じ候位《くらい》にこれあり候」という、伊藤博文に宛てた戦闘開始のころの手紙の一節を思い出すのである。西郷が戦争を決意したとわかった時から、心の笑みは続いていた。

当時の四千百万円という途方もない金額を、税金や国債の収入でまかなうことは到底無理だった。政府はお札を大量に発行した。戦争の影響の強い九州一円にばらまかれたそれは、不換紙幣となり、やがて日本全土にインフレを引き起こしていく。大久保は、笑っている場合ではなかったのである。米、味噌、塩と醬油、薪、炭などから木綿織物、家賃、銭湯など、物価は何もかもが急激に値上がりした。武士が身分を放棄した時に手にした公債の値打ちも、すっかり下がってしまった。

辰之助と祖母みつの暮らしぶりにも、当然影響がでたことだろう。二人は、みつの身内の長谷川家に寄寓していた。嘉永三(一八五〇)年尾張屋清七版の「千駄ヶ谷鮫ヶ橋四ッ谷絵図」をみると、四谷左門町に一軒だけ長谷川という家の名前があった。中央線信濃町の駅に向って外苑東通りを真直ぐ歩き、元東電病院のあたりを曲ったところに位置する。はたしてそこが二人の住んでいた長谷川家なのか、どうかは、はっきりしない。しかし古地図からその名前をみつけた私は、どうしてもここだと思いたかった。両隣りは、「小役人」という表記になっていた。辰之助の父吉数が養子に入った長谷川家は、尾張藩下級武士の家である。吉数の父の実家の水野家も、尾張藩の同格の出だった。古地図でみても、こぢんまりとした区画である。十四歳の辰之助にとって、祖母と二人の居候生活はいかにも心が窮屈だったものと思われる。食事は、母屋の長谷川家の人間と一緒にしていたのだろう。

「居候三杯目にはそっと出し」。この言葉通り、食べ盛りの少年辰之助は空いたお腹をぐっと我慢することもあったように思うのである。みつはせめて辰之助の弁当だけは、自分が詰めて手渡したいと思ったのではないだろうか。島根県の役人を務める吉数からは、毎月きちんと仕送りが届いていた。それでも西南戦争の翌年の明治十一年から十四年までの間に、米の値段はうなぎ昇りに上がる一方だった。いつのまにか、戦争前に比べて倍の値段になってしまうのである。しかし、みつは居候先でもあくまで強気だった。竹の皮で包んだ弁当のお握りは、特大の大きさだったかもしれない。

「こんなに大きなものが三つだなんて、やりすぎだよ」

玄関先で辰之助がそうつぶやくと、みつの元気な声が返ってきた。

「いいんだよ。未来の陸軍大将さまじゃないか」

その言葉を背中に受けて登校する時、辰之助は心から陸軍士官学校の受験をやめたいと思ったのに違いない。

陸軍士官学校は明治七（一八七四）年に市ヶ谷に開校された。みつとの上京は、明治十一年の三月末である。

「左門町からなら、学校は目と鼻の先だよ。これは、何かと便利になるね。それにしても、辰之助が生まれた尾張様の上屋敷が学校になるとは、つくづく世の中も変わったものだ」

上京前から、みつはもう辰之助が陸軍士官学校に入学できるものとばかり信じていた。幼いころから頭がよかったし、勉強も抜かりなく進めていた。ただ数学だけが不得手なことを、よくわかっていなかったかもしれない。上京後一ヶ月して、森川金吾という人の塾に入り、代数学を復習した。半年間のおさらいのかいもなく、その年の秋の入学試験は不合格となった。

「おかしいね。あれだけよく勉強したのにね」

不合格、そうわかった時のみつのねぎらいの言葉が、胸に痛かった。辰之助のような真面目な少年であっても、苦手な課目となるとなかなか頭が集中できない。それにこの年は、大久保が暗殺されるという大事件が起きた。そのせいもあるのは、確かなことだった。彼は凶行の翌日の十五日付けの朝野新聞に掲載されたテロリストたちの「斬姦状」の要旨を読み、大いに共感した。

明治十年六月、国会開設の建白書が却下されたことに、辰之助は激しい怒りを覚えていた。西南戦争のさ中のことである。斬姦状にある通り、明治新政府はどうかしていると思った。西南戦争で西郷を倒すことのみに、全精力を費やしてしまった。何としても、薩長藩閥寡頭政府に一撃を食わしたい。しかしそれにはどうしたらよいか、十四歳の辰之助の頭は混乱するばかりだった。自分は本当に、陸軍士官学校に入りたいのか。それすらも、よくわからなくなっている。陸軍も、薩長の天下なのである。十歳のころの辰之助が陸軍大将になりたいと思ったのは、西郷隆盛にあこがれてのことだった。本当はもう少し年上だったら、西郷軍へと馳せ参じたいところであった。

大久保殺戮のリーダーの島田一郎も、熱烈なる「西郷党」だった。自由民権運動のさきがけをなす「愛国社」の流れを汲む「忠告社」を金沢に立ち上げた。島田の考えは同志と比べてあまりにも急進的でありすぎて、更にそこからの分派活動を起こした。「三光寺派」という。金沢藩は薩摩藩と縁が深かったこともあり、西郷の側近桐野利秋の感化を受けていた。当然のことながら西南戦争にはすばやく挙兵を決めたものの、同志が集まらなかった。多分、軍資金もなかったのだろう。合図提灯五十個を作ったままおろおろとしていたところ、薩軍の敗色が濃くなった。それなら、いっそ大久保暗殺をと思い決めた。計画が強行されるまで、一年近くがたっていた。

「はたして、自分には何ができるだろうか?」

愛宕下に向って歩く辰之助の足取りは、最初のうちから相当に重かったような気がするのである。

明治十一年十月十二日、「軍人訓誡」なるものが陸軍卿山県有朋の手によって発表された。

「軍人ノ精神ハ何ヲ以テコレヲ維持スト言ワバ、忠実、勇敢、服従ノ三約束ニスギズ……」

数十言に及ぶこの訓示を、辰之助は読むことがあっただろうか。「忠実」「勇敢」はとも角、「服従」は、辰之助におよそ不向きと思われた。彼にはこの世の矛盾が、いてもたってもいられないものになっていた。山県有朋が一万八千坪もの土地にたくさんの人夫を使い典雅な邸宅を作る一方では、辰之助の住む四谷左門町のすぐ隣りには、鮫ヶ橋《さめがはし》という日本有数の貧民窟が拡がっていた。

江戸時代からのこの貧民街は、西南戦争の後にはますます貧しさの極みにあったと思う。コレラが、全国的に流行していた。貧しい地区にもっとも蔓延《まんえん》するのは、当り前のことだった。辰之助は愛宕下へいく途中に、あえてこのあたりを歩くことがあっただろう。共同便所が、掘っ立て小屋の入口にみえた。たまらない悪臭の中に、みつと同じ年頃の老女がうずくまっている。辰之助は、手にしていたお握りを、その垢まみれの縮こまった皺深い手に握らせたことがあったかもしれない。

明治十一年十二月五日、参謀本部条例が公布された。十六日の東京日日新聞にも、その条例の一部が載った。

参謀本部条例［抄］

第一条　参謀本部ハ東京ニ於テ之ヲ置キ、近衛各鎮台ノ参謀部ヲ統轄ス。（以下略）

ここに参謀本部は、山県の考えにより一般の政治から切り離されて、天皇直属の軍隊となった。司馬遼太郎氏が指摘された通り、これが軍部の独走を招き、後の太平洋戦争への敗北へとつながっていった。当時十四歳の辰之助にはよもやそこまでは見抜けなかったことだろう。「軍人訓誡」には、次のようなことが書かれていた。

……ヤヤモスレバ時事に慷慨《コウガイ》シ、民権ナドトナエ、本分ナラザルコトヲ以テ自ヲ任ジ、武官ニシテ処士ノ横議ト書生ノ狂態トヲ擬シ、以テ自ラ誇張スルハ固《モト》ヨリアルベカラザルノ事ニシテ深ク戒ムベキ事タルハモチロン、カツ本分ノ事タルモ軍秩ノ次序ヲヘズシテ建議ヲナスヲ許サ

レザル所ナルヲヤ

（山県有朋『陸軍省沿革史』）

近衛兵が九段竹橋で、西南戦争の論功行賞問題から騒動を起こしたことがきっかけになっての訓戒だったかもしれない。しかし、もしこの一節を辰之助が読んでいたとしたら、さすがに陸軍士官学校ゆきをやめにしたのに違いなかった。時事に慷慨してはいけない、民権などを口にするのは軍人としてもってのほかといっているのだった。陸軍卿から翌年参謀本部長に専任された山県は、軍人が自由民権運動に共鳴するのをもっとも恐れていた。そこから、革命が生まれると考えたのである。一方、辰之助が軍人を志望したのは、「慷慨憂国」の気持からである。「維新の志士肌」の傾向が子供のころからあった。軍人たるもの、ただ何も考えないまま忠実に軍務だけに励むべしでは、辰之助のような人間は、軍部からつまはじきされるに決まっていた。

「革命家になりたい」

そのような激しい思いが、少年辰之助の胸に兆したのも、自然なことであった。濟美黌に入学したのも、大久保暗殺のグループの最年少杉村文一がここに在籍していたことがわかったからだった。当時の東京には、漢学塾がいたるところに目白押しに並んでいた。いかに文明開化の時を迎えたとはいえ、日本ではまず教養の基本は、漢学を学ぶところにあった。濟美黌はあまたの漢学塾でも、とびきりの名門塾だった。しかし杉村のことがなければ、辰之助は他の名門塾に入学したかもしれない。

山県が「軍人訓誡」を配布していた丁度そのころ、足の痛みをこじらせていた工部美術学校の西洋画学科教師フォンタネージが、イタリアへ帰国した。その二年前には東京外国語学校でロシア語教師メーチニコフも病気になり日本を去っていた。「すべては、東京の沼沢の毒気のせいだというのです」。フォンタネージが母国の医師へ宛てた手紙の中の言葉である。この毒気とは、薩長が率いる日本がかもしだしたものであることは、明らかだった。

参謀本部の独立と共に、それまでのフランス軍制からドイツ軍制へと変っていった。ドイツから帰国まもない愛弟子桂太郎の進言を、山県が聞き入れたものだった。教養、人格などよりも即ちに頭がひらめくという即効性のある実用主義が、陸軍の軍人に求められるようになった。これでは、決して要領のよくない二葉亭はとても無理である。重なる陸軍士官学校の受験がまったく無意味なものになる前に、二葉亭が先生の高谷龍洲と対立、憤然として濟美黌を退学する事件が起きた。

★

二葉亭四迷は、悩める人であると共に行動する人でもあった。それは、十代の辰之助のころからのものだった。明治十二(一八七九)年秋、当時通学していた高谷龍洲の漢学塾をやめたのも、その熱き血潮のせいだった。当時の学友であり後に朝日新聞記者となる土屋大夢は、二葉亭の没後まもない明治四十二(一九〇九)年五月十六日、東京朝日新聞に次のように書いている。

「明治十一年五月十四日は大久保公が紀尾井坂にて刺客に殺されし日なるが其刺客の一人杉村文一と云へる少年は當時余等の業を受つゝありし東京芝愛宕町なる濟美黌《せいびくわう》の書生なりしかば翌十五日警

官數名學校に闖入し來り……（中略）……其時新聞に出たる斬奸狀を筆寫したる塾生數名ありしが警官の來るを見て早くも計を廻らし村木某と言へる六尺有餘の大男をして斬奸狀を二階の天井の梁の上に隠さしめ何食ぬ顏にて詩など吟じ居りしかば警官も遂に之を發見すること無くして事濟みたり此時其斬奸狀を寫したるものゝ中に長谷川辰之助君も交り居たる樣記憶す……（中略）……長谷川氏は大人組にて余等を子供視せり當時氏は文天祥正氣の歌雲井龍雄の詩などを喜び書が上手なれば休日には鐵漿《おはぐろ》にて唐紙に右等の詩を書し之に墨汁を瀉《そゝ》ぎかけて贋物の石摺を拵へ懸物として詠むるを得意とせり明治十二年米國のグランド將軍來京に際し東京府議會長福地源一郎擅に府民の名を以て歡迎を爲したりとて沼間《ぬま》守一氏の打擊する所となり東京日々、朝野、曙、東京横濱毎日等の紙上辯難攻擊の花を唉かせし時高谷先生は福地の所爲非難すべき無しとて漢文にて一書を草し之を諸新聞に寄送し朝野新聞之を掲載せり長谷川君と西君なりしが之を見て不可とし先生に謁して議論を試みしに少年の癖に生意氣なりとて大に叱責せられ君等憤然として退塾せし樣に記憶す」

年譜によると辰之助が濟美黌に在籍したのは、十二年の二月一日から十月三十日までである。大久保遭難の折りには、まだ入学していなかった。このような思い違いは、文中にもあるように二葉亭が大人とみえていたからなのに違いなかった。書も上手な一方では、歌舞伎の成田屋の声色を真似したり、漢詩を吟じたりすることもあった。落ち着いたよい声だったという。しかし、後年外交官の道を歩むことになる西源四郎と共に、福地源一郎（桜痴）擁護はおかしいと高谷龍洲に立ち向った時には、いつもとは違ってその声はとびきり大きくドスがきいたものになっていたのではないか。

前アメリカ大統領グラントの訪日に、日本中が興奮していた。そこでも目立とうとする福地に肩入れの姿勢をみせる先生は、こちらから願い下げだと、自由民権運動家の青年になった思いで大声を張り上げた筈である。

当時自由民権運動の政談演説会は、全国津々浦々に大きなうねりとなって広がりつつあった。信州松本の民権運動家松沢救策も、会場に婦人や子供の数がとても多いことにびっくりしていた。救策の祖母も、義太夫や浮かれ節よりも面白いといって足繁く通っていたという。明治七年、板垣退助らが愛国公党を設立、「民撰議院設立建白書」を大久保利通に提出したところから自由民権運動が始まっていた。西南戦争で西郷隆盛が武力により力尽きた後の人々の希望の星は、全国の人民の力を結集して国会を開設しようと呼びかける板垣退助となった。板垣が演説会場に現れるかもしれないという噂がとびかうと、それだけでどの会場も超満員になったという。自由民権運動は、薩長が牛耳るところの時の政府へのアンチテーゼから始まっていた。

政府の専制《せんせい》咎《とが》むべからずといえども、これを放頓《ほうとん》すれば際限《さいげん》あることなし。またこれを防《ふせ》がざるべからず。今これを防ぐの術は、ただこれに抵抗《ていこう》するの一法あるのみ。世界に専制の行わるる間は、これに対するに抵抗の精神を要す。その趣《おもむき》は天地の間に火のあらん限りは水の入用《にゅうよう》なるがごとし。

（『明治十年丁丑公論《ていちゅうこうろん》』緒言、福沢諭吉）

これが福沢諭吉の言葉かと思うと、その激しさに目をみはる思いがする。西南戦争終結直後に書かれたものが、二十年間秘して彼の死後も公開されないままになっていた。『丁丑公論』は、西郷隆盛へのレクイエムとして書かれたものとも考えられた。更に、自由民権運動への共感とも感じられるところがあった。

福沢はその本文の中で、西郷のことを賊と称するは何ぞやと批難している。その批難の相手に、西南戦争当時の東京日日新聞福地源一郎が含まれているのは間違いないと思う。福地は、明らかなる政府側の記者として西南戦争の実況記事を書いた。しかも明治天皇に直接戦況を報告したことで、それが錦絵ともなり一躍日本一の記者としてもてはやされることになった。当時十四歳、辰之助より一歳年上の同志社生徒だった徳富蘇峰は、その姿にあこがれてジャーナリストを志望したという。上京して何度も福地を新聞社に訪ねたが、ついにあうことができなかった。福地は連日吉原で豪遊、池之端御前とたてまつられていた。福地の東京日日新聞社長としての月給は、二百五十円であった。大久保利通のおよそ半分、はるばるとイタリアから招聘された工部美術学校教師フォンタネージの給料とあまり変わらなかったとなると、これは相当なものだったことがわかるのである。

「福地源一郎、丸山作楽《さらく》、水野寅次郎——何人《なんぴと》ぞや。皆節操なき僻邪の小人と云はざる可《べか》らず」。板垣退助は、そのように福地のことを他の二人と共にこき下ろしている。新聞記者として日本で最初に広く知られるようになった人物が福地源一郎だったとは、いかにも皮肉な気がする。明治七(一八七四)年、台湾出兵の問題が起きた時に、福地は猫尾道人という筆名で、横浜毎日新聞に、「建議の害を論するの説」と題する論文を発表したとみられている。「〝外征の大事〟を人民に相談せよとの主張は、国難の矢玉を避けようとする臆病の議論で、民選議院自体は公正だが、人びとのなかに政府にたいする不満を生じさせ、政府を怨望《えんぼう》させることになった」という主旨である。大事なことは国民に知らせなくてもよいという考えは、近年の国会であっさりと特定秘密保護法案が通過した時にもあったように思う。

二葉亭四迷がはたして福地源一郎の真実をどこまで知っていたのか、それはよくわからない。しかし若き日の徳富蘇峰のように、福地源一郎は日本一エライ新聞記者と思わないばかりか、それに抵抗する気持を持ったことだけは確かなのである。やがて国民新聞を創刊した蘇峰は、その後時の首相桂太郎にぴたりと寄り添うようになり、更には軍部の大切な伴走者として知られるようになる。一方の二葉亭は、いつの時代でも権力にはそっぽを向いたままだった。福地源一郎は、アメリカの前大統領グラント将軍が日本へくることを、心から喜んでいたのだと思う。明治四(一八七一)年岩倉使節団のアメリカへ向かう船の中に、旧幕臣の彼も外務六等出仕という役職で乗船していた。文久二(一八六二)年の幕府使節団のヨーロッパ渡航の折りには、弱冠二十一歳という若さで通詞として同行している。当時中津藩士の福沢諭吉も、二十七歳で御傭《おやと》い通詞として一員に加わっていた。

戊辰戦争では徹底抗戦を叫んだ福地は、慶応四(一八六八)年江湖新聞を創刊した。この時はまだ、しっかりと官軍批判を繰り広げていた。しかし彰義隊敗戦の直後に、彼は獄につながれ、江湖新聞は絶版となった。この時の十三日間の獄中生活が、彼を変えてしまったのだろう。明治七年に東京日日新聞に入社した時には、「内閣に列せざれば寧《むし》ろ新聞の主筆たれ」という考えを抱いていた。現実には主筆にとどまらず、東京府議会議長というポストまで得るようになった。上野公園に天皇の臨幸を請願すると共に、グラントを招待、「君民和合」を自らの手で演出しようと考えた。この野外大園遊会に、アメリカ人少女のクララ・ホイットニーも、家族と共に列席していた。クララはその一ヶ月前のグラント将軍の歓迎会で将軍と握手をした。

「光輝ある星条旗の下で、そのやさしい青い眼と正直そうに日焼けした顔を仰いだとき、私は感動の極に達し、祖国への誇りと、アメリカ人であるという歓びをかみしめた。祖国の恥辱となるような振る舞いをすることが決してありませんように」。明治十二年七月五日の日記に、彼女はそのように書くのである。南北戦争では北軍総司令官を務め、リンカーンに続いて大統領となり、明治五年の岩倉使節団訪米の際には親切に出迎えた。クララも感激するような温かい人柄だったようである。福地がはりきるのも、無理のないところがあった。しかし、彼が采配をふるった野外大園遊会のセレモニーは、クララにとって退屈きわまりないものとなったようである。八月二十五日の欄には、そのプログラムが書かれていた。

「○天皇陛下の宮城御出発、午後二時。上野公園御到着、午後三時二十分。
○公園入口に於て郡長、区長、東京府議会議員、区議会議員、商工会議所会員、東京市民委員会委員のお出迎え。
○陛下の進行中、ノロシつまり合図のロケット不忍池にて発射。
○天幕の近くで八十歳以上の老齢者が立ち並び陛下に拝謁。
○陸軍、海軍軍楽隊の交互の演奏。

○陛下、控室に御到着。
○皇族、大臣、参議等、控室入口にてお出迎え。
○皇族、大臣、参議を従えて会場へ出御。
○東京府知事の演説。
○東京府議会議長(福地桜痴)の式辞朗読。
○陛下のおことば。(後略)」

とに角、グラント将軍は連日大歓迎の渦の中にいた。明治の初めから、アメリカはロシアと並び日本に好意的だった。他のヨーロッパの国々が関税改正を渋っている間に、アメリカはいち早く日本の意を迎えてくれた。生方敏郎の『明治大正見聞史』によると、外交文書に記されているどの分野でも、たとえば郵便制度、船の検疫、海底電話など、何から何までアメリカが親切に教えてくれた。自由民権運動家も、アメリカからきた元南北戦争闘士のグラントを歓迎した。彼らにとってまだ新しい独立国のアメリカは、自由民権の理想の国だった。民権運動が明治十年代半ばを過ぎて、いよいよと明治政府から弾圧を強められるようになると、多くの運動家がアメリカへと向かった。土佐出身の民権家で日本最初の憲法を想起した一人の植木枝盛《えもり》は、「民権数え歌」の中でもしきりとこの国をたたえていた。

「六つとせ、昔おもえば亜米利加《あめりか》の、独立なしたるむしろ旗、このいさましや」
「一五とせ、五大州中の亜米利加は、自由の国のさきがけぞ、このうれしさや」

こうやって、「アメリカへ、アメリカへ」と思いをかきたてていく若者の声が高まる中で、辰之助は運動そのものには共鳴しつつ、アメリカ熱とは遠く離れた心境にいた。アメリカとなればいつのまにかすべてよしとしてしまう日本人の中に、かつての攘夷思想の持ち主がいることを冷笑の思いでみつめていたと思う。ドイツ人医師のベルツも、日本の極度なグラント将軍への歓迎ぶりにあきれていた。この貧乏な東京市が、お祭り騒ぎに巨額の金を使った。ヨーロッパの富裕な都市でもこんなぜいたくな真似はできないだろうと、当時の日記の中で皮肉っている。日本人はまず、お祭り騒ぎが好きである。しかし、その騒ぎに乗ることのできない人間がいる。周囲が興奮して熱狂の渦の中にいると、却って心がさめてくる。二葉亭は、十代のころからそのような癖があった。

西南戦争で西郷隆盛の許で指揮を執り、城山で戦死した桐野利秋《としあき》もアメリカという国をよしとしていた。いつも眼光鋭く、西郷の傍でにらみをきかせていたらしい桐野が、アメリカにはナイーブなあこがれを持っていたことが彼の文章からわかるのである。

……試みに米国のワシントンを見よ。英国の逆政を施すに当って、あえて奔走せず、また周旋せず、口を開かず、足を挙げず、ひそかに時の至るを待つ。しこうしてその起るに当ってや、向うところ皆破り、戦うところ必ず勝つ。しこうしてその兵たる、携《たずさ》うところ、皆農具工器にすぎず。これを強英の熟兵に比する、啻《ただ》に霄壌《しょうじょう》のみにあらざるなり。形をもってこれを見る、万々勝つべきの理なし。しこうして勝つゆえんのもの、ただ時に乗ずるをもってなり。時至らざればすなわち朽ちて已む、至ればすなわち、手に唾して起つ。憂国者のなすところもとよりかくのごとし。
（『時勢論』）

この文章からはコワモテの桐野とは別の極めて素直な心のうちを感じることができるのだった。もしあの戦いがなかったら、一本筋の通った自由民権運動家の道が開けていったのかもしれない。薩摩だけではなくアメリカの広大な大地にも、彼のような直情径行の士はよく似合っていたと思う。明治八年ごろ既に民権運動に加わっていた熊本の宮崎八郎は、民権の世を作るために西郷軍に入り二十六歳で戦死した。彼は、幼いころから神童の誉れが高かった。ルソーの『民約論』を泣いて読んだという彼はその詩の中に、このように書いている。

「君見ずや聯邦の長ワシントン
残賊を剗除《さんじょ》して至徳を布《し》く」

このように西郷隆盛を取り巻く青年たちは、他国へのあこがれを抱き、決して日本だけがよい国とするような狭い考えの持ち主ではなかった。国粋主義とは、遠いところにあったことがよくわかるのである。こうして若い彼らが一途にあこがれる「新世界」アメリカは、一方で南北戦争が終わってもなお奴隷のような労働者がいるという問題を抱えていた。昭和十一（一九三六）年、二・二六事件の犠牲者となる高橋是清《これきよ》は、慶応三年に仙台藩からアメリカ留学を命ぜられた。当時十三歳の少年だった是清は、船の中で酒を飲み過ぎてお金を使い果たしてしまったうえ、よくわからないままアメリカ人の家庭で三年間働くという「身売り」の契約書にサインした。さんざんな目にあいながら、何とか逃げだして日本に戻ってきたのが明治元年の十二月であったという。仙台藩は、維新の戦争で賊軍となっていた。しかし何事も楽天的な彼は、当時の外国官権判事《がいこくかんごんはんじ》の森有礼《ありのり》を紹介されるという幸運を摑んだ。一方で芝増上寺に蟄居していた仙台藩主楽山《らくざん》にも、お目見得した。楽山公にアメリカの様子を聞かれたと自伝にあるが、恐らく奴隷となったことも明るく話したことだろう。是清は楽山公の前で、"The Spring is coming, the spring is coming. Hark! the little bird is singing."と暗誦した。「春は来ぬ　春は来ぬ……」という意味なのだとわかった時、蟄居中の楽山公は大いに励まされたのに違いない。

高橋是清は仙台藩の足軽の養子という立場にあった。一方、日本の自由民権運動家として明治十四(一八八一)年五日市《いつかいち》憲法を草案した千葉卓三郎《たくさぶろう》(宅三郎)も、仙台の郷士の家に生まれた。嘉永五年に生まれた彼は、高橋是清より二歳年上である。戊辰戦争で敗走、賊軍の武士としての屈辱に耐えながら、卓三郎はあまりにも真摯に思想遍歴を重ねていた。ロシアのハリストス正教の信者になった時期もあった。みなしごの彼は、宣教師ニコライに父なるものを感じていたのかもしれない。明治四年六月からおよそ四年間、卓三郎は東京駿河台のニコライの傍で、ハリストス正教の教えを学び、魯学《ろがく》(ロシアの学問)を学んだという。ただロシア語を学びたかったからではないかとみる向きもあるらしいが、決してそのようには思われない。明治四年受洗した時に、彼は二十歳になったばかりだった。なみなみならぬ決意があったのだと思う。長崎県浦上でキリシタン三千人あまりが逮捕流刑に処せられたのは、たったの二年前である。明治新政府は、おいそれとキリスト教の信仰を認めようとはしなかった。卓三郎は十七歳で戊辰戦争に従軍するまでは、儒学者であり漢学者でもある大槻磐渓《ばんけい》に師事していた。日本がロシアのゴルチャコフと正式な協定を結ぶことになる丁度二十年前、磐渓はロシアと親交を結ぶべしという国防論を、老中阿部正弘に提出した。ペリーの黒船来航は、その十年後のことになる。磐渓はただちに開港を論じ、ロシアとの同盟政策を主張したらしい。このような師の開かれた精神が、明治十四年卓三郎の起草した五日市憲法に生かされることになった。ニコライとの縁も、磐渓を師として仰いだところから始まっていた。

箱館のニコライの部屋で、日本人として最初に洗礼を授けられたのが、土佐の沢辺琢磨であった。坂本龍馬の弟だという。彼は、箱館の神官の入婿になっていたが、ニコライの話に感動して入信した。更にその部屋には、二人の人物がいた。仙台藩の医者酒井篤礼と南部藩の浦野大蔵の二人である。その酒井の縁で、卓三郎も入信したのだった。心に傷を負った仙台藩士たちは、続々と洗礼への道を歩んだ。

「もうこれからの再挙は、到底行なわれないだろう。ニコライ師の話しでは、儒仏の比にならない。天地の公道にして不易の真理なり、国家を救ふ者之を措いて他にあるべからず」。沢辺、酒井らは、そのように説いてまわったという。明治四年には、信徒は百名を超えた。その多くが、仙台人であった。

明治五年九月、ニコライが駿河台に移転した時、時の外務卿副島種臣《そえじま》は手厚い援助の手をさしのべた。更に翌年の二月には、全国キリスト教禁制の高札が撤廃された。欧米の目を気にしてのこととしても、それらはすべて岩倉使節団の渡航中のことだった。大久保らが帰国するよりも前の方が、確かに世の中の風通しはよかったのである。明治九年には、東京郊外の多摩方面にもハリストス正教の布教が広まっていた。しかしその伝教師の中に、卓三郎の姿はなかった。彼の心はニコライの許を離れて、長い漂泊の旅にでていた。西南戦争が始まる直前までは、カソリックの宣教師ウィグルスについて八王子付近を布教してまわっていたという。その後、プロテスタントのメソジスト派へと転換した。社会活動に重きを置く宗派である。自由民権運動の主旨とも、もっとも重なり合うところがあった。千葉卓三郎が五日市村に小学校教員として居を定めた時、既に二十代最後の年齢になっていた。東京からおよそ五十九キロ西方の小さな村は、「人民の気風は漸《ようや》く旧を捨て新に就かんとする」ところのようにみえた。卓三郎が考案した自主憲法の根底には、五日市での討論会や講談会での議論が参考になっていた。大日本帝国憲法が発布されるおよそ十年近く前に、この草深い村からもっと国民に寄り添う立派な憲法が考えだされていたことは、驚きである。

「日本国民ハ各自ノ権利自由ヲ達ス可シ、他ヨリ妨害ス可ラス、且《かつ》国法之ヲ保護ス可シ」。卓三郎は、何よりも国民の権利自由を重視する憲法作りに心血を注いだ。第二次世界大戦後の日本国憲法と、大変に共通しているところがあった。彼は西郷隆盛、江藤新平、板垣退助、後藤象二郎、副島種臣が下野した翌年の明治七年、信仰上のトラブルで百日間も拘束された。片髪、片眉を剃り落とされて、鉄の鎖に繫がれて、苦役を強いられたという。彼が個人の自由権を憲法草案に盛り込む時、そのような忌わしい過去がよみがえってきたことだろう。憲法は、国民のためのものという思いが込められていた。

植木枝盛が同時期に草案したものには、抵抗権が規定されている。これも、すばらしいことだと思う。植木は雄弁家として知られていた。卓三郎も、そうだったという。しかし、彼は演説することよりも、思想を深めることに心を砕いていた。明治十六年十一月、惜しくも重い病のために三十一歳でなくなった。その遺品の中には、ニコライの写真が大切に保存されていたという。卓三郎も勿論、明治八年、国民に何も知らせないままロシアと千島・樺太交換条約を調印した政府に怒りを覚えていたと思う。もしそのころの辰之助が卓三郎と出合っていたら、どんなことになっていただろう。その人生は更にドラマチックに展開していたように思う。二葉亭四迷と千葉卓三郎は、それぞれのロシアを心の中に秘めていた。

星はらはらと Ⅳ

明治十四（一八八一）年五月二十五日、満十七歳の長谷川辰之助は、東京外国語学校露語科に入学した。そのいきさつについて、二葉亭は後年、次のように回想している。

……そこでと、第一になぜ私が文學好きなぞになつたかといふ問題だが、それには先づロシア語を學んだいはれから話さねばならぬ。それはかうだ——何でも露國との間に、かの樺太千島交換事件といふ奴が起つて、だいぶ世間がやかましくなつてから後、『内外交際新誌』なんてのでは、盛んに敵愾心を鼓吹する。從つて世間の輿論は沸騰するといふ時代があつた。すると、私がずつと子供の時分からもつてゐた思想の傾向——維新の志士肌ともいふべき傾向が、頭を擡げ出して來て、卽ち、慷慨愛國といふやうな輿論と、私のそんな思想とがぶつかり合つて、其の結果、將來日本の深憂大患となるのはロシアに極つてる。こいつ今の間《うち》にどうにか禦《ふさ》いで置かなきやいかんわい——それにはロシア語が一番に必要だ。と、まあ、こんな考からして外國語學校の露語科に入學することゝなつた。

（『予が半生の懺悔』）

明治四十一（一九〇八）年春、ロシア出発を目前にしてのあわただしさの中での言葉である。これだけでは、どうにも物足りなく感じられる。露語科入学には、もっと他にも大切なきっかけがあったのではないか。

『内外交際新誌』は、明治十二年十月創刊の評論雑誌だった。主として外交に関する評論、外国のニュースなどが掲載されたこの雑誌は、中村光夫氏によると、慶應義塾系の青年たちの手によって編集されたものだという。「目下東洋の大患難」、「英魯対抗の事情」などロシア関連の記事が取り上げられているものの、どれも二葉亭のいうような慷慨愛国を呼び起こす程の内容とは思われなかった。明治十四年九月に、「虚無党の主義」という社説が載った。そこで、『内外交際新誌』は一時休刊となった。

明治十四年三月十三日に、ロシア皇帝アレクサンドル二世が暗殺された。虚無党のしわざであると、朝野《ちょうや》新聞に載ったのはその三日後の十六日のことである。十六日の紙面には、アレクサンドル二世の小伝が載っていた。ヘラルド紙からの引用である。「……近年虚無黨の爲める數回の狙撃に遇ひ給ひしハ世の知る所なり但し此の傳ハ其の以前と成りしものと見ゆ」というような但し書きが添えられてあった。同じく朝野新聞二十三日付けの論説では、今の日本の民権運動と今回の暴挙とは明らかに違っていることが力説されていた。朝野新聞は、郵便報知新聞などと並んで民権運動を応援、反政府側の代表として知られる新聞だった。幕府の会計副総裁を務めた成島柳北《なるしまりゅうほく》が局長となり、末広鉄腸《すえひろてっちょう》を編集長に迎えたのは、明治八(一八七五)年のことである。大久保利通による新聞弾圧は、しつようなものがあった。新聞紙条例の改正、讒謗《ざんぼう》律と過酷な締め付けに抵抗するうちに、明治九年には二人して鍛冶橋監獄に入獄となった。出獄後すぐに、「新聞供養大施餓鬼」を主催するなど、政府を揶揄することを忘れなかった。幕府の中枢にいた柳北が、自らを「無用の人」と名乗り、時の権力にペンを武器に立ち向かっていた。その柳北が、十二年のアメリカ前大統領グラント将軍来日の折りには接待委員となった。幕府方に生まれた少年として彼の生き方にあこがれていた二葉亭は、大いに失望したのに違いない。恐らく柳北は、だんだんと疲れてきたのだと思う。しかし彼の分も、鉄腸は反骨精神を持ち続けていた。大久保利通暗殺事件の報道も細やかだったし、十四年の北海道開拓使払下問題、国会開設の詔勅の問題も正確な記事にしていた。この年は、年間発行部数が他の新聞より群を抜いていたという。十月に、鉄腸は板垣退助らと自由党を結成した。

……其頃の青年に、政治ではない、政論に趣味を持たん者は幾《ほと》んど無かつた。私も中學に居る頃から其《それ》が面白くて、政黨では自由黨が大《だい》の贔負《ひいき》であつたから、自由黨の名士が遊説《いうぜい》に來れば、必ず其演説を聴きに行つたものだ。無論板垣さんは自分の叔父さんか何ぞのやうに思つてゐた。實際の政界の事情は些《ちツ》とも分つてゐなかつた。自由黨は如何《どう》いう政黨だか、改進黨と如何《どう》違ふのだか、其様《そん》な事は分つてゐるやうな風《ふう》をして、實は些《ちツ》とも分つてゐなかつたが、唯初心《うぶ》な眼で局外から觀ると、何だか自由黨の人といふと、其人の妻子は屹度餓《うゑ》に泣いてるやうに思はれて、妻子が餓に泣く——人情忍び難い所だ。その忍び難い所を忍んで、妻や子を棄てゝ置いて、而《さう》して自分は藝者狂ひをするのぢやない、四方に奔走して、自由民權の大義を唱へて、探偵に跟随《つけ》られて、動《やゝ》もすれば腰縄《こしなは》で暗い冷たい監獄へ送られても、屈しない。偉いなあ！と、かう思つてゐたから、それで好きだつた。

（『平凡』）

『平凡』は、私小説というかたちで書き進められていた。自由党への思いも、およそがこのようなものだったのだろう。しかし、『平凡』の主人公の「私《わたし》」は、実際の二葉亭よりもざっと五歳は年下の設定となっていた。精神年齢も、いかにも幼く感じられる。中学にいるころから自由党を大のひいきにしていたとあるが、自由党の成立は明治十四年十月である。満十七歳の二葉亭が、東京外国語学校露語科に入学した年になる。

自由党のルーツは、板垣らの再興した愛国社に始まる。明治十二年十一月の愛国社第三回大会で、国会開設請願書提出が決議された。翌十三年三月の第四回大会では、社名を国会期成同盟と改称した。確かにこちらの名前の方が、具体的でわかりやすい。各地の民権リーダーたちが、運動を盛り上げていった。東京の民権家の演説会も、盛況を極めた。末広鉄腸は、民権ジャーナリストとして人気が高かったようである。十代の二葉亭も、熱気溢れる会場にいた。新しい夜明けが、もう既に目の前に迫っている。そのように感じたのに違いなかった。

翌四月、政府は「集会条例」を公布して、そうした集会をすべてつぶしにかかった。それにもめげず自由民権運動は、急激な高まりをみせていた。国会の早期開設もやむを得ないという意見は、政府内からもでるようになった。民権運動家、河野広中が提唱する「君民同治政体」も、決して夢物語ではないように思われてくるところがあった。ロシア皇帝アレクサンドル二世暗殺のニュースは、そのようなところへとびこんできたのである。自由民権運動も、そういう方向へいく危険性があると吹聴する人間がでてきた。十四年三月二十四日付けの朝野新聞の論説は、「其記者ノ説ヲ駁ス」という見出しで始まっていた。「社会党虚無党は民権を誤用する者であり、民権家と為すべからざるはもとより論ずるを待たざるなり」と書かれている。社会党虚無党とふたつの政党名が並んでいるところが少し気になるものの、正論だった。今回の事件を民権運動と結びつけられては困るという思いは、多くの民権家が共有していた。しかし一部の急進的民権論者からは、この事件をよしとする意見がでてきたのも事実だった。

「魯帝遭害ノ報始メテ達スルヤ、我国人ハ我明治天皇ト共ニ悲哀慟哭為ス可キニ、豈図ランヤ、虚無党ノ壮烈ヲ賞歎シ喜色面ニ溢ルゝ者比々然リ。甚シキハ我聖主三周間喪服ヲ着シ、哀ヲ表セラルゝヲ聞キ、私ニ之ヲ論議スルニ至ル」「彼ノ遭害ノ報ヲ聞キ、喜色面ニ見ルゝ者ハ、……共ニ厭フ所ノ圧制ヲ敵トシ、共ニ得ント欲スル自由ヲ味方トスル其一精神、遥ニ先陣ノ勝利ヲ聞キ、知ラス知ラス喜ヲ満面ニ呈シタル」

『錦江新誌』の号外の記事である。実際明治天皇は、アレクサンドル二世崩御につき、三月十四日より二十一日間の服喪につくことが公表されていた。驚くべき長さだと思う。それだけ隣国の皇帝の不慮の死の衝撃は強かった。「魯国の凶信を聞し召されて深く御哀痛あらせられ……」と三月二十二日付けの朝野新聞にもある。アレクサンドル二世は、歴代の国王の中では開明派として知られていた。農奴解放令を公布した。しかしその二年後の一八六六年には、最初の暗殺未遂事件が起きた。それからのおよそ十五年の在位の間に、国民の九十九パーセントを占めているという、農民の抵抗運動が未曽有の発展を遂げたのは皮肉ななりゆきだった。そこへ、新しいタイプのインテリゲンツィアともいうべき虚無派の登場となったのである。

明治天皇はそこまでのことをどこまで教えられていたのかは不明である。明治六年、岩倉使節団がペテルブルグを訪問した。その折りの様子を直接、岩倉具視から聞いていたことが、ショックの大きさにつながっていたかもしれない。岩倉は皇帝の人格を、ペテルブルグの街の壮麗なみごとさとつなげて感じ取っていた。きらびやかな宮廷での細やかなもてなしに、岩倉はすっかりロシアびいきになって帰国したという。二十一日間という長きにわたる服喪の期間、若き天皇はこれからの日本についてどのように頭をめぐらしたのだろう。天皇のみならず多くの日本人は、明治十年代のそのころは、隣国ロシアへ好意を抱いていたのだと思う。

……ロシアが日本に深切だった。イギリスは獅子であったかも知れないが、外交文書に表れたロシアは決して血に渇いた鷲ではなかった。ロシアの商人はつまらぬことで日本の商人と悪辣《あくらつ》な談判をしはしなかった。

（生方敏郎著『明治大正見聞史』）

生方敏郎は、幕府以来明治八年までの外交文書を整理編集する仕事を務めていた。

安政元年十月に、プチャーチンとの間に日露和親条約を結ぶ任に当った時の海防掛《かかり》川路聖謨《としあきら》は、「飢えたる虎狼の、人に向い、尾を垂れ、食を求むるごとし。去り乍ら、彼も亦天地間の人間也。有難くおもうことも有るべし。只々、少も気油断のならぬのみ也」。そのように書いた。この「有難くおもうことも有るべし」というところに、川路の心の大きさを感じるのである。どこを有難く思ったのか。聡明なる川路に好意を抱いたプチャーチンは、決して悪辣ではなかった。

「カラフト島に至りては、日本国と魯西亜国の間において、界を分たず、是迄仕来之通たるべし」

樺太は両国のものという条約本文は、当時の北海道開発長官黒田清隆の命により榎本武揚がおかしな千島・樺太交換条約を結ぶまでずっと守られていたのである。江戸中期の経世家林子平は、ロシアを仮想敵国と考えた。「魯賊」というように幕府の人間に呼ばれたこともあった。しかしプチャーチンに続き来航したラヴィヨフは、部下二人が殺傷されたにもかかわらず、日本人は極めて進取の気性に富み優秀であるとロシアへの手紙の中でほめていた。更に日本人は、われわれのことを好きだと書いているのだった。幕府の奥医師桂川甫周がロシアから帰国した大黒屋光太夫の聞き書きをまとめた書から感じるロシアには、気さくで親しみ深いところがあった。エカテリーナ二世の治世である。その中にはロシアのことが「魯西亜《ロシア》」と書かれていた。魯西亜の「魯」とは、魯鈍をさすばかりではなかった。日本人の尊敬する孔子が生まれた国の名前であった。敬愛の意味が込められていたのである。「魯一」という名前が、そのころの日本人には多かったということがそれを証明している。「魯帝崩御」そのように報じた朝野新聞は、それから後もしばらくこの字を使っている。いつごろから、「魯」が「露」に変っていったのだろうか。「露」の方は、国名として穏当を欠く、日露と並んだら、「日が昇ると露《つゆ》は消える」となってしまうではないかと、ロシア研究家の渡辺雅司氏は指摘されている。それまで私はただ漠然と、「露」の方がイメージが麗しいと思っていた。実は、この変更はロシア側からの要求によるものらしい。

明治十五年二月十一日、文部卿福岡孝悌に、明治天皇の御内意を奉じたとして元田永孚より「学制ニ付勅諭」が伝えられた。明治五年の「学制」にみられた開明性から、儒教主義を復活させたものだった。その中に、「露国」と書かれているくだりがあった。

「従来欧米ニ偏セシ学風ハ亡慮之ヲ洗除シ小学歴史科ニ於テハ我国史ノ外漢洋共ニ用ヒザルガ如キ尤其宜シキヲ得タリトス然トモ爾後或ハ風潮ニ逐ハレ更ニ独逸ニ倣フベク又ハ露国ニ取ルベキ等ノ論アルモ文部省一定ノ制規ニ拠リテ変動セズ十年ノ後其成功ヲ奏スベシ……後略……」

イギリス、オランダ、ベルギー、アメリカとそれぞれの国のいいところどりをした「学制」とは違って、今回ドイツと並んで取り上げられている国がロシアなのだった。いずれも専制君主の国だからなのに違いなかった。しかしドイツとは違い、ロシアの文盲率の低さは大変なものだった。わざわざとドイツと共にロシアの名前を明記したのは、この時点でもロシアという国に格別の親しみを感じていたからこそだと思う。

明治三十年ごろに三十代半ばの二葉亭が書いた経歴書には、「東京外国語学校入学」とだけ書かれていた。しかしその二年後に書かれたらしいものには、「東京外国語学校へ入学露語学部給費生となる」。そのように書かれているのだった。十四年の入学当時には既に、「露」という言葉が使われていたのだろう。メーチニコフが教壇に立っていた明治十年のころには、明らかに「魯語科」であった。英語、フランス語、ドイツ語のように「立身出世」とは縁がないのに、魯語科と生徒の質の高さにメーチニコフは驚嘆した。もしそのころに二葉亭と出合っていたら、メーチニコフは少年の彼を海の向うの流浪の旅のみちづれにしたいと思ったかもしれない。

「虚無党」

十代の二葉亭四迷は、まずこの言葉に惹かれていったのだと思う。大変に新鮮な言葉に感じられたのではないか。「虚無」は、仏教用語の「空《くう》」につながっている。破壊され尽くしてこそ、何かが見えてくる。江戸も、すべてが踏みにじられていった。しかしそこからたちのぼってきたものは、何だったのか。そう思うと、改めて明治新政府への怒りが突き上げてきた。「これが、虚無なのだ」。二葉亭は、そのように確信したと思うのである。「虚無党」は決して、「テロリスト」とは違うのだということも理解していた。

「ニヒリスト」

声にだしてつぶやいてみた。自分がそうなのだと、思った。

……ニヒリズムという概念はとらえどころがなく、この言葉は正確な、広く受け入られる意味を少しも持っていない。(『19世紀　ロシアの作家と社会』R・ヒングリー、川端香男里訳、中公文庫)

現代イギリスにおけるロシア文学研究の第一人者とされる著者の言葉である。「ニヒリスト」のおそろしい例は、ドストエフスキーの『悪霊』にある。一方、「ニヒリスト」という用語を最初に世に広める栄誉をになったのは、ツルゲーネフであった。ニヒリストの好意的な描写を試みたとされている。明治十二年十月二十八日付けの朝野新聞の論説には、「ニヒリスト」と共にツルゲーネフの小説にも触れていた。「魯國虚無黨ノ景狀」というみだしである。

「……現今社會黨ハ一種ノ主義ヲ以テ世間ヲ煽動シ地球上於テ其ノ國ノ開化トヲ問ハズ盡ク比ノ黨論ノ爲メニ風靡セヲシントスルノ景狀アリ然レドモ會黨ハ始テ今日ニ發生セシニ非ズ佛國ニ於テ此ノ毒種ヲ播殖シ此レヨリソ四方ニ蔓延シ各國トモ多少ガ爲メニ傳染セラシ國々ニシテ各自ニ主義ヲ立テ黨與ヲ結ブニ至レリ而シテ其ノ激烈ナルモノハ魯國ノ社會黨ニリ所謂ル「ニヒリスト」則チ虚無黨ノ綽號ヲ得タル者是レナリ抑モ魯國社會黨ニ向フテ無信心又ハ破壞教ト云フ意味ヲ以テ「ニヒリ

スト」ノ名ヲ下ダセシハ實ニツウルグネフ氏ノ親子ト題スル小説ニ創マレリ此クノ如キノ称號ハ今日ニ創マルニ非ズ……後略……」

ツウルグネフ氏とは、ツルゲーネフのことなのに間違いなかった。親子とあるのは、代表作の『父と子』である。古い道徳、宗教、何ものの権威を認めずに生きる主人公バザーロフは、小説の会話の中でもはっきり「ニヒリスト」と呼ばれていた。二葉亭はこの記事を読んで、どうしても原書でこの本を読みたくなった。東京外国語学校露語科入学は、この時に決まったと考えられてもよいのではないだろうか。

翌日の二十九日付けの論説には、その続きが載っていた。

「魯國ノ社會黨ハ邦ノ社會黨ト大ニ共ナル者アリ其ノ　ナル　ハ何ゾヤ魯國社會黨ハ最モ勉勵ス是レ其ノ一ナリ……中略……婦女多シ是レ其ノ三ナリ又魯國ノ虚無黨ハ苦難ニ當ルト雖モ大ニ前途ニ望ム所アリ何トナレバ黨中ニ幾萬ノ少年男女アリ其ノ安樂ニ日ヲ送リ衣ニ不足ク　頗ル奢侈ナル者モ亦此身ノ富有ヲ顧ミズ其ノ家ヲ捨テ或ハ國人ノ壓抑ニ苦ム者ヲ或ハシベリヤノ獄屋ニ至リ國人ノ流刑ニ處セラレシ者ヲ訪ヒ懇切ノ情ヲ盡クシ之ヲ慰ムルニ好時節將サニ來ル可キヲ以テシ其ノ望ヲ失ハシメザラントス然ルニ政府ハ壓制ヲ重子牢獄ニ繫ガルゝモノ日ニ多クシベリヤノ牢獄ハ犯者之ニ充塞シ鮮血ハ大都市ノ市街ニ流ルゝニ至ル然レモ虚無黨ノ勢ハ益ス盛ンニテ毫モ屈撓スル所ナシ……後略……」

二葉亭が社会主義に惹かれていったきっかけは、この文章にもあったような気がしてならないのである。十月二十八日付けの第一面には、かのグラント将軍が帰国してまだまもないことを知らされている。政府側の人間も民権運動家もこぞっての熱狂的なアメリカの援軍への歓迎ぶりに、二葉亭はあえてそっぽを向いていた。成島柳北までが、接待委員として出向いたことが何よりくやしかった。一方、北のさいはてのニヒリストを思うと、胸がいっぱいになった。はてしないシベリヤの大地の冬は、どんなに寒くつらいことだろう。しかも囚人の立場となると、いか程に苛酷なことか、想像もつかなかった。せめてほっとするのは、富裕な出の多いニヒリストには、女性の数が多いらしいということだった。日本の自由民権運動にも、少数ながら女性が参加していた。しかし、それは明治十五年を過ぎてからのことである。婦人解放運動の先駆者福田(景山)英子は、まだこの時岡山の小学校を卒業してまもなかった。二葉亭より一歳年下の英子は、後年自由民権運動家の大井憲太郎の内縁の妻となるものの離別する。大井は過激派となった。四十歳を過ぎてから彼女は二葉亭に感服、主宰する雑誌『世界婦人』に彼の翻訳を掲載する一方、「精神的な情夫になって下さい」と懇願した。それには閉口したという二葉亭は、終生女性におくてだった。

R・ヒングリーは、典型的ニヒリストの特徴として次のようなことをあげている。「大学生であること、因襲にとらわれない服装をすること、(男は)長髪、(女は)短い髪、自由恋愛説の主張と実行、女権の尊重」。この中で二葉亭にどうしても無理なものに、自由恋愛説の主張と実行があった。そもそも、自由恋愛とは如何なるものか。幕末の生まれの二葉亭には、うまく想像できなかったはずである。「恋愛は、人生の秘鑰《ひやく》なり」という同年代の北村透谷が後年発した有名な言葉がある。しかし二葉亭は、『浮雲』の文三そのものだった。あれこれ思い巡らすものの、実にふがいなく一人の女性にふりまわされてしまう。それは彼の場合、あまりにも「女性」を尊重しすぎての空まわりということができた。

★

明治十四(一八八一)年五月、東京外国語学校に入学してまもなく、十七歳の彼は給費生に選抜された。寄宿舎に入ることとなった。それまでは、四谷伝馬町一丁目にある水野家に止宿していた。水野家は父吉数の実家である。十四歳で帰京してしばらくは、祖母みつと共に四谷左門町の長谷川家に住んでいた。こちらは、血のつながらないみつの実家と思われる。伝馬町の家の方が、まだ肩がこらなかったのではないだろうか。伝馬町の二葉亭が住んでいた家のあたりには、今高級マンションが建っている。中学校のグラウンドが向いにある。JR四ツ谷駅から、歩いて五分とかからないところにあった。迎賓館が近い。学習院初等科は、もっと近くにあるのだった。都心の一等地である。その中に、二葉亭四迷の住居跡の碑は、ひっそりと申し訳なさそうに建っている。あまりに目立たなさすぎる石碑なので、これまで私は二度も気付かずにその前を通り過ぎてしまった。数年前の三月三度目にようやくその碑をみつけた時、ものがなしい思いがわいてきた。今二葉亭四迷は、どのような人だったかも、半ば忘れられようとしている。

「言文一致の人」。そのように国語の教科書で習うことがあっても、実際に読んでみる人は滅多にいない。ほんの十年前までの私が、そうだった。いざ『浮雲』を読んでみて、こんなに面白いことを書く人だったのだと初めてわかった。女性にあくまでおどおどとして受身のままの主人公文三《ぶんぞう》は、現代の悩めるフリーターの一人に思われて仕方なかった。彼と現実にあってみたい。そのように思った小説の主人公は、文三が初めてだった。現代の文三は、どこに住んでいるだろう。間違っても、この住居跡の碑のあるあたりには思われなかった。かつてここからは、日本三大貧民窟のひとつといわれる鮫ヶ橋が近かった。夜鷹《よたか》も、ふらふらしていたらしい。若き日の二葉亭が、ひと目みて大変なおばあさんとわかる婦人から、「私がお相手では?」と誘われたことがあった。その場所は、はたしてどのあたりだったのだろう。坪内逍遥によると、彼は二十代半ばの長きに亘って純潔だったという。しかし、そうやって底辺で生活する人間への不思議な共感を、彼は持っていた。生まれつきの優しさからきていたのか。更にロシア文学の勉強を始めてから深まってきたものだったのか。どちらも、そうなのだと思う。

一方その優しさは、自由民権運動の高まりと共に強まってきたことは明らかだった。二葉亭は、ルソーの『民約論』、ミルの『自由之理』などと並んで、自由民権運動のバイブルとされるスペンサーの『社会平権論』を読んでいた。その訳書第一巻は、明治十四年五月の刊行である。偶然二葉亭の東京外国語学校入学の時だった。彼は学校の図書館で、この本を読んだらしい。英語は独学していた。翻訳でなく、原書で読んでいたのかもしれない。たいしたものである。幸いにも図書館でこの初版の本の一部を読むことができた。東京の報告堂から松島剛訳で刊行されていた。著者スペンサーの名前は「斯邊瑣」となっていた。これでは、からっきし日本人としか思われない。その第四節の思いがけないところで、ロシアが登場していた。

「一國文明ノ進度ハ其婦人ヲ待遇スルノ狀態如何ヲ以テ、之ヲ判定スルヲ得ベシトハ殆トン世間ノ通說トナレリ。而シテ此說ノ範圍内ニ包括スベキ所ノ實事極メテ多シ。眼ヲ開テ宇内ノ情勢ヲ察スルニ男子ト男子ノ關繫ヲ規スル法律峻酷ナル國ニ於テハ、男子と女子の關繫ヲ規スル法律モ亦タ等シク峻酷ナリ。政治上ニ於テ腕力正理ヲ凌駕スル邦ニ於テハ家裡ニ於テモ亦タ均シク然リ。國家ノ壓制ハ必ラス家族ノ壓制ト相主伴シ、兩者共ニ道德ニ起因スルヲ以テ相竝テ立タサルコトナシ。此ノ如ク此兩者ノ相並テ相離レサルコトノ註解トナスベキ實事ハ單ニ土耳其《トルコ》、埃及《エヂプト》、印度《インド》、支那《シナ》、魯《ロ》細亞《シア》、及ヒ歐羅巴ノ封建國ヲ指名セハ以テ之ヲ示スニ足ラン」

イギリス人スペンサーによって、ロシアはこのようにはっきりと封建国にされてしまった。確かにロシアの農民は、平気で妻をぶんなぐることで有名だった。岩倉使節団に権少外史として随行した肥前藩士久米邦武《くにたけ》は、明治六年四月、岩倉具視、木戸孝允らと共に皇帝アレクサンドル二世に謁見した。岩倉がその時の宮廷のもてなしに感動したとしたら、それは、当時ペテルブルグにいた元掛川藩士橘耕斎《たちばなこうさい》の力によるものと思われる。それよりおよそ十年前の文久二年の遣欧使節団に随行した福沢諭吉も、彼が心をこめて日本料理を作ったことを書いていた。久米はそのことよりも、帝政専制下のこの国には地方議会もなければ、貧しい農民が多いことに息をのむ思いがした。それまでは、漠然とこの国を畏怖していたのだった。「従来妄想虚影の論は、痛く排斥《はいせき》して、精神を澄せんこと、識者に望む所なり」。この教訓が生かされていれば、その後の日露戦争は起こらなかったと思う。

久米はベルギーやオランダなどの小国に目を向けていた。大国の中でいかに、「自主の権利」を持つことができるか。「国民の自主」を、小国はきちんと考えているように久米には思われた。しかし明治新政府は、「国民の自主の権利」を早くに認めると、新らしい第二の革命が起きるのではないかと恐れていた。何よりもまずこの国のかたちを作りたい。軍備が、それには何よりも必要である。しかし、西南戦争で国のお金をはたいてしまっていた。明治十四(一八八一)年の政変は、大隈重信の財政策の失敗もあるとされている。米の値段は、西南戦争後の四年間に倍に上がってしまった。大隈の考えた外債の発行には、政府内の反対が多かった。政変の後に登場した松方正義は、徹底したデフレ政策を取ることになる。米の値段は一度に下がり、すべての皺寄せは農民にきた。板垣退助の率いる自由党の後援者の豪農も、苦しい立場に追い込まれることになる。民衆は、その年の夏に起きた、北海道開拓使官有物を開拓使長官黒田清隆が薩摩の豪商にべらぼうに安く払い下げを決定したことに、怒りをたぎらせていた。その国民の怒りを外すために、十月十二日、明治二十三年を期しての国会開設が決定された。九年後のこととはいえ、とに角そのことが決まったのは、自由民権運動のお蔭だった。しかしそのかわりにという感じで、早期国会開設を天皇に上奏しようとした大隈が参議を罷免された。何が何だかわからないうちに、明治十四年は大変な年となった。

……兎角《とかく》理想といふものは遠方から眺めて憧憬《あこが》れてゐると、結構な物だが、直ぐ實行しやうとすると、種々《いろ〳〵》都合の惡い事がある。が、それでは何だか自分にも薄志弱行のやうに思はれて、何だか心持が惡かつたが、或時何かの學術雜誌を讀むと、今の青年は自己の當然修むべき學業を棄てゝ、動《やゝ》もすれば身を政治界に投ぜんとする風ありと雖も、是れ以ての外の心得違《こゝろえちがひ》なり、青年は須《すべか》らく客氣《かくき》を抑《おさ》へて先づ大《おほい》に修養すべし、大に修養して而《しか》して後大に爲《な》す所あるべし、といふ議論が載《の》つてゐた。私は嬉しかつた。早速此持重說《そのぢちようせつ》を我物にして了つて、之を以て實行に逸《はや》る友人等を非難し、而《さう》して竊《ひそか》に自ら辯護する料《れう》にしてゐた。（『平凡』）

これは、小説である。二葉亭とおぼしき主人公を、わざとのようにふがいなく小心な男性におとしめて書いているところがある。そこが、面白くない。現実の二葉亭は、決してこのような嫌味ったらしい優等生ではなかった筈である。行動に走る友人がいたら、非難するどころかむしろ大いに励ましたことだろう。しかし二葉亭自身がすぐに行動に走るには、今目の前にあまりにも勉強しなくてはいけない課題が多過ぎたことは事実である。

……當時の語學校の露語科と云ふのは、今日《いま》のとは大分違ふ。まあ露西亞の中學校と同じ様な課業で單に語學ばかりでなく、物理、化學、數學、地理、歷史なんでも普通中學の科業は皆露語で教へたのだ。其中に修辭學や露文學史などもあつたが、この露文學史は、教師が一時代の歴史を講じ、それに就て代表的の作家の代表的の作物を讀んできかせ、そして生徒に批評文を綴らせる様な教授法であつたので、一面にはうつかりして居ては苦しい處から又自分の趣味の上からも、可成に勉強したものだ。……（『余の思想史』）

かなりにと控えめに書いているけれど、実際は大変なものだったと思う。しかもスペンサーまでも、恐らくは原書で読んでいるのである。当時の翻訳で『社会平権論』を読んでみると、大変に読みづらい。しかし、なかなかに面白いところがあるのだった。イギリスは、レディファーストの国である。ビクトリア朝を代表する哲学者スペンサーは、男女同権にも心を砕いていた。

「通常婦人ニ参政權ヲ與フルヲ以テ不可ナリトスル説ハ、妄想僻見ニ基クモノナリ」

このようなくだりを、女性民権運動家の景山英子は胸躍らせながら読んだと思う。この参政への婦人の権利を書いたところにも、ロシアが登場する。

「……魯國ノ寺院ニ於テハ決シテ婦人ノ聲ヲ聞クコトナシ。是レ婦人ハ男子ノ面前ニ於テ頌歌ヲ唱フルニ足ラストシ、此規律ヲ守ラサル者ヲハ公衆ノ感情ヲ害スル者トシテ之ヲ非難スルカ故ナリ」

露語科生徒の二葉亭はこのくだりを読んで、どのような情景を頭にめぐらしただろう。三年前に私は、ドストエフスキーも通ったという古いロシア正教会の教会へ入ったことがある。ひっそりと薄暗い教会の中は、大小さまざまな時代もかたちも違うイコンで覆われていた。若い女性の信者の姿が多かった。結婚を叶えるイコンもあるらしい。だれもが声をたてずに、じっとイコンの前で十字を切っていた。そこで私は、思いがけない一枚のイコンをみた。革命で命を落としたニコライ二世の肖像画のイコンである。「父なる皇帝(ツァーリ)として民衆に特別な存在だったことは知っていたものの、代々の皇帝がロシア正教会の聖人に列せられているとまでは知らなかった。はたしてどのような信者が、このイコンに祈りを捧げたのだろう。革命後の長きスターリンの時代も、秘かにそれぞれのイコンへの祈りは続いていた。

ふとプーチン氏もロシア正教会の信者であるという話を思い出した。ペテルブルグの街を歩いていると、まだ完成まもなくと思われる真新しい教会がいくつも目にとびこんできた。玉ネギのかたちをした金色の屋根は、いつもピカピカに光ってみえた。ともあれ、イコンを静かにみつめてお祈りをする女性の横顔は、美しかった。スペンサーのロシア婦人に向けられた目には、いささかの意地悪がこめられていたように思う。当時のイギリスとロシアは、クリミア戦争もあり険悪さを増していた。

處が私はこの頃、帝國主義《インペリアリズム》の反對に、社會主義《ソシアリズム》に化觸《かぶれ》たといふのは露文學の感化が非常に與つて力があつたのだが、社會主義といつた處で、非常な幼稚なもので、政府のやる仕事なれば、何でも氣に喰はなかつたり、つまらん處に自由だ〳〵だなどゝ騷で見たり、今から考へて見ると實に滑稽なやうなものだが、その當時は、どうして〳〵大眞面目であつたのだ。何んでもこんな事すらあつた。家で親達が、私の外出する時に、お前何處に行くのだと聞くと、私は何處へ行つた處で一向關わんぢやないか、私の行くのは私の自由で、決して親だらうが誰だらうが干渉する必要はない。……

（『余の思想史』）

思わず笑ってしまうようなのどかさである。しかし、幼いころからずっと「いい子ちゃん」で通してきた二葉亭には、これだけのことを親に言い放つのも、大変な勇気を要したのに違いない。明治十五年一月四日、軍人勅諭が下った。その起草は、山県有朋の主宰で、福地源一郎、西周、井上毅らが参与したとされる。勅諭は、二日遅れて新聞に公表の運びとなった。かなりの長文に及んでいた。

「……世論《セイロン》ニ惑ハズ政治ニ拘ラズ、只只一途ニ己ガ本分ノ忠節ヲ守リ、義ハ山嶽ヨリモ重ク、死ハ鴻毛ヨリモ輕シト覺悟セヨ。其ノ操ヲ破リテ不覺ヲ取リ、汚名ヲ受クルナカレ」

この一節を読んだ時、十七歳の二葉亭四迷は怒りに心がふるえたことだろう。何も考えない軍人になれということである。十九世紀初めにロシアの農奴制廃止、立憲王政へという理想を掲げて反乱を起こした青年将校のグループ、デカプリストこそ、二葉亭の理想の軍人の姿になっていた。世を憂いてこその軍人だと思った。自由にあこがれる青年の二葉亭は、スペンサーの本の中に「命令をよしとしないと書かれていることにも、大いに力づけられたと思う。

「命令ノ志念ハ實ニ野蠻ノ志ナリ」

「命令ハ愛情ノ茶毒ナリ」

スペンサーのいう通りである。自分も命令される人間になることなく、自分の頭で考える人間になりたい。新聞に発表された「軍人勅諭」を読みながら、そのように二葉亭は心に誓ったと思う。

★

明治十四（一八八一）年五月、長谷川辰之助、後の二葉亭四迷が入学した東京外国語学校露語科は、はかない運命にあった。四年後の明治十八年九月、東京外国語学校の廃止が決まり、露語科は清韓語科と共に東京商業学校に合併される運びとなった。露語科五年生の辰之助は年が明けた明治十九年一月、学校側の説得に応じることなく、自主退学した。卒業が、すぐ二ヶ月後に迫っているところでの決断である。そこまできての退学者は、辰之助一人だった。「ロシア語を勉強したくて入学したんだ。商売の勉強をする学校に入りたかった訳では断じてない」。その無念さが、胸の中に渦巻いていた。辰之助の露語科での成績は、つねに一番だった。明治十四年入学早々、給費生に選抜された。寄宿生活が始まった。

明治十四年、外語一學年の成績表より

會話（一〇・）文法（九・五）書取（八・〇）算術（九・五）譯文（一〇・）暗記（一〇・）習字（九・〇）讀法（九・〇）

合計　七五・〇

明治十七年、外語四學年の成績表より

幾何（一〇・）代數（九・八）物理（九・七）歴史（一〇・）作文（一〇・）會話（一〇・）暗誦（一〇・）文法

（一〇・）譯文（九・六）修身學（八・〇）和漢文（九・〇）體操（七・九）　合計一一四・〇

一学年の時は同級三十名の中の一番、四学年では同級十六名の中の一番であった。生徒の人数が減っていったことも、当時の露語科の授業の厳しさの証明になる。地理も歴史も代数も幾何も、授業はすべてロシア語で行なわれていた。生徒は、どんなにか大変だったことだろう。入学前にロシア語を勉強していたことのある生徒は、ほんのわずかであったと思う。英語やフランス語をそれまでにいくらか勉強していた辰之助も、ロシア語のキリル文字には入学後、初めておめにかかったのに違いない。「これは、幾何の数式にでてきそうな文字だ」。そう思うと、初めてのロシア語だけでなく長い間苦しんできた幾何の勉強にもやる気がでてきた。幾何への苦手意識は、思いがけないところで克服できるようになったといえそうである。ロシア人教師コレンコ、グレーによる詩や小説の朗読の時間が何より嬉しかった。彼自身が、声をだすことが好きだった。非常によい声で清元や小唄などを、よく友だちの前で唸っていた。放課後には一緒に寄席へも足しげく通っていたというから、ただの「ガリ勉」ではない。同級生の大田黒重五郎は、当時の長谷川辰之助について隈なく思い出している。

「在學中の長谷川君は、非常に眞面目に勉強したものでその讀書力の强大なる事、理解力の鋭敏なる事、實に驚くばかりで、夜寝るのにも毛布《けつと》をクルリと頭から被ふるだけで枕下へは常に本をはなさず眼が覺めれば何日《いつ》でも讀書をした位です。さういふ風だから從つて學問もよく出來る、非常な秀才として、同科のものは勿論、他科のものまで、長谷川君を尊敬して居ましたし、教員もゴスポヂーン長谷川(Mr. と同意味)といふと、他生徒同様には取扱かはなかつたものです」

二葉亭の死後まもないころのこの回想の中で、彼は露語学科時代の友人が病気になると密かに毎月幾分の補助をしていたことにも触れている。「何處までも人格の人で、正義と眞面目の人であった」という。

大田黒重五郎のそのような言葉から浮かんでくる二葉亭四迷は、あまりにも立派すぎると思う。人情の熱さこの上なしの大親分の風格がある。突然の上からの外国語学校廃止の通達に、最初は全員の生徒が辰之助と共に反対の声を上げた。文部省当局の意を汲んだ時の校長に直談判したものの、一人、又一人と「卒業証書」という人参を目の前にぶら下げられてはおとなしく引き下がっていた。それだけに、断固として一人揺らぐことなく退学を決めた辰之助への畏敬の念は、多くの卒業生の胸に生き続けた。

「くたばってしまえ!」と自らに言い放ったことが、二葉亭四迷のペンネームのもとになったというように、彼自身が書いていた。「正義と真面目の人」という彼の実像とは、どこかかけはなれて感じられる。しかし、たった一人のサンチョパンサを見い出すこともできないまま突き進むドンキホーテのような自分を冷笑しつつ、その一方で、密かに自負の念を持ち続ける辰之助にもっともふさわしいペンネームだったかもしれない。彼はこれが正義だと思ったことにはあくまで揺らがなかった。

しかし、そのまわりのさまざまな事柄には心が四方、八方に揺れるところがあった。陸軍士官学校にはいかないと心の中で決めていても、祖母のみつがそれを望んでいる以上、無駄な受験を繰り返すことになった。まさしく「四迷」である。みつがすっかりあきらめたとわかったからこそ、露語科入学ができたのである。外国語学校入学後の寄宿生活は、みつの束縛を離れて初めて思いのまま勉強のできる毎日だった。家にいる時は、夜でもいつ見廻りにみつがやってくるかと落ち着かなかった。

「おや、辰之助、いい声をしているね。もう一節《ひとふし》、聞かせておくれ」

夜ふけに机の前で思わず唸っていると、いつのまにかみつがぬっと背後に立っていて、そういうことがあった。

そのみつが、辰之助の寄宿生活が始まって半年後の明治十五年一月になくなった。猫可愛がりをしていた辰之助が家からでていったことが、さびしかったのに違いない。もしみつが生きていたら、辰之助は退学することがむつかしかったと思う。

二葉亭四迷は酒が強くなかった。しかし、コレンコ先生のロシアの詩の朗読を聞いていると、強いウォッカを一気に飲んだような衝撃を覚えたことだろう。ハラワタに沁みわたるような、未だかつて味わったことのないショックである。

友よ！　今宵は大いに飲もう
酔えば俺にも歌がでる
だが明日は、帰る者とてない土地へ
行くかも知れぬわが身なら

作者不詳のこの詩を、コレンコは実感を込めて朗読することができた。彼自身が革命家としてロシアを亡命していた。まぎれもないナロードニキ(人民主義者)の一人だった。渡辺雅司氏の「東京外国語学校魯語科とナロードニキ精神」という興味深い論文には、コレンコのことがくわしく書かれていた。一九二〇年代にソヴィエトで編纂された『革命家辞典』第二巻、一八七〇年代の部に、コレンコが登場する。「コレンコ、アンドレイ・アンドレーエヴィチ。1849年頃の生まれ……70年に学生紛争に参加、逮捕され、一月ほどペテロ・パウロ要塞に拘留。その後流刑、71年監視解除」。コレンコは、ペテルブルグ農業大学の学生だった。彼の入獄したペトロパヴロフスク要塞は、今やペテルブルグを代表する観光スポットとなっている。しかしかつては、ドストエフスキーも投獄されたことのある恐ろしい場所だった。流刑の後、官憲の監視下に置かれていたコレンコは、一八七一年にアメリカに逃亡した。そこで、外語の教師の話がでたのである。コレンコは、エカテリーナ時代から始まるロシア文学の流れを、丁寧に日本の生徒に語りかけた。殊にゴーゴリの文学に流れる「涙を通した笑い」の意味を、力を込めて解説したようである。それは、二葉亭の『浮雲』の中でしきりと連発されてやまない、「冷笑」という言葉につながっていく。コレンコはプーシキンの詩も、朗々と朗読した。

おお、私の声が人々の心をゆり動かすことができたならば!

何ゆえに私の胸に不毛の情熱が燃えさかっているのか
何ゆえに運命は私に人を驚かす雄弁の才を与えてくれなかったのか
友よ、私は見ることができようか、抑圧されることのない民を
皇帝の意志で奴隷制度が廃止されるのを
そして啓蒙された自由の祖国の上に
ついに美しい朝やけが昇るのを

（プーシキン『村』・川端香男里訳）

一八一九年に書かれたものである。それから半世紀以上がたっても、ロシアの現実には殆ど変わりがなかった。ピョートル大帝が建設したペトロパヴロフスク要塞には、次々とナロードニキたちがぶちこまれていた。ピョートル大帝は、ペテルブルグという壮麗な首都を築く時にまずこの要塞について頭をめぐらしたことだろう。湿地帯に要塞を築くことは、困難を極めた。多くの奴隷が命を落とすことになった。プーシキンの詩には、そのことへの抗議が込められていた。多感な辰之助が胸の中に抱く自ら維新の志士肌と呼ぶものが、権力へ立ち向うロシアの詩や小説の魂にひき寄せられていったのは、自然のことだったと思う。

……する中に、知らず識らず文學の影響を受けて來た。尤もそれには無論下地があつたので、

いはば、子供の時からある一種の藝術上の趣味が、露文學に依つて油をさゝれて自然に発展して來たので、それと一方、志士肌の齎した慷慨熱――この二つの傾向が、當初のうちはどちらに傾くともなく、殆ど平行して進んでゐた。が、漸く帝國主義の熱が醒めて、文學熱のみ獨り熾んになつて來た。

併し、これは少しく說明を要する。

私のは、普通の文學者的に文學を愛好したといふんぢやない。寧ろロシアの文學者が取扱ふ問題、卽ち社會現象――これに對しては東洋豪傑流の肌ではまるで頭に無かつたことなんだが――を文學上から觀察し、解剖し、豫見したりするのが非常に趣味のあることゝなつたのである。で、面白いといふことは唯だ趣味の話に止まるが、その趣味が思想となつて來たのが卽ち社會主義《ソシアリズム》である。

（『予が半生の懺悔』）

帝国主義から社会主義へと思想が変わり、二葉亭四迷はいよいよと当時の政府が推していたところの「立身出世」のコースから外れることになる。官庁や学校などよい勤め先から背を向けても、何とか食べていける程の語学力を懸命にモノにした。退学を決意できたのも、そのお蔭だった。『浮雲』の文三《ぶんぞう》が、役所をリストラされてからも比較的呑気なまま実らぬお勢《せい》への恋心を持ち続けることができたのは、彼の英語力にあった。

「人間、いかに生くべきか」

ロシア文学を通して、彼の考えていたのはその一点だった。四谷の貧民窟の鮫ヶ橋を通るたびに、人にはどうして貧富の違いがあるのかを考えた。江戸時代の武士が最高という身分差別は、明治に入るとくっきりとした貧富の差別に変わっていった。明治十三(一八八〇)年からの急激なデフレーション政策により、中小農民は一層の生活苦にあえぐこととなった。貧民窟に逃げ込む家族も多かったのに違いない。明治十四年の東京では、「パア」という語が流行していた。

……米ヲ買込ンダ連中モパアナラ公債ヲ賣ッタ人物モパア……(中略)……斯クノ如キパアゝゝノ世界ナレバ今ヨリ後如何ナルパアヲ我々ガ眼前ニ呈出スルモ亦知ル可カラズ我々ハ唯ダ案外ノ善キコトニ驚イテパアノ聲ヲ發センコトヲ希望スル者ナリ深ク祈ル今ヨリ惡ルイ事件ニ出逢フテパアト叫ブコト無カランヲ

(明治十四年五月十八日、朝野新聞)

辰之助は学校を退学する時、四、五年前の流行語の「パア」を思わずつぶやいていたように思う。相当な語学力を身に付けたとはいうものの、五里霧中のゼロからの出発であることに変わりはなかった。

朝野新聞に「パア」の記事が載ったのは、辰之助が入学してまだ十日もたっていない時だった。そのころ辰之助も応援してやまない自由民権運動にも、大きなかげりがみえはじめていた。この年三月のアレクサドル二世暗殺が、当然影響していたと思う。朝野新聞主筆の末広重恭《しげやす》(鉄腸)は、頭を抱えていたのに違いない。「都市民権派ジャーナリスト」の代表として演説会場をとびまわっていた末広にこそ、明治十四年からの数年間は「パア」としかいいようのないものだった。十四年の三月、民権派が頼みとする大隈重信が、国会を開設する意見書を提出した。ところが、その半年後に大隈は参議を罷免されてしまう。明治十四年の政変である。伊藤博文らの策謀とわかっていても、「野党」の立場の朝野新聞も真実を書くことはむつかしかった。同時に十年後の国会開設が決定された。それでもこの年には、国会開設の詔勅の問題と北海道開拓使払下の事件が重なり、朝野新聞の発行部数は一時三万を超えるまでに回復した。しかしその後に末広は自由党へ、局長の成島柳北は大隅の改進党へ接近と内部分裂をきたしていく。

翌年明治十五年の三月、伊藤博文は憲法取調べのためヨーロッパへ出発した。自由党総裁板垣退助が岐阜の演説会場で暴漢に襲われたのは、その翌月のことになる。

「板垣死すとも自由は死なず」。そのような見出しが、「御用新聞」と呼ばれた東京日日新聞にも躍った。当時十八歳になったばかりの辰之助も、大好きな板垣が叫んだというこの言葉に涙をうるませたことだろう。この事件により自由民権運動は一時勢いを盛り返すことができた。実は、板垣の一言は、その時傍らにいた同志の内藤魯一の考えたものといわれている。

板垣遭難のニュースが流れたころ、山県有朋率いる日本陸軍はそれまでの編制・用兵を、外征型に改めるため軍制改革に着手した。それに従い、外征型陸軍はフランス・モデルではなくドイツ・モデルを採用することとなった。山県の腹心桂太郎大佐の主張を、すべて受け入れた結果だった。これより、いつでも戦争できる国への準備がスタートした。しかしそれにはまず、国内の自由民権運動の息の根を止めておかなくてはいけない。「集会条例」を改正し、結社・集会に少しでもおかしいところがあると政府側が考えた場合は即刻禁止、弾圧を加えることにした。そうしながら、朝鮮の日本公使館が襲撃されると、ただちに日本から兵隊を出動させた。守りから攻めの戦争への変化は、当然侵略戦争となる。日本がみならおうとしていた当時のドイツ陸軍は、大国フランスにも勝利して鼻高々であった。明治十六年八月に帰国した伊藤博文も、ドイツの憲法に倣うことを決めていた。日本国のかたちは、すべてドイツ一色で固められようとしていた。山県は、この年の初めに「変則独逸《どいつ》学校」の設立を決定した。「変則」とは、外国語による授業を「正則」といい、日本語による授業をこのようにいうことにしたとも考えられた。

大学での外国人による授業も、明治十五年に禁止となった。外国からの「お雇い教師」のギャランティは、高かった。一方日本人の教師の能力が、上がってきたということもあった。そうだとしても、ロシア人教師によるロシア語の授業を進めてきた東京外国語学校露語科への冷ややかな目が背後に潜んでいるといえそうである。

辰之助が露語科に入学して何より心地よかったのは、その自由な校風にあった。コレンコも、彼の後任のグレーも、前任者のメーチニコフと同じようにナロードニキ系の亡命者だった。ロシア文学の中の「余計者意識」を語る時、それは祖国を追われた自分のことでもあるのだという思いが込められていた。コレンコは、教室でドストエフスキーの『罪と罰』も朗読した。一人の生徒がその読後感に、「物を盗む者は賊となり、国を盗む者は王なり」と漢文調で答えた。コレンコはにやりと笑い、「ハラショー」と評価を付けた。小国日本も更に小さな隣国の朝鮮を盗もうとしていた。

明治十五年四月七日付けの朝野新聞には、「富强ノ策如何」という見出しの記事が載った。

「……日本ハ貧國ナリ弱兵ナリト言ハザル可ラズ故ニ今世人ガ富國强兵々々々々ト言フハ朝鮮臺灣ニ優ツテ富强ナルノ詔ヒニハ非ザルベシ……(中略)……先ヅ富國ノ策ヲ講ズベシ」

板垣遭難の一日前の記事である。辰之助はこの記事を前にして、「富国強兵」を国是としたこれからの日本の危うさに、頭をめぐらしたことだろう。

露語科の生徒になってからの辰之助の眼付きには、それまでと変らず険しいものが感じられた。大きな一重《ひとえ》の目が、きゅっと上がっている。晩年になるに従ってその目には、柔らかな光りがこもってくるのだった。ペテルブルグで撮影したと思われる最晩年の顔が、断然いい。やっと恋人にめぐりあえたような、陶然とした眼付きにもみえるといったら、言い過ぎだろうか。

コレンコの後任グレー先生を囲んでの、生徒たちの集合写真が残っている。二十二名の露語科の生徒たちの服装は、各自ばらばらである。背広姿もいれば、羽織姿の生徒もいた。二列目の左端に立つ辰之助は、黒っぽい詰め衿の学生服を着ていた。背広を着るのが、恥ずかしかったのだろうか。何んだか、地味すぎる。日本人としてはひときわ目立つ大男になる辰之助は、十代のまだこの頃には他の学生とそんなに背丈が変わらなかった。ただ顔だけが、老成していた。一見やぼったくみえるが、よくみると眉も目もきりりと吊り上がっていて利発そうである。みなりに頓着しない少年だった。一方、前列中央のグレー先生は、いかにも善良さに溢れていた。当時まだ三十代という青年教師であったが、既に頭がつるりと禿げている。しかし黒い顎鬚は、豊かにふさふさとしているのだった。彼の朗読を、聞いてみたい衝動にかられる。この明治十年代半ばの集合写真から少しも古さが感じられないのは、それぞれの生徒の表情も服装も個性が感じられていきいきしているからだった。

明治十八(一八八五)年に初代の文部大臣に就任した森有礼は、教育の現場に兵式体操を持ち込もうとした。「厳粛ナル規律ヲ励行シテ体育ノ発達ヲ致シ学生ヲシテ武毅順良ノ中ニ感化成長セシメ、以テ忠君愛国ノ精神ヲ涵養シ……」と上奏文案に記す森有礼の感性は、ロシア文学の理解に向いていなかった。露語科を東京商業学校に合併させるという暴挙は、森にとって当然のことだった。そもそも、露語科の外人教師はロシア皇帝にたてついた亡命系が多いことも気になっていた筈である。

明治十五年八月、当時駐英公使であった薩摩出身の森は、パリのホテルに伊藤博文を訪ねていた。伊藤は既にドイツで、強固な立憲君主制を確立すれば自由民権運動もたちどころに制圧できると自信を深めていた。これからロシアのアレクサンドル三世の戴冠式に列席するところだった伊藤は、森と教育問題を話し合ったとされる。しかし、まもなく板垣退助がロンドンに現れることの方が話題の中心となったような気がする。板垣の渡欧は、自由党を分裂させる目的で伊藤らが仕掛けたものだった。費用は、政府持ちであった。党内の猛反対を押し切って、板垣は渡欧を強行した。ロンドンで、スペンサーにあいたかった。スペンサーの『社会平権論』を、板垣は自由民権運動の象徴のように感じていた。面会して、何か励ましの言葉を掛けられることがあったら、尻つぼみの状態の自由党も再び光がみえてくると思った。

「板垣のことは頼んだよ」。パリのホテルの一室で伊藤からそういわれて森は大きくうなずいた。実は、森とスペンサーは親しかった。森の立会の許、板垣はあこがれの人と会見した。スペンサーは板垣に冷たかった。会談の半ばにして、「ノー、ノー、ノー」の声と共に、立ち上がったという。彼は、森の話から日本のような後進国には、まだ憲法は早過ぎると考えていた。

東京外国語学校が東京商業学校に合併されたのは、それから三年後のことになる。文部大臣森有礼の突然の決定に、誰よりも怒りをたぎらせたのは、学業優等品行端正のまま第五年に進級した二十一歳の二葉亭だった。

★

明治十八(一八八五)年五月、二葉亭四迷は両親と共に神田仲猿楽町九番地へ住まいを定めた。父の吉数《よしかず》が福島の役所を三等主税属で非職となり、帰京した。二葉亭が学業優等品行端正により五ヶ月間毎月六円の学資が支給されるようになってから、二ヶ月がたっていた。父の毎月の恩給は、十一円である。一人息子の辰之助の卒業は、すぐ目の前に迫っていた。吉数は、とびきりできのいい辰之助が東京外国語学校を卒業後、更に帝国大学へいくことを勧めたという。初代文部大臣森有礼によりそれまでの東京大学は、帝国大学と改称されることになった。よもやその十九年の年明け早々に外国語学校を自主退学することになるとは、思ってもみなかっただろう。「家計不如意のため、本人の扶助を要する」という表向きの退学の理由は、何事にも穏便なることを願う吉数が考えたものといえそうだった。
清韓語と共に露語科が廃止されて、商業学校に合併されることが何としても我慢できない、退学するという息子の言葉に、吉数のショックは如何ばかりであったろう。しかしこの子には、語学を天職とする道が開けている。ロシア語の他に英語も勉強することだ。神田仲猿楽町の新しい住まいにある立派な土蔵は、息子の書斎にぴったりだ、ここは息子を信じよう。そのように思い直したのではないか。吉数にも、二葉亭と同じような太っ腹なところがあった。いくばくかの公債があるとはいえ、乏しい年金暮らしには不相応な大きい土蔵付きの家だった。これでは、息子の稼ぎをあてにしていると思われても致しかたなかった。作家の山田美妙は、当時の吉数と二葉亭父子の関係に危惧を覚えていた。吉数と美妙の父親は、かつて西南戦争のころに島根県で出合っていた。吉数は県の役人、美妙の父親は県の警部長の役職にあった。二葉亭より四歳年下の美妙は、小さいころからの彼をよく知っていた。

「無類という程の滑稽好き」であったという。しかも辰之助時代の二葉亭は、よく踊ったというのである。「……踊ったも踊った、馬鹿囃子《ばかばやし》が得意であった。假面《めん》を被《かぶ》ってヒヨットコ踊《をど》りをすると共に悪太郎《あくたろう》等糠星《ぬかぼし》どもをして、殆《ほとん》ど喝采《かつさい》の手を麻痺《まひ》させた」

(「二葉亭四迷君」、坪内逍遥・内田魯庵編『二葉亭四迷』)

喉自慢の二葉亭が踊りも得意であったとは、意外な気がする。明治二十(一八八七)年四月の鹿鳴館仮装舞踏会にもし若輩の身で紛れ込んでいたとしたら、それは見事に盛装のマダム連をエスコートできたことだろう。長身の二葉亭のかろやかなステップに、主催者の伊藤博文も外相の井上馨も目をみはったのに違いない。しかし、二葉亭がそのような政府主催の外国におもねるばかりの珍妙な舞踏会に、のこのこと現れる筈がなかった。少年時代のヒョットコ踊りは、人を楽しませると共に彼自身が楽しんでいたものだった。人にへつらったり、おもねる気持は、皆無だったと思うのである。二葉亭には生まれながらにして、「コメディアン」の素質があった。それは、えもいわれぬ愛敬よしの吉数以上のものであったと美妙は回想している。快活さを通り越して、滑稽となっていた。しかし神田仲猿楽町時代の二葉亭は、美妙の目にまったく変わってしまって、炭が氷と変化した程にみえたという。吉数がそのさびのある美声で長唄でも歌おうとすると、ドストエフスキーか何かに頭脳を刺激された二葉亭は、陰気極まる白眼で父親をみたのに相違ないと美妙は考えた。しかし、これは大分違っているのではないだろうか。外国語学校時代も友だちの前で一節唸ることが一番の息抜きとなっていた。彼は、土蔵でも時として清元や小唄などを唸っていた時があったように思うのである。退学後も、父と二人で寄席にでかけたことだろう。鶴賀若辰という盲目の老姿の新内語りを、ひいきにしていた。

「若辰は、いいねえ」

寄席の帰りの夜ふけの道で、吉数がしみじみとした口調でそうつぶやくと、

「泣けますねえ」

息子の辰之助は、すぐそのように相づちを打った。その目は、夜目にも濡れているのがわかった。

会場で若辰のものがなしい語りを聞きながら、涙もろい二葉亭は何度も声を上げて泣きそうになった。日頃あれも辰だし僕も辰だなどと、友人の大田黒重五郎に話していたという。

そうした彼が、清元を唸る父を白い目でみるなどということは考えられなかった。吉数の自分への期待の重さに胸ふさがれる思いにかられることはあっても、時には一緒にひとふし唸りたいと思ったりした筈である。二葉亭の白い目は、実のところ美妙に向けられていたものだったかもしれない。二葉亭の『浮雲』とほぼ同じころに言文一致体の小説『武蔵野』を発表することになる美妙は、美文家をめざしていた。みた目も優しい秀才の彼は、東京大学予備門に進んだ。英語とドイツ語をよくする美妙は、露国語には身構えるところがあった。二葉亭が外国語学校で露国語を学んだことに問題があったと、彼は考えた。当時少なからず不快を感じた事情があり、二葉亭は絶望、世を狭く感じ、その情ない念も手伝って、普通人の目からみたならば変人と思われるように変化していったとその回想にある。二葉亭の死後まもないころの文章であるが、空の上の彼がそれを読んだら苦笑したことだろう。

「やはり、そのように思っていたのか」

そう大きくうなずきながら、自分より少し年下の美妙が、いつもずっと年上の人間のように遠く感じられていたことを思い出した。

あくまで美しい文章にこだわる美妙と、文章の背後にこめられた社会批判こそ大切なものと思う二葉亭の文学観とは水と油だった。勿論、二葉亭の考えはロシア文学からきていた。そのような考え方は、当時の日本の文学者にないものだった。「ました」で終わる口語体の小説を書くことを考えた美妙であるが、その精神は日本古来の風流を好むところにとどまっていた。

「当時少なからず不快を感じた事情」と美妙が書く中には、明治十七年から十八年にかけて、自由党員による不穏な事件が続いていたことも含まれていたように思う。自由民権運動末期を感じさせる大事件が集中していた。

一八八四(明治十七)年
五月十三日　自由党員日比遜ら蜂起し、十六日松井田警察署を奪取(群馬事件)。
九月二十三日　自由党員富松正安ら茨城県加波山に反政府の挙兵をはかる。二十五日解散(加波山事件)。
十月二十九日　自由党解党。
十一月一日　埼玉県秩父郡の貧民二千六百余人蜂起。十一月十一日鎮定(秩父事件)。
十一月八日　愛知県人村松愛蔵らの名古屋鎮台奪取の計画発覚、逮捕(飯田事件)。
一八八五(明治十八)年
十一月二十三日　大井憲太郎・小林樟雄らの韓国独立党援助計画発覚、逮捕(大阪事件)。

この時期に、農村は大飢饉に襲われていた。農村からの逃亡貧民は、都市下層民へとなだれこんでいった。このような現実がある以上、各地でこうした暴動がわき上がるのはもっともなことだと二葉亭は感じていたのに違いない。農民が中心の秩父事件に、彼は一番心を痛めたことだろう。次いで動揺したのは、飯田事件であったと思う。植木枝盛《えもり》起草の五万部の檄文をばらまき、名古屋鎮台の軍隊と囚人を暗号、軍規を作った上に動員をかけようとしたこの大がかりな事件の首謀者は、二葉亭と同じ愛知県人だった。厳密にいえば、田原藩家老の家に生まれた。二葉亭より七歳年上である。しかも東京外国語学校露語科がまだ魯語科と呼ばれていたころに、メーチニコフから直接教えを受けていた先輩だった。

板垣退助の「自由党史」にはこの飯田事件について、「ロシア虚無党の消息に通じ密《ひそ》かに之を倣《なら》ふ」と書かれているという。自由党員の村松は、愛岐日報の主筆として、露国虚無党の最新情報を紹介していた。民権結社恒心社の活動を続けるうちに、村松にとって武装蜂起は自然なものに感じられていったのだろうか。彼の書いた記事が当時の新聞紙条例に触れ、弾圧されたことが事件のきっかけになったともいわれている。すなわち、自由党内部の過激派の暴走は、政府側の弾圧から生まれたと考えられた。自由党のドン板垣退助の洋行の裏事情も、知っている同志にはいかにも情なく思われたことだろう。彼らは、やぶれかぶれで絶望していた。過激な行動は、一方で隣国韓国への大井憲太郎らのとんだおせっかいへと発展していく。これは他国の自由をおびやかすことになる、そのことに、大井らは気付かなかったのだろうか。

二葉亭四迷は、自由党のシンパであった。しかし彼は、勿論何らの過激な運動にも加わっていなかった。友人同士の間で、「自由民権」を声高に叫ぶことはあっても、彼はその志を直接行動ではなくペンの力でなしとげようと考えていた。そのために、もっともっと勉強しなければいけないと思った。絶望している暇はなかったのである。神田仲猿楽町の土蔵には、格子がはめこまれていた。二葉亭はその書斎を、ドストエフスキーも投げ込まれたペトロパヴロフスクの要塞の牢獄のように感じることがあったかもしれない。しかし、その牢獄では、いくらでも勉強することができた。ずっとはりつめた精神でいられることが、幸せだった。たまに、そこを訪れる父の吉数は、親切な看守のおじさんのようでもあった。

「大阪事件」は、この土蔵の中で知った。大井憲太郎の内妻の福田(景山)英子も、逮捕された。そのことを知って二葉亭は、ナロードニキやニヒリストには女性も少なくないことを思い出しただろう。しかし、虚無主義《ニヒリズム》は、断じてテロリストとは違っていた。そのようなおそろしいものではない。そのことを、日本人は誤解している。自分はまず、それについて書かねばならない。どうやって発表するのが、最上か。二葉亭は土蔵の中でそれを考えると、緊張して煙草を持つ手がふるえてきた。彼は外国語学校時代から、煙草の味に親しんでいた。

坪内逍遥の評論『小説神髄』と明治近代文学のさきがけとなる小説『当世書生気質』の連載も、蔵の中で読んだ。『小説神髄』は、明治十八年九月から翌十九年の四月にわたり九冊に分けて刊行された。ノートのような体裁だったという。

「……我が小説の改良進歩を今より次第に企図《くわだ》てつつ、竟《つい》には欧土《おうど》の小説《ノベル》を凌駕《りょうが》し、絵画、音楽、詩歌と共に美術の壇頭に煥然《かんぜん》たる我が物語を見まくほりす。希《ねが》ふは四方の学者、才人、わが庸劣《ようれつ》を咎《とが》めたまはで、わが熱衷《ねっちゅう》と論旨をめでて、熟読含味せられもせば、是れ豈におのれが幸福のみかは、我が文壇の幸《さち》なるべし。あなかしこ」

緒言のこのような言葉を目にしながら、二葉亭は思わずにんまりしたかもしれないのである。どんなにこれからわが国の小説の改良進歩を試みたところで、ロシアの小説のあれ程までの深さ、大きさに近付くことは無理であろう。スコットやシェイクスピアの『ジュリアス・シーザー』の翻訳を手がけている先生とはいえ、恐らくロシア文学にはまだ触れたことがないのだ。こちらから、議論をふっかけたい。のっぺりとした優男の山田美妙には決して動くことのなかったそのような気持が、『小説神髄』の頁を読み進めるうちにふつふつとわいてきた。

「小説の主眼

小説の主脳は人情なり、世態風俗《せいたいふうぞく》これに次ぐ。人情とはいかなるものをいふや。曰《いわ》く、人情とは人間の情慾にて、所謂百八煩悩《いわゆるひゃくはちぼんのう》是《こ》れなり。夫《そ》れ人間は情慾の動物なれば、いかなる賢人、善者なりとて、未《いま》だ情慾を有《もた》ぬは稀《ま》れなり」

なかなかに人間味溢れるところから小説を考え直そうとしているところには、大いに共感した。逍遥は、親しみやすい人物に思われた。二葉亭より五歳年上の彼も、愛知の人だった。美濃国加茂軍太田村の尾張藩代官屋敷に五男として生まれた逍遥は、十三歳になると名古屋藩学校に入学した。

通称洋学校とも呼ばれていたこの英語学校には、後に二葉亭四迷も在籍することになる。名古屋が江戸以上に江戸のなごりを大切にする一方、進取の気性に富んだ地であることが、こうした新設の学校からもうかがわれた。数年後に、官立愛知英語学校と名称が変わったこの学校の選抜生として十八歳の逍遥は上京、東京大学の前身の開成学校に入学した。明治十六年、二十五歳で東京大学文学部政治経済科を卒業後は、早稲田大学の前身である東京専門学校講師となった。本郷真砂町の家には、学生十余名を預かっていた。

「この人にあいたい。直接あって、『小説神髄』の疑問とするところを、ぶつけてみたい」

二葉亭が一人の人間に対してこのように積極的な気持になったのは、初めてであったと思う。逍遥の背後に見え隠れする小説へのあこがれがあった。当時最高のエリートといわれた学士さまが、『当世書生気質』という小説を書いたことで、世間には小説家を見直す気風が生まれていた。それまでは、小説という言葉もアイマイだったように思われる。江戸時代の戯作者は、下賤な職業とされていたのである。しかしヨーロッパやアメリカでは、そうではなかった。敬愛の念を抱かれる存在だった。はたして、坪内逍遥がそのような対象となる小説家といえるのかどうか、若き二葉亭にとってそれは疑問だった。『当世書生気質』を読んでいると、どうしてこうもおめでたいのかと、腹立たしくなってくるところがあった。そもそもお気楽な学生と芸者とのロマンスである。吉原の遊郭もでてくる。二葉亭は朝な夕な蔵の中にいて、芸者とも遊郭とも縁がなかった。逍遥と出合ってからもしばらくの間、二十代半ばまで純潔であったという二葉亭とは違い、逍遥の方は学生時代から遊郭になじみ、そこで出合った美しい女性センと生涯を共にすることになった。

明治十九(一八八六)年一月二十四日、二葉亭四迷は初めて坪内逍遥を訪問した。露語科を退学して、五日目のことである。文筆で一本立ちしたいという野心を秘めつつ、純粋にこの人にあいたいと思い詰めての訪問だった。胃弱ということでほっそりとやせた逍遥は、小柄ないきいきとした好奇心溢れるどこか少年のような風貌をたたえていた。

「よかった。思った通りの人だ」

二葉亭は、胸を撫でおろしたのに違いないのである。逍遥の方も、大柄な彼にすがりつきたくなるような暖かさを感じた。とても自分より年下の青年には思われなかった。逍遥の教える生徒の誰とも似ていないと思った。

「ロシア人のように大きい」

身近に親しいロシア人がいないにもかかわらず、そのように思ったかもしれない。彼が露語科の出身であることを、送られてきた手紙から逍遥は知っていた。

二人の出合いは、逍遥のそれからを変えてしまった。彼は、小説が書けなくなった。自分がいかに浅薄であるかに、気付いてしまったという。明治四十二(一九〇九)年、二葉亭に先立たれてまもなく、逍遥はまだ頭が混乱したまま東京朝日新聞記者に次のようなことを話している。

……逸話はいくらも有るが何うも頭が落着かないので一寸と思ひ出せない併し前に云つた初對面の時の事などは今も忘れぬ確矢崎君(嵯峨の屋)の紹介で眞砂町の僕の宅へ始て見えた『小說

神髄』を持參して一々質問が始まつた見ると大概二三枚置に朱唐紙《しゅとう》がいくらも貼つてある夫を出して極謙遜な、さりとて卑屈らしい様子は少しもなく極穩かな調子で一々に質問が始まつた本來『小說神髓』と云ふ著述は僕が在學中の徒ら書も同然始めは世に出す積でもなかつたのが友人に勸められ後に修正して出したもの審美學などは一冊も讀んだことなく眞《ほん》の寄せ集めの淺薄な議論、それを長谷川君は露西亞仕込ベリンスキイの審美論を眞向に振りかざしての質問、一太刀二太刀は受けもしたが三太刀目にはいつもたぢ〳〵大敗北、しかも同君の態度の奥ゆかしさ眞に敬服して敎へを聞いた其の頃は確か一週間に一度位は少くとも逢つてゐたかと記憶する未だいくらも話しがあるが今日はもう堪忍して置いてくれ給へ

（明治四二年五月一六日「東京朝日新聞」）

出会いの日から二十年以上たってもなお色あせぬ四迷への敬愛の念は、初恋の男性を一途に思い続ける乙女の心に通じるものがある。天上の二葉亭四迷も、この坪内逍遥の話に声を上げて泣いたことだろう。あの日以来、二葉亭四迷は遅れてふりかかった女性問題など私生活において、大いに逍遥の手をわずらわせることになる。四迷は逍遥の前では、珍しく心やすらかにいられたようである。迷惑をかけていても、あまり恐縮した様子がない。逍遥の自分への思いがしっかりと伝わっていたからだと思う。

坪内逍遥の手紙の中の矢崎君（嵯峨の屋）とは、小説家の嵯峨の屋おむろのことであった。二葉亭

とは、東京外国語学校露語科の同窓である。二葉亭より一歳年上の彼も、幕府方の武士の子だった。二人は寄宿舎も一緒であり、遠慮なく話し合える仲だった。「長谷川二葉亭と私」という矢崎の書いたものを読むと、一月の逍遥と二葉亭の出合いの折りには彼がいなかったことがわかる。秋に二葉亭が逍遥の許を訪ねる時に、彼が小説家志望を知って親切に誘ったのが事実らしい。それが縁で、矢崎は坪内邸の玄関の書生を務めることになる。恐らく逍遥は二葉亭の死に混乱する中で、そのあたりの記憶があいまいになってしまったのだろう。逍遥にとって、二葉亭と出合ったことが何より大切なのであって、他のディテールはとんでしまっていても仕方ないところであった。

嵯峨の屋おむろ(矢崎鎮四郎《しんしろう》)の文章の中でいたく心に響いた一言がある。二葉亭が矢崎に、「僕らは文芸の労働者だ」そのようにいったというのである。

矢崎はびっくりした。労働者なぞとは思いもよらぬ。少なくとも社会の指導者だと思っていた。これは、明らかなエリート意識だと思う。山田美妙も、持っていたものである。彼は文芸を神聖視していた。文芸者は神のような人でなければならないと思っていたという。それでは、坪内逍遥はそういう人だということになる。しかし、逍遥はてんから自分のことをそのように考えていなかった。だからこそ、初対面の二葉亭四迷の考えに敬服できたのだった。これからの小説は、江戸時代の戯作者の小説のように善悪正邪の感情を注入することなく、あくまで客観的、リアルに描写したものにしなくてはいけないという使命感から『小説神髄』を書き上げたものの、自分を高きに置こうというエリート意識は持ち合わせていなかった。そこに、二葉亭四迷も共感したのである。『小説神髄』を読み、小説を書くことも「立身出世」の道につながるかもしれないなどと考えるのは、大変に問題があった。小説には、ロシア文学が教えるところの「余計者意識」が必要なのではないかと、若き二葉亭は初対面の逍遥に向かって問いかけたのに決まっていた。

矢崎のこの回想記には、逍遥と二葉亭の神田仲猿楽町の家を訪問した折りのことがでてくる。客間へ入ると、まず父の吉数がでてきた。逍遥に向かって十年の知己のような挨拶をすることに、矢崎は驚いた。二人は、愛知県の親睦会か何かで会っていたと考えられた。その時矢崎は初めて、逍遥も二葉亭も名古屋藩士の子どもであったことを知ったという。吉数は同郷の誇りの坪内逍遥に息子が認められたことが、嬉しくてならなかった。

「毎度倅《せがれ》が出ては御厄介になります」

そういっておじぎする吉数は、矢崎の目にもなかなかの苦労人で、如在《じょさい》ない人にみえた。その傍らで恐らくは突っ立っていた筈の二葉亭も、恥ずかしさと共にやはり嬉しさをかみしめていたことだろう。

星はらはらとV

二葉亭四迷は、明治十九(一八八六)年一月十九日東京外国語学校露語科を退学した。それ以来、ずっと自宅の土蔵に籠もりきりで机に向っていたという訳ではなかった。一月二十四日に初めて坪内逍遥の家を訪ねる一方では、某銀行事務の手助けを始めたという。それは、どのような内容のものだったのだろう。彼は露語科に在籍中、専修学校経済科に通学していた。経済にも強くありたいという気持の表れであった。しかし、銀行事務の仕事は一ヶ月と持たなかったらしい。英語の実力不足を感じたのかもしれない。三月十日からイギリス人二人について、英語と英文学の勉強を始めた。その中を、二葉亭は必死の思いでツルゲーネフ『父と子』の翻訳を進めていた。逍遥と初めてあった時にそのことを話すと、

「そうですか。それは、いつ拝見できるのですか？　あなたの手で早く、ロシア文学に触れてみたい」

彼は、小リスのように目を見開いてじっと二葉亭をみつめていた。あの時の逍遥の目を思い出すと、一日も早く彼に翻訳を読んでもらいたいと思うのだった。二葉亭より五歳も年長のれっきとした名士の彼が、初対面なのにもかかわらず誰よりも親しい同期の友のように思われた。あれ以来、十日に一度は逍遥の家を訪問するようになっていた。大方は逍遥が聞き役であった。

「では、ツルゲーネフを待っていますよ」

逍遥は、最後にいつもそういった。でかける時間が多くなった分、二葉亭は、夜眠る時間が殆どなくなってしまっていた。机の前でわれ知らず清元の一節を唸るようなこともなくなった。逍遥はこの原稿の出版を、約束してくれたのである。父の吉数《よしかず》は、息子辰之助が坪内逍遥の知遇を得たことを天佑と感じていた。名古屋藩藩士の縁が、赤い糸でつながっていたのだと思った。愛知県の親睦会で、息子より一足早く逍遥に出会った時、吉数は逍遥のおおらかさに感じ入った。「この方なら、辰之助の将来をお願いすることができる」。そのように直感した。その泰然とした風格は、息子と五歳しか年の変わらぬ二十八歳の青年のものとは思われなかった。

……本来君は尾州藩士族の血統を受けて江戸に生れ、嚴父と共に幼時は島根縣へ往つてゐた事

もあつたのだが、大體に於て江戸式教養を受けたので、最も進んだ西洋文學思想を取入れた人たるにも係らず、其良心作用には武士道風の感化が纏綿し、趣味、嗜好、口吻、交際の態度等は大體に於て江戸式であつたと言つてよい。……(中略)……誠意から出た他人の親切に対しては口には言はないで感謝の心は厚く、それを忘れないといふ性質。……(後略)

(「長谷川君の性格」坪内逍遥――『二葉亭四迷』)

明治四十二(一九〇九)年五月二葉亭が空の上へと旅立った直後の逍遥の哀惜の念は、とどまるところを知らなかった。それぞれ江戸式教養を受け継いだというお互いの親しみは、二葉亭が胸の中に抱き続けた虚無なるものを、明るさへと転化させるところがあったと思う。

「ツルゲーネフの『父と子』の部分訳が、完成しました。タイトルは、『虚無党形気』にしたいと思います」

本郷真砂町の逍遥の家の応接間で、二葉亭は逍遥の顔を真っ直ぐにみつめていた。切れ長の二葉亭の目が、一瞬刃のように光ってみえた。「おお、恐い」。逍遥は思わずそう声にだしてつぶやきかけて、改めてまじまじと彼の顔を眺めた。その面構えは、思いもかけず自分の顔に似てみえた。逍遥は二葉亭と出合ってから、自分の性格が以前と大分違ったものになったと感じていた。「……今考へると、自分の此變化は二葉亭の感化に因つたといふよりも父及び祖父の遺傳が然らしめたのであつた。自分の容貌が、神經家で、潔癖で、頑固で、正直一圖で、無愛想で偏屈であつた父の面影に似通つて來たので心附いた。が、其遺傳を比較的早く、比較的有利に導き出してくれたのは二葉亭の力であつたらう」(『柿の蔕《へた》』)。逍遥は、そのように述懐していた。中村光夫氏は著書『二葉亭四迷伝』の中でこのくだりに触れ、「誰も青春の友情に、これ以上の讃辞は書けません」と書いている。

それにしても二葉亭は、ツルゲーネフの『父と子』を、どうして『虚無党気質』などという重苦しいタイトルに変えてしまったのだろう。坪内逍遥が、一時の衝撃はあったとしても、あっさりとそれに賛成した訳はよくわかるのである。逍遥は、二葉亭にすっかり敬服していた。早速その原稿を、大阪日野書店から刊行となるように手筈を整えた。しかし書店からの条件は、逍遥の雅号春廼家朧(春の舎《や》おぼろ)の名前を表紙にだしたものだった。

ツルゲーネフ『父と子』(虚無黨氣質)

春廼家朧助譯冷々亭杏雨譯豫告文

素人了簡には虚無黨とさへ申せば何うやら煙藥《えんせう》臭い様に思はれますが、全くは匆々《なかなか》左様な淺はかなものではないさうで御座います。魯西亞で虚無主義の芽を出しましたは今を距る四十年以前の事ですが、最初の程は誰一人其《それ》と心付くものはありません。所を先年佛蘭西で物故《なく》なられた杜ルゲーネフ翁が、流石名家といはれる人だけあつて、違つたもので御座います。疾《はや》くも其《それ》と心付かれて之を一部の小說に編み、世に公に致した所から、遂に世人の惡しみを受けて危險な眼にも出逢つたゆゑ益々有名になつた、と申すは卽ち此虛無黨形氣のことで御座います。一篇の本尊と申すは虛無主義を主張する一箇の豪傑で、之をさる架空主義の紳士に憎まれて、激論の末遂に一場の騒動を醸すといふことが全編の骨子で、其他本尊の豪傑が思を懸ました女丈夫を以て彩色を致し、男女数名の鼻の端の虚無黨論者を御景物に添へて、お慰ながら御覽に成ります中に、自然とかの虚無恬淡の、主義又は之を奉ずる人々の言行風采から、硝藥臭いのは此主義の眞面目《しんめんぼく》でないことまで逐一お解りに成りませうから、御見聞を博く遊ばす一助にも相成らうかと存じます。加之言文一致一途の主義に基いて、紳士社會に行はれまする上品な東京語を以て飜譯して御座いますから、至極面白く出來てをりまして、惡く申せば圓朝子の猿眞似ですが、賞めて申せば此の小説などが日本新文章の嚆矢に相成りませうか。とはいふものゝ是とても手前一箇の私見で、下世話に申す味噌を上げる類かも測られませんゆえ、好邪《よしあし》は御覽の上、御勝手次第に御評判を願上ます。(冷々亭主人述)

(明治十九年四月)

冷々亭杏雨とは、二葉亭の雅号である。春のやがおっとりした逍遥にふさわしく思われるように、冷々亭とはいかにも二葉亭らしい。彼は書斎の土蔵を、そのように呼んでいたともいわれている。何はともあれ、「冷笑」という言葉の好きな二葉亭には、それ以外の雅号は思い付かなかった。それはよいものの、『父と子』を、何故このようなタイトルにしてしまったのか。日本でテロリストとして恐れられている虚無党と、本来の虚無《ニヒリズム》とはまったく違うものだということを、この際はっきりと知らしめねばいけないと思ったのだろう。

医者の卵の主人公のバザーロフは、徹底したニヒリストである。ニヒルとはラテン語のニヒル、つまり無のことであると小説の中で、バザーロフの友人のアルカージはいっている。ニヒリストは、いかなる権威にも屈しようとはしない。それは民衆も望んでいることだとするところは、日本の自由民権運動にも共通していた。

「われわれは有益とみとめるもののために行動してるんです」とバザーロフはいった。「現代もっとも有益なものは否定ということです――だからわれわれは否定するのです」

「いっさいを？」

「そうです」

（ツルゲーネフ『父と子』工藤精一郎訳）

バザーロフが口にする破壊とは、すなわち革命のことだった。しかし、バザーロフのそれは口からだけのものに終わってしまった。一方二葉亭四迷は、明治維新に告ぐ第二の革命を夢みていた。それは暴力によるものではなく、静かなる革命である。二葉亭はペンの力を信じたかった。芸術の価値も認めようとしないバザーロフとは、そこが違っていた。

「芸術なんて金もうけのためのもので、つまり痔病のようなもんですよ！」このような暴言を、二葉亭は訳しながらどう感じたのだろうか。社会悪を告発するという芸術の意義を認める一方で、芸術とはつまらないものだとするそれからの二葉亭の心の揺れは、このバザーロフの言葉から生まれたのだと思う。こうした複雑な芸術への思いが二葉亭を終生苦しめたばかりでなく、心の友逍遥のそれからも大きく変えてしまった。逍遥は小説の中に、二葉亭が力説するように社会の動きを取り入れようと試みた。各国との条約改正の問題が明るみにでたところだった。日本の裁判所に外国判事が多数を占めるという理不尽さが問題になった。そのことを小説の背景として盛り込もうとしたところが、うまくいかなかった。明治二十二年一月、坪内逍遥は短編小説『細君』を書き上げると、ぷっつりと小説の筆を折った。

二葉亭四迷と坪内逍遥の関係は、どこかしらシェイクスピアの『ハムレット』のハムレットとオフィーリアの父ポローニアスの関係を思わせるところがある。かの有名な「生きるべきか　死ぬべきか」の台詞に象徴されるように、ハムレットの心は両極端に揺れ続ける。彼は考える人でありながら、いつも破滅を願っていた。そこは、二葉亭と違う。ハムレットは、母親の妃が高潔な父王を殺した叔父と再婚するというみにくい現実をぶちこわすと共に、自らも死んでいく。一方の宰相のポローニアスは、穏やかな人物だった。それだけに、彼がハムレットに叔父と間違えられて剣を突き刺されて死んでしまうのは、あまりにもいたましい。

ハムレット　あの雲が見えるかな。それ、向うのらくだの恰好《かっこう》をしている?
ポローニアス　なるほど、いかにもらくだのようで。
ハムレット　いや、いたちに似ているぞ。
ポローニアス　さよう、背中のあたり、確かにいたちに似ておりますな。

ハムレット　待てよ、鯨のようではないか？
ポローニアス　おお、鯨そっくりで。
（シェイクピア『ハムレット』福田恆存訳）

坪内逍遥は、『ハムレット』の名訳者としても知られている。シェイクスピア研究家でもある逍遥がお人よしのホレイショーに似ているといったら、失礼に当たるだろうか。しかし大人なる逍遥は、にっこり笑ってうなずいて下さるように思う。後年帝国学士院会員を辞退し、いくら懇願されても、早稲田大学学長を固辞した彼は、日露戦争の直後これからの日本は交際も派手になり、生存競争も、貧富の差も激しくなるだろうと警告している。二葉亭も同じ考えであった。

ハムレットも、「冷笑」をよく浮かべていたと思う。もし二葉亭が役者の道を歩んでいたとしたら、逍遥はハムレット役に彼を真っ先に思い浮かべた筈である。明治四十二年、二葉亭のなくなった年の終わりに、逍遥は長年の宿願としていた『ハムレット』の全訳を完成させた。訳に繰り返し目を通しながら、彼は若き日の二葉亭をハムレットに重ね合わせていたことだろう。二葉亭の文章家としての才能を誰よりも早く認めたのが、逍遥だった。『虚無党気質(形気)』は、日本で最初の口語体の小説訳文であったらしい。二葉亭自身が予告文で、そのように書いているのである。『浮雲』より先に、彼はこのツルゲーネフの翻訳で言文一致体を試みたのだった。

「加之言文一致一途の主義に基いて、紳士社會に行はれまする上品な東京語を以て飜譯して御座いますから、至極面白く出來てをりまして、惡く申せば圓朝子の猿眞似ですが、賞めて申せば此の小說などが日本新文章の嚆矢に相成りませうか」。これは、紛れもない宣伝文である。しかもまったく関係のない本の巻末広告に、書かれたものだった。それからの二葉亭のけんそんが過ぎる自作への物言いに比べて、いかに広告とはいえ何と大らかな自画自賛であろう。彼はこの言文一致の文章が、日本新文章のさきがけとなると胸を躍らせていた。あの正岡子規ですら、言文一致は読みにくく欠伸《あくび》を生ずる所多しといっていた時代である。ところがそうやって広告文はでたものの、実際に本がでることには到らなかった。二葉亭は、どんなに無念だったことだろう。稿料はでたという。

結局は、そのタイトルに問題があったのだと思う。もはや日本では、「虚無党はテロリストである」というイメージが定着していた。政府側もそのタイトルだけで、出版差し止めにでることが考えられた。そうなる前に、出版社の方で自主規制をかけてしまったのだろう。予告文は残っているものの、肝腎の本文の方が行方不明のままなのは、いかにも惜しまれる。『父と子』。そのようにツルゲーネフの原題通りにしておけばよかったのである。もしかしたら、二葉亭はこの『父と子』というタイトルに、或る気恥ずかしさを感じていたのではないだろうか。小説には、アルカージイ、バザーロフ、二組の父と息子の情愛が、それは細やかに描かれてあった。読みながら二葉亭は、父吉数と自分のことが書かれているように思われて何度も胸を押さえたことだろう。二人の息子はどんなに世の中に反抗する姿勢はみせても、父親のことが大好きだった。二葉亭も同じだった。

私の記憶する所では、父は珍らしい好人物であつた。好人物といふと、一寸馬鹿の異名のやうに思はれやうが、馬鹿ではない、心に蟠りのない洒然とした人であつたので。祖母は一體小兒は好かぬ方で、唯私にだけ目が無かつたのだが、父は自分の子、人の子の差別なく、一體小兒が好きであつた。私は子だから殊に可愛かられた。

母も可愛からんではなかつたが、何の角のと蒼蠅く口で世話をやく。父はそれをしない。私は何か指へ唾を付けて障子へ穴でも明けてゐれば、此奴めと引浚つて、片車に載せて座敷中を歩いて呉れる。私は其か面白いから、障子の事は忘れて了つて、父の頭を叩いて、キヤツ〳〵と騒ぐ。

萬事が斯うい調子なので、私は父が大好になつた。

（『平凡』草稿）

何んとすばらしいおとうさんなのだろう。何よりも、自分の子、人の子の差別なく、子どもが好きなところが最高だと思う。自分の家の子だけが可愛いという気持が、ひいては日本人が特別に優れているかのような誤ったおごりを持つことになる。日本に悪いところは、何もない。すべて、よその国が悪いのだ。どんな国相手に戦争になっても、必らず日本が勝つに決まっているというおかしな自信へとつながっていくことになるのではないだろうか。

二葉亭四迷の小説を読んでいて気持がよいのは、その父譲りの優しさにあった。『浮雲』の主人公文三《ぶんぞう》も、とに角優しい。他人を一方的に責めるのではなく、ふがいない自分の心をじっとみつめていくところがたまらない魅力である。

「大和魂」。そのような言葉は、彼の小説の中のどこにもでてこない。しかし二葉亭四迷は、明治の日本をこよなく憂いていた。性急な文明開化にも、冷ややかな目を向けていたのである。そもそも東京外国語学校露語科に入学することとなったのも、慷慨愛国というような当時の世論と維新の志士肌ともいうべき、小さい時分から持っていた思想の傾向にあったと自ら書いている。一方、二葉亭の社会主義へのあこがれも、終生変わらぬものだった。彼の考える社会主義とは、隣人愛に根ざしたものだったと思う。鹿鳴館でダンスに興じる令嬢にあこがれて流行の薔薇の花の髪飾りをねだる町娘なぞ、ほんのわずかしかいなかった。農村では飢え死寸前で売られていく少女が続出していた。同じ星の下に生まれながら、どうしてこうも違うのか。明治政府の唱えた「四民平等」は、掛け声だけのものだった。二葉亭のこのような思いは、子どもは自分の子どもだけでなく、どの子も可愛いという父吉数の影響によるものであった。

吉数は、子どものころの山田美妙を知っていた。いかにも利発そうな可愛い子だった。二葉亭より一足早い美妙の作家としての活躍を、吉数はすっかり喜んでいた。

「辰之助も、あのようになっていくといいね」

無邪気にそう話しかけてくる父親に、二葉亭は憮然とした。「あの人の書くものには、思想がない」ただ一言、そのようにいったような気がする。

明治二十一年ごろから数年間にわたって書き留められていた二葉亭のノートには、美妙や逍遥の小説の感想もあった。

國民之友初刊附錄の小說を評す
美妙齋氏作蝴蝶　才氣俊逸の所は充分に見えたり然れとも事に興味をもたせたるは幼なし、總てエピイズムの境を免かれさるやうなり
春乃屋氏作細君　總て大人たれど、何となく所帶じみたり、氣力と見識とはモス〔コ〕シ有りたし、
……(中略)……
之を總ふるに美妙齋の小說はまだ世の態を見知らぬ處女の如く優美ならさるにはあらねど幼なく春の屋氏の小說はおかい〔こ〕くるみといふ身分の細君の如く所帶じみたれど理氣眞氣に乏しく……
(『落葉のはきよせ　二籠め』)

非公開のノートである。もし二葉亭から幼ないなどと評されていることがわかったら、美妙はその長い顔を歪めて憤慨したかもしれない。逍遥の方は素直に、「その通りだ」とうなずいたことだろう。どうやら、二葉亭は逍遥に直接その感想を話していたようなのである。「気力と見識とは、も少し」「所帯じみたれど理気真気に乏しく」などといわれては、すっかり心がへし折れてしまったのに違いない。あのハムレットの残酷さを、若き二葉亭は持ち合わせていた。逍遥は好むと好まざるにかかわらず権威の象徴とみられるところがあったので、二葉亭は親しみのあまり、時にはそのように平気で直球を投げてみたくなったのだと思う。

一方、父の吉数に対してはあくまで言葉を選んで話していたような気がする。明治十八年五月に四十八歳という若さで、突然福島県の三等主税属を非職になった吉数に、二葉亭は心から同情していた。名古屋藩士から経理畑の役人へと、順調に会計官吏の道を歩んできていた筈だった。この年の暮れに各省官制通則、各省定員表などの官僚組織が変更された。そのさきがけと考えられた。つまりは、リストラである。官の世界でも、薩長以外の人間はつまはじきされる傾向にあった。時の総理は、伊藤博文である。二葉亭は父の非職を目の前にした時、ゴーゴリの『外套』の主人公アカーキー・アカーキエヴィッチのことを思い浮かべたのに違いない。やっとの思いで新調した外套を追いはぎに奪われてしまったあわれな下級役人の彼と父を、それまで一度として似ていると思ったことはなかった。父は明治の役人として、まずまずの地位にいるように思ってきた。しかし、実は同じ立場にいたことを、二葉亭は父の非職ではっきりと思い知らされたのである。

★

明治二十(一八八七)年六月、『浮雲』第一篇が、金港堂から出版された。表紙、扉、奥付は、坪内雄蔵著となっていた。坪内逍遥名儀の表紙としなければ、この本が完成まもなく世にでることはなかった。

薔薇《ばら》の花は頭《かしら》に咲《さい》て活人《くわつじん》は繪となる世の中獨り文章而已《のみ》は黴の生えた陳奮翰《ちんぷんかん》の四角張りたるに頬返しを附けかね又は舌足らずの物言《ものいひ》を學びて口に涎《よだれ》を流すは拙《つたな》し是はどうでも言文一途《いつと》の事だと思立《おもひたつ》ては矢も楯もなく文明の風改良の熱一度に寄せ來るどさくさ紛れお先眞闇《さきまつくら》三宝荒神《さんばうくわうじん》さまと春のや先生を頼み奉り缺硯《かけすゞり》に朧の月の雫を受けて墨摺流す空のきほい夕立の雨の一しきりさら〳〵さつと書流せばアラ無情《うたて》始末にゆかぬ浮雲めが艶《やさ》しき月の面影を思ひ懸なく閉籠《とぢこめ》て黒白《あやめ》も分《わ》かぬ烏夜玉《うばたま》のやみらみつちやな小説が出來しぞやと我ながら肝を潰して比書の巻端に序するものは

明治丁亥初夏　　二葉亭四迷

いかにも戯作調にふざけ過ぎているとはいえ、時こそ今は、大胆な「言文一致」でいくぞという気負いが感じられる。それまでかんざしにはなかった薔薇の花が頭に咲く時代なのに、文章だけは堅苦しい漢文調やら舌足らずの和文脈が闊歩している。これはいけない、春のや先生（逍遥の「春のやおぼろ」という戯号）を頼み奉りと、あくまでへり下ってもいるのだった。

二葉亭四迷と号したのは、この時が初めてであった。それまでの冷々亭主人の筆名も悪くはなかったけれど、二葉亭四迷の方がやはり断然と耳に心地よい。どこか、ロシアの香りもする。晩年近い明治四十一（一九〇八）年に発表した『予が半生の懺悔』にもはっきり、「苦悶の極、自ら放つた聲が、くたばつて仕舞へ（二葉亭四迷）！」となっているものの、どうしても私にはこの筆名には、何かもっと別の意味のものが隠されているように思われてならなかった。ツルゲーネフの『父と子』を読み、それまでのもどかしさが消えていく心地がした。二葉亭が『虚無党気質』というタイトルで、その前半部分を訳した小説である。主人公のニヒリストのバザーロフが、友人のアルカージイに向かっていう言葉に、謎を解くひとつの鍵があった。


「君はロシア人のこととなるとこっぴどくきめつけるんだな」

「大したことじゃないよ！ロシア人の唯一のとりえは、自分で自分のことをしょうのない碌でなしだと思っていることなんだ。大事なのは二二んが四ということで、ほかのことはみんなくだらんことさ」

（ツルゲーネフ『父と子』　佐々木彰訳）


ロシア人はしょうのない碌でなしだと自分のことを思うというところからも、〝二二んが四〟というい方からも、「二葉亭四迷」という名前がたちのぼってくる気配がした。この訳と前後して発表した『小説総論』の中にも、「……二二ンが四といへることは智識でこそ合點すべけれど」というくだりがあった。

二葉亭は既に智識や真理といわれているもののあやふやさに気付いていた。つまり、「二二が四」すら迷うところがあった。

「春のやおぼろとは、まことに先生にふさわしい号ですね」

逍遥に向かってそのようにいささかの皮肉を込めていったところで、彼は穏やかに笑みを浮かべたままだった。五歳年上の逍遥のことを、二葉亭は「先生」と呼んでいた。「あなた」と呼ぶこともあった。逍遥はその方が嬉しかったようである。一生涯、只一人の師匠もなかったといってよいと述懐する逍遥にとって、二葉亭はもっとも多く感化を与えた人だった。

……決して教へるやうに口を利いたことはなかつた。極めて注意深く、禮儀正しく、しかし言ふだけのことは十分に言つてのけるといふ態度で、いはゞ、弟のやうな口吻で、いろ〳〵と文學上の意見や人生觀や倫理觀を洩らしてくれた　（『回憶漫談』）

二葉亭四迷に関するどのような坪内逍遥の文章を読んでいても、逍遥の心のひろやかさ、素直さに打たれずにはいられない。十人兄弟の末っ子に生まれた逍遥の方が、むしろ二葉亭の弟のように感じられてくるところがあった。しかし、『浮雲』の第一篇に関しては明らかに、二葉亭が逍遥のアドヴァイスを受け入れる立場にあった。再三の改稿の上、二葉亭が逍遥に最後の相談をするまで、一年近い月日を費やすこととなった。およそ百枚程の原稿は、どのように変わっていったのだろう。

恐らく二葉亭一人の手による初校の方が、「言文一致」の小説のさきがけらしく、もっとすっきりと読みやすかったのではないか。逍遥のアドヴァイスのままに、当代一の人気落語家円朝のしとしとと降る雨のように静かな語りを参考にしたのは、正解だった。しかし、「はしがき」にみられるような戯作調、時には漢文いりまじってのでだしは、いかにも読みづらい。何事も性急なる改革には慎重な、逍遥の用心深さの結果としか思われないのだった。式亭三馬の文章も真似したと、二葉亭は明治三十年の『作家苦心談』の中でも話している。勿論これも、逍遥と相談しての上のことだったろう。文章ばかりではなかった。評論家の関良一氏、桶谷秀昭氏も指摘されているように『浮雲』冒頭の神田見附の午後三時、役所から官吏たちが続々と退出してくる光景は、明治十九年に発表された逍遥作『京わらんべ』と、まぎれもなく同じであった。

千早振神田橋《ちはやふるかんだばし》のにぎ〳〵しきハ。官員退省《くわんゐんひきとり》の時刻《じこく》とやなりけん。頭《かしら》に黒羅紗《くろらしや》の高帽子《たかぼうし》を戴《いたゞ》き。右手《めて》に八字《じな》做す鬚《ひげ》を捻《ひね》りて。頻《しきり》に手車《てぐるま》を急《いそ》がしたまふハ。知《し》らず何《なん》の省《せう》の鯰爵《ねんしやく》さまぞや。

(『京わらんべ』第二回冒頭)

千早振《ちはやふ》る神無月《かみなづき》も最早《もはや》跡二日の餘波《なごり》となツた廿八日の午後三時頃に、神田見附《かんだみつけ》の内より、塗渡《とわた》る蟻、散る蜘蛛の子とうよ〳〵ぞよ〳〵沸出《い》でゝ來るのは、孰《いづ》れも顋《おとがひ》を氣にし給ふ方々。しかし熟々《つら〳〵》見《み》て篤《とく》と點撿すると、是れにも種々《さま〴〵》種類のあるもので、まづ髭から書立てれば、口髭、頰髯、顋《あご》の髭、暴《やけ》に興起《おや》した拿破崙髭《なぼれをんひげ》に、狆《ちん》の口めいた比斯馬克髭《びすまるくひげ》、そのほか矮鷄髭《ちやぼひげ》、貉髭《むじなひげ》、ありやなしやの幻の髭と、濃くも淡《うす》くもいろ〳〵に生分《はえわか》る。髭に續いて差《ちが》ひのあるのは服飾《みなり》。白木屋《しろきや》仕込みの黑物《くろいもの》づくめには佛蘭西皮の靴の配偶《めをと》はありうち、之を召す方様《かたさま》の鼻毛は延びて蜻蛉《とんぼ》をも釣るべしといふ。……(中略)……其後《あと》より續いて出てお出でなさるは孰《いづ》れも胡麻鹽頭、弓と曲げても張の弱い腰に無殘や空《から》辨當を振垂《ぶらさ》げてヨタ〳〵ものでお帰りなさる。さては老朽しても流石《さすが》はまだ職に堪へるものか、しかし日本服でも勤められるお手輕なお身の上、さりとはまたお氣の毒な。

(『浮雲』第一編　第一回　アゝラ怪しの人の挙動《ふるまい》)

そうやってこの場面はそっくり逍遥からいただいているものの、二葉亭の描写は逍遥に比べて、あまりにも細やかだった。髭に対する二葉亭のこだわりが、実にユニークである。当時官吏の職につくものは、およそ髭を生やしていたものと思われる。地方の官吏も、そうだったのだろうか。二葉亭の父の吉数の写真には、髭がなかった。非職後のものなのかもしれない。幼いころの二葉亭は、人形の鐘馗《しょうき》さまの髭を恐がっていた。少年になってからも、軍人や巡査の髭が苦手だったのに違いない。髭は、権威の象徴のように感じられた。だから『浮雲』の冒頭で、思いきり茶化してみたくなったのだと思う。その「髭アレルギー」は、東京外国語学校露語科に入ってから、自然に緩和されていった。恩師グレーが、つややかな顎髭をたくわえていた。更に二葉亭は、ドストエフスキーの肖像写真をみた。中年を過ぎて丸味を帯びたドストエフスキーの風貌は、グレー先生に似ていると思った。禿げ山を思わせる頭のかたち、何よりもそのたっぷりとした顎髭がそっくりだった。

坪内逍遥に始めて面会した時、二葉亭は彼が髭を生やしていないことに、ほっとしたのではないだろうか。当時二十七歳の逍遥と同じく、五歳年下の二葉亭も、髭はまだだったろう。一高の学生が偉そうに口髭を生やすようになるのは、明治も三十年代に入ってからのことだった。

「先生」

逍遥に向ってそのように呼びかけながら、二葉亭はこの人には何でも話せそうだと思った。しかし、自分の心の内面がどこまで伝わっていくかは、別問題だった。二葉亭にはまだ、心の友というべき友人がいなかった。「……春のや先生を頼み奉り」というように、『浮雲』はしがきにもへり下って書く中には、この心ひろやかなる逍遥先生をしても、わが心のすべては理解されないだろうというさびしさが含まれていた。二葉亭四迷は、終生孤独だった。

『浮雲』第一篇を、ここまで戯作調で書き終えるようになるとは、二葉亭は当初思ってもみなかった筈である。『浮雲』と前後して翻訳したものでも、逍遥は二葉亭に意外なアドヴァイスをした。妻の夫への話し方が、ぞんざいすぎるといった。日本ではこのままだと、アレルギーを引き起こすのではないかと心配したのだと思う。すべては、逍遥の親切心からきていた。それがよくわかるだけに、二葉亭もつい折れてしまうところがあった。しかし逍遥の方も、二葉亭は頑固だ、なかなか自説を曲げないと思ったのに違いなかった。何よりも、『虚無党気質』というタイトルにあくまでこだわったことに、びっくりした。逍遥は、七月の日記に『浮雲』の稿料について次のように記している。

前月『浮雲』を金港堂に與ふ、長谷川辰之助所著なり、同氏の爲に合作の名にて出せり、一枚一圓の約束にて凡そ九十枚、其代金内三十圓は前に長谷川に渡したれば此時六十圓金港堂より持參すべき所只五十圓持參せり、悉く長谷川に渡さんとするに取らず、矢崎を議長として大論判の末據ろなく五十圓の内三十五圓を請取る、……

（「二葉亭四迷（其一）」――『二葉亭四迷』）

逍遥は刊行元の金港堂が持参した五十円を全額、二葉亭に手渡すつもりだった。ところが二葉亭はこれを固辞、三十五円しか受け取らなかったという。両親との生活がひっ迫していた折りも折り、五十円は喉から手が出る程に欲しかったのに決まっていた。それなのに、あくまで辞退する二葉亭はあまりにもいこじすぎた。

「武士は食わねど高楊枝」

この言葉は、二葉亭にこそ合っていた。一方の坪内逍遥もこの時期、心身共につらい立場にあった。生来の胃弱に、ストレスが重なっていた。明治十九(一八八六)年十月、妻に迎えたセンとは学生時代に根津の遊郭で出合った。そのことをとやかくいう向きがあった。周囲の騒音を聞かぬふりして創作に励もうとしても、二葉亭との出合い以降、そちらの自信もしぼんでしまっていた。しかし書生たちへの面倒見のよさは、変わることがなかった。六部屋の母屋に、書生部屋が三間を占めていた。逍遥の家はどんなにか大層な家かと思っていたら、実際はそのようなことがなかったようである。

……その頃僕は坪内先生の直ぐ隣りに下宿して居た。本郷三丁目の『かねやす』の横、今の小石川行の電車の廣い通り、あれが狭い寂しい町で、行き當りに吉原の病院があつた。病院裏の眞砂町、その崖の上に坪内先生の簡單な住居があつた。僕の部屋の小窓を開けると、直ぐ鼻の先きに先生の板塀。……(後略)……

(木下尚江『長谷川二葉亭君』)

明治の清らかな知識人の代表といわれる木下尚江は、この時信州から上京、逍遥が先生を務める東京専門学校(現・早稲田大学)に入学してまもなかった。法律家になることを真摯に夢みて上京した彼にとって、逍遥の『当世書生気質』の世界はおよそ無縁であった。それでもこの有名な先生の家が簡素なものであり、しかも下宿した家の隣りであったことに親しみを感じた。彼はそこに二葉亭四迷が出入りしていたことを、知らなかったようである。彼は二葉亭の追悼文の中で、あの頃の日本で、「露西亜の虚無党」という一語は、一世の恐怖であったと書いている。そのようなことを、当の二葉亭は百も承知だった。それでもなお、ツルゲーネフの『父と子』を、あえて『虚無党気質』というタイトルで世に出そうとした二葉亭は、日本の明治維新に次ぐ、第二の革命を真剣に夢みていたとしか考えられない。

「……坪内先生は二葉亭に五歳の長者だから、あの時二十八歳だ。多辯滑稽な先生と、寡言沈痛な二葉亭とが、『父と子』の翻譯を間に置いて、あの質素な板塀の中で夜の更けるも忘れて談合する光景を描いて見る。……(後略)……」

そのように二葉亭の追悼文を綴る木下尚江の作品を、晩年の二葉亭は翻訳していた。逍遥が真砂町の自宅を売り、学生の監督も辞して借家住まいとなったのは、明治二十年六月のことである。『浮雲』の第一編が、出版された頃と重なる。そのように身辺があわただしい中で、逍遥は精一杯『浮雲』刊行のためにふんばったといえる。あと三、四年先のことだったら、二葉亭がどんなに固辞しても金港堂からの五十円を全額手渡した筈と、逍遥は回想録の中で書いていた。明治二十一年、逍遥は読売新聞連載の『外務大臣』を六月で中断、いよいよ創作の大スランプに陥ってしまう。明治二十二年一月に短篇『細君』を発表したのを最後に、逍遥は小説の筆を絶つことを決めた。二葉亭が『浮雲』第三篇を「都の花」に四回にわたり連載したのは、同じ年の七月から八月にかけてのことだった。二葉亭はその前の年の二十一年の二月には、『浮雲』第二篇を、金港堂より出版していた。第二篇になると、第一篇のような戯文調は少しく影を潜めていく。下宿先の娘、いとこのお勢《せい》への思いがいよいよと屈折していくのである。元同僚本田へとお勢の心が一気に傾斜していくのを感じながら、役所をリストラされてまもない文三《ぶんぞう》はただおろおろと何もできずにいる。

「ヲヤ誰……文さん……何時帰ツたの。」

文三は何にも言はず、ツンとして二階へ上ツて仕舞ツた。

その後からお勢も續いて上ツて來て、遠慮會釋も無く文三の傍《そば》にベツタリ坐ツて、常よりは馴々敷《なれ〳〵しく》、加之《しか》も顔を皺《しか》めて可笑しく身體《からだ》を搖《ゆす》りながら、

「本田さんが巫山戯《ふざけ》て〳〵仕様がないんだもの。」

ト鼻を鳴らした。

文三は恐ろしい顔色《がんしよく》をしてお勢の柳眉を顰《ひそ》めた嬌面《かほ》を疾視付《にらみつ》けたが、戀は曲物《くせもの》、から疾視付けた時でも尚ほ「美は美だ」と思はない譯にはいかなかツた。折角の相好《さうがう》もどうやら崩れさうに成ツた……が、はツと心附いて、故意《わざ》と苦々しさうに冷笑《あざわら》ひ乍ら率方《そつぱう》を向いて仕舞ツた。

坪内逍遥によると、二葉亭四迷は『浮雲』を執筆中にはまだ純潔だった。恋人はおろか、お勢のような女友だちがいた形跡もなかった。それなのに、どうしてこうした男女の心の機微がわかるのだろうか。ロシア文学を通して、それを知ったという以外考えられなかった。軽蔑に値する媚なのに、

「美は美だ」と思ってしまう恋する文三のあわれさに溜息がでる。文三の冷笑は、自分に向けられたものだった。はたして、それまでの日本文学に、このような「自己諧謔《かいぎゃく》」の精神に満ちたものがあっただろうか。プラトニック・ラブの概念も、明治になってから入ってきたものだった。文三のお勢への悶々たる思いは、このプラトニック・ラブからきていた。実際の二葉亭にも、このころまでに初恋の思い出があったとしても不思議ではない。しかしどうも、それはたいしたことがなさそうだった。かなりの事実を織り込んだものと思われる『平凡』を読んでいても、いざ心を寄せていたらしい若い女性が登場した途端どうにもつまらなくなる。二葉亭は、本当の恋愛経験がないまま大きくなってしまったのではないかと思う。それにひきかえ、『浮雲』のお勢の姿は、とてもいきいきと目の前に迫ってくるのだった。

「お勢さん」

思わず本を手にそう呼びかけてみたくなるのだった。

「ハアイ」

おきゃんな声が、本の中から返ってくるような気がする。

「文三さんを、あんまりいじめないで下さいね」

そういうと、お勢は沈黙する。その傍らで、文三がはらはらとした様子で彼女をみつめている横顔が浮かんでくるのである。私には、文三をふりまわすお勢が、そんなにも悪女には思われない。いってしまえば、当世流行のばらの花かんざしがよく似合う、ごく平凡な可愛い悪女なのだ。ぐずぐずと考え過ぎの文三よりも、官吏として有望な世渡り上手の本田に惹かれるのも仕方ないという気がする。あくまでお勢は、その名前の通り、時の勢いになびく普通の人間だった。

二葉亭の心の中にも、お勢はいたと思うのである。およそ媚びのようなものとは無縁のすこぶる正直な二葉亭であっても、世の中に認められたいという思いは人一倍強かった。よく努力して、それだけの自負があった。そこは、学問も口先だけのお勢とはからっきし違っている。

お勢にとって目の前の本田が権力の象徴だったとしたら、二葉亭のその人は坪内逍遥であった。逍遥は、本田のようなずるさをかけらも持ち合わせていなかった。逍遥の小説の中に少しながら漂う社会性に、二葉亭は共感していた。自分の本を出版したいという、単なる功利的な目的のためだけに近付いていった訳ではなかった。それでも、当時の逍遥の名声に、すがる気持があったことは確かなのである。そのことに、二葉亭は自己嫌悪を感じていた。しかし、目の前の善良なる坪内逍遥は、心身共に明らかに弱ってみえた。

「この人だけを頼っていては、これから心配だ」

若きエゴイストでもある二葉亭の心には、あせりがめばえていた。

「もっと、自分の中の思想を、きちんとわかってくれる先生はいないだろうか」

そのような思いにぴったりの人物がいた。徳富猪一郎、後の思想家徳富蘇峰である。明治二十年、八月二十三日、『浮雲』第一篇が出版されて二ヵ月後、二葉亭は長い手紙を携え赤坂榎町の徳富家を訪問した。

……唐突にも推參致し御面會を願ひ候旨意は別儀にも無之卽ち先生を賴みて師とし兄とし學術文藝殊に我日本國勢觀察の指南車と致度よりさてこそ御面會を願ひし義に候固より先生の議論と先生の感想とは貴著新日本之青年將來之日本並に國民之友等を拜讀すれば稍其一班を窺ふを得べしとはいへ此等の高著は我三千八百萬之兄弟の爲に著述被成候ものにて小生一人の爲めに著述相成候ものにには不可有之隨て我時弊を救濟する點に於て間然する所有之間敷候へども小生の痼疾を醫するに於ては少しく不足におもふ處なきにあらず依て失敬をも顧みす唐突を顧みす直に御面晤を願ひ大に胸襟を開きて滿腔の疑ひをたゞし先生を賴みて師とし兄とし學術文藝殊に我日本國勢觀察の指南車と仰ぎ可申と決心致せし義有之候へ蓋し小生の御面會を願ふに熱心なるは卽ち眞理を探究するに熱心なる所以なりと自信致居候が信に左様に候はずや……(後略)

……

このしゃちこばった延々と続く長い手紙は、あの本田顔負けの自己ピーアールにたけたものだと思う。しかしずっしりと中身がある。あくまで徳富先生をたてながら、全面的にまいっている訳ではないことがわかる。『新日本之青年』は、『浮雲』より二ヵ月前に小冊子として刊行された。それは、自由民権運動に挫折した若者に、希望の光を投げかけるものだった。木下尚江も、北村透谷も、多くの若者が共感した。彼はその中で、「政党ノ時代去テ教育ノ時代来ル」と書いた。教育とは、この場合思想のことである。智識や文化のすべてを「純事タル泰西主義」へと向かうことこそ、明治維新に次ぐ第二の革命とする考えに、二葉亭は大きくうなずく一方、そこまで楽天的に考えてしまっていいものかと疑いの心を持った。

★

蘇峰に面会した半年後、明治二十一（一八八八）年二月に『浮雲』第二篇が、第一篇と同じく金港堂より出版された。第一篇の刊行から、八ヶ月が経っていた。団子坂の菊人形見物へ、文三《ぶんぞう》がお政《まさ》、お勢《せい》の母娘、更には恋のライヴァルの本田と共にでかけるところから始まる。

文三は拓落失路《たくらくしつろ》の人、仲々似て觀菊《きくみ》などゝいふ空《そら》は無い。それに昇は花で言へば今を春邊《はるべ》と咲誇る櫻の身、此方《コッチ》は日蔭の枯尾花、到頭《どうせ》楯突く事が出來ぬ位なら打たせられに行くでも無いと、境界《きやうがい》に隨《つ》れて僻《ひが》みを起し、一昨日《をとつひ》昇に誘引《さそは》れた時既にキッパリ辭《ことわ》ツて行かぬと決心したからは、人が騒がうが騒ぐまいが隣家《となり》の疝氣《せんき》で關繫《かけかまひ》のない噺《はなし》、ズット澄して居られさうなものゝ扨居《さてゐ》られぬ。嬉しさうに人のそはつくを見るに付け聞くに付け、またしても昨日《きのふ》の我が憶出《おもひいだ》されて、五月雨頃《さみだれごろ》の空と濕《し》める、嘆息もする面白くも無い。

「拓落失路」とは、新潮文庫の注解によると、「落ちぶれて生きる道を見失うこと」とある。官吏をリストラされて、大好きなお勢の心が調子のよい本田に傾いていくのをまのあたりにした文三には、まことにふさわしい言葉といえるだろう。意外にも、苦心の『浮雲』第二篇を世にだしてまもなかった二葉亭自身も、当時の日記などを読むと失意の気持が大半を占めていた。一歳年上の徳富蘇峰との対面が期待通りにいかなかったことが一番の原因だったと思う。蘇峰は赤坂南坂の新居に手紙と共に現れた二葉亭を、愛想よく出迎えた。初対面の二葉亭は、それまで蘇峰が出合ったどの明治の青年とも違っていた。冷静沈着、こちらの愛想には決して乗ってこなかった。たじろぐ思いがしたのは、蘇峰の方だったのではないか。彼は、刊行まもない『新日本之青年』の中で自分と年の変わらない青年たちへのシュプレヒコールを惜しまなかった。天保生まれの福沢諭吉や板垣退助たちを「天保ノ老人」とみなした。彼らの時代は終わった。これからの「社会及其継続者」となるのは、「明治ノ青年」である。「青年コソ進歩の朋友」「先登者トナルハ唯ダ我ガ青年」。蘇峰は、これでもかとばかりに「青年」を持ち上げていた。「明治ノ青年」をこんなにもほめたたえるのは、そのオピニオンリーダーたる自分を誇示することにつながっていたのだと思う。福沢らの折衷主義を現時点の復古主義、偏知主義と共に批判して、これからは泰西主義でいこうとした。蘇峰は、自由民権運動の或る時期中心にいた豪農の出身である。「士族意識」を、時代遅れのものと断じた。独立自尊の市民精神を強調するところは、福沢と変わりない。その違いは、物質の現象をみることなく精神の現象をみるところにあるという。それは、同志社創立の新島襄の影響であった。

「真理ヲ求メ真理ニ従ヒ真理ヲ行ハシムル所ノ人物ヲ……陶鋳スル」

蘇峰は、そのような学校こそ、第二革命の手段として必要だと考えた。真理が革命につながっていく——そう思うと二葉亭の胸は息苦しいまでに高鳴っていったのに違いなかった。二葉亭は日夜、「真理の探究」に心を砕いていた。『浮雲』の第一篇には、この言葉が思わぬかたちで登場する。文三とお勢の会話の部分である。

だから貴嬢《あなた》には私が解らないといふのです。貴嬢は私を親に孝行だと仰しやるけれども、孝行ぢやア有りません。私には……親より……大切な者があります……」ト吃《どもり》ながら言ツて文三は差俯向《さしうつむ》いて仕舞ふ。お勢は不思議さうに文三の容子《ようす》を眺めながら
「親より大切な者……親より……大切な……者……親より大切な者は私にも有りますワ。」
　文三はうな垂れた頸を振揚げて
「エ、貴嬢《あなた》にも有りますと。」
「ハア有りますワ。」
「誰《だ》……誰《だ》れが。」
「人ぢやアないの、アノ眞理。」
「眞理」
ト文三は慄然《ぶる〱》と胴震《どうぶるひ》をして唇を喰ひしめた侭暫らく無言《だんまり》、稍あツて俄に喟然《きぜん》として歎息して
「アゝ貴嬢《あなた》は清浄なものだ潔白なものだ……親より大切なものは眞理……アゝ潔白なものだ

……しかし感情という者は實に妙なものだナ、人を愚《ぐ》にしたり、人を泣かせたり笑はせたり、人をあへだり揉《もん》だりして玩弄する。玩弄されると薄々氣が附きながら其れを制することが出來ない。アヽ自分ながら……」

二葉亭はこのくだりを書いた時、まだ蘇峰と面会していなかった。蘇峰の明快なるシュプレヒコールに元気づけられる一方で、大切な真理という言葉の意味に深く言及していないことに、微妙な違和感を感じていた。面会の折りの蘇峰への手紙の中にこの真理という言葉が使われている。「……小生の御面曾を願ふに熱心なるは卽ち眞理を探究するに熱心なる所以なりと自信致居候が信に左様に候はずや」。蘇峰は手紙を読みながら、思わずこのくだりに面倒臭さを感じてしまったかもしれない。二葉亭の方は、命がけでこの言葉を使っていた。ところが蘇峰の方は、もっと楽な滑らかさをもって口にしたように思う。あれこれと思い悩む文三が二葉亭なら、この場合のお勢は蘇峰という感じがするのである。文三は思いがけないお勢の「真理」という一言に、激しく動揺する。感動する一方で、これは口先からのものではないかとも察知してしまう。

「冷笑者流の輩出」。蘇峰は、明治十八年前後の青年の苦悩を、そのように書いていた。あえて「冷笑者流」としたところに、冷笑せずにはいられない青年を軽んじている気分が表れていると思う。『浮雲』を読んだ蘇峰は、この小説の中に「冷笑」という言葉が繰り返しでてくることを、どのように感じただろう。「冷笑者流」の代表であると思ったのに違いない。徳富蘇峰は、冷笑をもっとも苦手とする人間だった。そのことに、初対面の二葉亭は、瞬時に気が付いてしまった。

「二葉亭さんは、才も技倆もすばらしい」

たとえ生徒のことでも「さん」付けで呼ぶのは、蘇峰のよいところだった。しかし、誇り高い二葉亭は、カチンときた。中身のない歯の浮いた口先だけのほめ言葉を連発されたと感じた。初対面の二日後、蘇峰に宛てた手紙には怒りがこもっている。


——退いて考ふるに先生の小生を以て取る所ありと被思召候は決して諛言に不可有之先生の嘆美の詞に斟酌せし所あるを見ればその諛言にあらざるは昭々乎として明かなれども然れども尚ほ恐る先生の或は小生を見損ひたるを……(中略)……

伎倆とは何ぞ小説の伎倆に候や若し果して然らは何を標準として御判斷被成候や萬一浮雲なれば小生また何をか言はむ唯肩をすくめて手を啓く有らんのみ先生知るや否や小生は所謂伎倆を求めて之を得ず遂に失望遂に墮落したる者に御座候……(中略)……

人には能あり不能ありとやら小生もまた人間なれは短所固より多かるべけれど豈に一の長所なしとせんや既に先生の嘆美被下候所は皆小生の短所なれば所謂小生の長所は那邊にありや此問題はもし氷釋するものならば小生の説明を待たずして自ら釋然する期可有之若し氷釋せざるものなれば今にして如何やうに説明……イヤ〳〵晩く先生に知られんは早く知られる愉快に如かず先生の自らレコグナイズするを待つは自ら進んでレコメンドするの壯快なるに如かず嗚呼先

生小生は正直なる人間にならんと欲するものに御座候　敬白　長谷川辰之助　徳富先生函丈

どの行間にも、皮肉がこもっている。そもそも、二葉亭は小説を書く時、その技倆に重きを置いていなかった。文章は思想あってこそのものと考えていた。「立身出世」に背を向けて蘇峰がいうところの第二の革命をめざす懸命なアウトサイダーの姿勢を、二葉亭は何よりも認めてほしかったのである。つまり、蘇峰は自分のことが何もわかっちゃいないという失望。いやもっと激しい絶望感に襲われたのではないだろうか。実際に対面するまでにその文章から感じていた調子のよさを、話しながらひしひしと感じた。お勢をすっかりよい気にさせた、本田そっくりといってもよかった。

蘇峰が『浮雲』の文三の生き方を理解できないことは、明らかだった。明治二十一年二月、『浮雲』第二篇が出版された時、蘇峰の刊行する『国民の友』十六号には、大江逸（当時の蘇峰の筆名）の次のような批評が載った。

「斯のつまらぬ題に依つて、人をして愁殺、恨殺、驚殺、悩殺せしむるは、天晴れなる著者の技倆と謂はざる可からず」

二葉亭が初対面の直後の手紙の中であれ程、技倆という言葉に抵抗を示しているにもかかわらず、そこばかりをほめちぎるのはやはり嫌味に聞こえるのだった。しかも、愁殺だけならまだしも、恨殺、驚殺、悩殺などととびきり刺激的な言葉を並べ立てているのは、いかにも茶化しているとしか思えない。しかし、徳富蘇峰は決して二葉亭四迷を軽んじていた訳ではなかった。その切れ長の目が自

分を射すくめているようだと感じながら、

「この青年は、『国民之友』に充分使えるぞ」

と心の中で、大きくうなずいていた。実際、明治二十一年七月から八月にかけて『国民之友』第二十号及び第二十七号に発表した、二葉亭の訳によるツルゲーネフの『あひゞき』は、大きな反響を呼んだ。『あひゞき』の冒頭からの、ロシアの田舎の自然描写の草いきれが匂ってくるような細やかさ、そこで繰り広げられる若き男女の別離のシーンに、二葉亭より七歳年下の国木田独歩も、三歳年下の正岡子規も読んでいて息を呑む思いがした。編集者として恐らく最初に読んだ一歳年上の蘇峰も、同じ思いだったのに違いない。しかし実のところ、二葉亭は『あひびき』の訳をほめられても、そんなに嬉しくはなかったのである。それよりも『浮雲』を、もっともっとほめられたかった。自らも翻訳をよくする森鷗外には、その気持がよく理解できた。二葉亭の死後、あれがえらいといわれても、彼は決して喜びはしまいと書いている。鷗外が心中秘かに逢いたいと思い続けていたのは、『浮雲』がすばらしかったからだった。そのことが、早くに二葉亭の耳に届いていたとしたら、彼はどんなに嬉しかっただろう。一方蘇峰には、『浮雲』のよさがわからなかった。

「『浮雲』の方はどうもつまらん」

明らさまにそういってしまっては、『あひゞき』を掲載した『国民之友』の売れゆきにかかわる。それでタイトルだけを、くさすことにしたのだと考えられた。二葉亭四迷は当然蘇峰の「つまらない」という言葉にひっかかりを覚えた。この形容に、蘇峰の心のうちが透けてみえると思った。

固《も》と此小説はつまらぬ事を種《タネ》に作ツたものゆゑ、人物も事實も皆つまらぬもののみでせうが、それは作者も承知の事です。
只々《たゞ》作者にハつまらぬ事にハつまらぬといふ面白味が有るやうに思はれたからそれで筆《ふで》を執ツてみた計《ばか》りです。

第二篇より更に一年半の間を置いて、明治二十二年七月『都の花』第十八号から八月第二十一号にわたって、『浮雲』第三篇が連載された。その冒頭に、二葉亭はわざとのようにそう書いているのである。

蘇峰の言葉は、踊っていた。人民(平民)の自由を願っていた筈なのに、いつのまにか日清戦争を契機に、平民主義から国家主義へとその考えは変貌を遂げた。ついには、桂太郎首相の側近となった蘇峰はそのまま太平洋戦争終結に至るまで、権力のオピニオンリーダーの役割を果たすことになる。この変わり身の早さは、二葉亭の愚直なまでの正直な生き方とは、およそ正反対のものだった。それを二葉亭はいちはやく見抜いてしまったのだと思う。しかしこのような時の勢いに乗るという生き方は、多くの日本人に当てはまるものだった。本田もお勢も、時の流れと共に変わっていく。変わらないのは、二葉亭の分身の文三だけである。『浮雲』というタイトルは、この日本国民の頼りない浮雲のようなありさまからきているところがあった。それをつまらないタイトルだとする蘇峰の神経は、彼自身のその後の変節の批判にも動じる気配のない図太いものに思われる。

「幕府倒れて王政古《いにしへ》に復《かへ》り時津風《ときつかぜ》に靡かぬ民草《たみぐさ》もない明治の御世」

『浮雲』第一篇の第二回に書かれたこのくだりだけでも、もっと時代に逆らって生きてもよいものをという、旧幕府の武士の子文三の溜息が聞こえてくる。自由民権運動は豪農たちの手による前に、武士の子たちが主導していったものだった。しかしそのような自負も、威風堂々たる風貌の豪農の息子蘇峰にいわせれば極めて問題があるとみられてしまった。薩長の藩閥政治は打破すべしとするところでは、蘇峰と二葉亭は共感し合うことができた。しかし幕府側の武士が明治以降、いかに苦労したかについて、「士族意識」打倒ばかりが頭にある蘇峰は、決して目を向けようとしなかった。

はたして、二葉亭は『国民之友』からきちんとした稿料を受け取っていたのか、どうか、そこのところもよくわからないのである。そのことが気になるのは、『浮雲』第三篇の連載が始まった明治二十二年夏ごろの彼の一家がいかにお金に困っていたか、日記にるると書き記されているからだった。


余か一家は今頗る困難の境に沈めり　家族四人なれとも月々収入は父の領収し給ふ恩給金僅かに十一圓ばかりに過ぎす　加之先ゝ月まては金港堂より原稿料として月ゝ拾圓宛余の許までおくりこせしをもて余一人は經濟を別にせしがそれも已を得さる情實ありて此方より辭したれば先月より父の御蔭にて僅かに衣食するに至れり　されは家計はます〱困難に陥れり　かく必

迫に至らさりしころは母上はいふもさら父上まで此事をいひいたしてはなけき給ひしが、此頃は……(中略)……口に出すことは絶え〔て〕なし　さるはいひ出したればとてその詮なしとおもへばなり　家内打寄りて茶なと喫するにふと家計の困難なることに語り及ほさんとしてはなしやむことなど屢〻あり　されど人々何事を心におもふかは問はてもしるく心苦しき事いはん方なし

(『落葉のはきよせ　二籠め』)

『浮雲』を金港堂より出版し、更に連載が続こうとしている一方では、『あひゞき』を『国民之友』に、更には『都の花』に同じツルゲーネフの短篇『めぐりあひ』の翻訳を発表した。『都の花』の出版元は、金港堂である。『あひゞき』が大変な評判を呼んだのに、どうして『めぐりあひ』は『都の花』に発表することになったのだろう。しかも、金港堂から毎月十円ずつ送ってきていた稿料を、二葉亭は辞退した。「已《やむ》を得ざる情実ありて」とあるが、その情実とは何なのか。『浮雲』第三篇が読むに耐えぬ失敗作であると思われたので、潔癖な二葉亭の良心がそうさせたともいわれている。はたして、私には納得できないものがある。ロシアの小説家のように自分も小説を社会の真実のために書くのであって、お金もうけの手段として考えないという自制心が徹底していたのかもしれない。『浮雲』第三篇は、一篇、二篇よりもはるかにすばらしい。これまでの日本の小説にみられなかった深い心理への掘り下げに、共感する。それなのに当時友人であった筈の内田魯庵は、「第三篇は、クドクドとだらしないこと甚しい」とした。二葉亭自身が、この三篇のことを「いやみなり」と書いていた。

「四迷生汝の書きし小説」浮雲には愚にして學者ふらんとせし痕迹有り甚だみにくし、初篇はいふに足らす、二篇はあとけなし三篇はいやみなり智者は智者ふらす智者ふるは愚人に限る智者ふらぬ所か智なるを知らぬからなり……（後略）……

（『くち葉集　ひとかごめ』）

第十九回となる最終回に難儀していたころのつぶやきらしい。「いやみなり」とは、決してこの三篇を、おとしめる言葉ではないと思う。初篇がいふに足らず、二篇があどけなしとした上での、いやみとは、それだけ作品に重みが増したということになるのではないだろうか。

実のところ、この第三篇にいやみはかけら程もない。あくまで隣人愛に溢れているのだった。文三は今やかつて激しく恨みもしたお政やお勢のことも、「すべてよし」という気持でみつめている。たえまなく思い続けると、却って目の前のお勢のことをまったく忘れてしまいそうにもなった。どうやら本田にふられたらしいお勢は、家でおとなしく編物などをしながら文三ににっこりとした。

出て行くお勢の後姿を見送《みおく》つて、文三は莞爾《につこり》した。如何《どう》してから様子が渝《かは》つたのか、其を疑つて居るに遑《いとま》なく、たゞ何《なに》となく心嬉しくなつて、莞爾《につこり》した。それからは例の妄想《まうさう》が勃然と首を擡《もた》げて抑へても抑へ切れぬやうになり、種々《さま〳〵》の取留《とりとめ》も無い事が續々胸に浮んで、遂には總て比頃の事は皆文三の疑心から出た暗鬼で、實際はさして心配する程の事でも無かつたかとまで思ひ込んだ。が、また心を取直して考へてみれば、故無くして文三を辱《はづかし》めたといひ、母親に忤《さから》ひながら、何時しか其いふなりに成つたといひ、それほどまで親《したし》かつた昇と俄に疏々敷《うとくしく》なつたといひ、――どうも常事《たゞごと》でなくも思はれる。と思へば、喜んで宜《よ》いものか、悲んで宜いものか、殆ど我にも胡亂《うろん》になつて來たので、宛《あたか》も遠方から撩《こそぐ》る眞似をされたやうに、思ひ切つては笑ふ事も出來ず、泣く事も出來ず、快と不快の間に心を迷《まよは》せながら、暫く縁側を往きつ戻りつしてゐた。が、兎に角物を云つたら、聞いてゐさうゆゑ、今にも歸ツて來たら、今一度運を試《ため》して聽かれたら其通り、若し聽かれん時には其時こそ斷然叔父の家を辭し去らうと、遂にかう決心して、そして一《ひ》と先《まづ》二階へ戻つた。

何というみごとな結末だろうと思う。人間の感情は、文三のそれと同じように白か黒、一度にきめつけられないところがある。限りなくグレーの部分を持ち抱えながら、しかし文三は明るい方へと向かっていっている。それまでしきりと登場した「冷笑」から、「莞爾《にっこり》」へと変わってきたところが読んでいて心明るくなるのだった。お勢を一筋に思い続けた文三の真実のなせる業《わざ》だと思う。二葉亭四迷は、文三が発狂することを最後の結末として考えた時期があった。『くち葉集　ひとかごめ』には、そのような走り書きもされている。「家貧ければ生きてゐたればとて生甲斐なし」などと母親の志津に責められる毎日では、二葉亭自身が発狂しそうになることもあった。

しかし私には二葉亭の何よりの苦悩は、逍遥の許を一時離れてまで近付いた蘇峰にたいする絶望があったからのような気がする。蘇峰は、いよいよ泰西主義へと向おうなどとアドバルーンを上げていた。しかし実際には明治二十年暮れに保安条例が公布され、たくさんの自由民権論者が東京を追放の身となった。それを契機に、日本は国粋主義運動が隆盛を極めようとしていた。明治二十二年二月、憲法が発布となった。その当日、当時の文相森有礼が暗殺された。大隈外相は爆弾により片足を失い、条約改正は頓挫した。この年に開校した東京美術学校からは、西洋画科が姿を消した。日本美術だけがすばらしいという岡倉天心、フェロノサの考えによるものだった。『浮雲』第三篇は、このような騒然たる年に発表された。

★

『浮雲』は未完の作品であるということに、どうしてなってしまったのか。中村光夫氏は、更に中絶という言葉を使っている。はたして、二葉亭四迷自身、しかとそのように思っていたのだろうか。第三篇に入り、いよいよ文三《ぶんぞう》、お勢《せい》への心理と分け入っていき、引き裂かれたカーテンのような心のままの文三が二階の自分の部屋へと階段を昇っていく。このエンディングは、どう考えてもすばらしい。人間の心が、白か黒か、おいそれと決着がつかないものであることを、くっきりと暗示している。悩める若者の文三は、これからも悩み続けるだろう。お勢は、軽い若者の代表の昇《のぼる》にふられたからといって、再び文三の許へすり寄ってくる気配がない。すっかり空《うつ》けたままの彼女に、文三をなぶった時のような元気さは戻ってこないだろう。読む側にはそれがわかるのに、文三はまったくピンときていないのだった。そこが文三のおめでたいところであり、いじらしいところでもある。明らかに、文三はお勢に恋している。しかし、『浮雲』を中絶とみる中村光夫氏は、「文三はもはやお勢に恋はしていない」とされるのである。

「文三はもはやお勢に恋してはいないので、彼のお勢にたいする執心は、ただ自分が苦しんだ結果得た「識認」をお勢につたえ、生涯の危機にのぞんでいる彼女の堕落を防ぎたいだけです。むろん彼がこういう諦めに達したのは、お勢の心が彼からはなれてしまってからですが、彼は苦しい自己反省をくりかえしながら、その失恋の真の原因が、彼自身の「不活発」にあることには気付きません」

（中村光夫『二葉亭四迷伝』）

中村氏は一度《ひとたび》失恋したら、もはやそれは恋とはいえないとお考えだったのかもしれない。しかしストーカーの例を待つまでもなく、片想いになった方が恋は苦しくなる。お勢と文三は、プラトニック・ラブであった。この概念も、明治以降もたらされたものだった。お勢への文三の思いは、プラトニック・ラブに終始していた。失恋後は、友情というものに変わっていったとも考えられる。しかし、文三の場合その言葉では物足りない。隣人愛である。第三篇を書き上げたころの二葉亭の日記には、文三の心になりきった二葉亭のつぶやきが聞き取れる。

「お勢の心は取かへしかたし、波につられて沖へと出る船に似たり」

「然れとも尚ほ愚かにも望みを将來に屬せり　何となれは文三には如何にしてもお勢の縁か切

れたりとおも〔ひ〕得ねばなり
それゆゑお勢の編物の稽古にかよふをうたかはす昇の足を遠くしたをよいことに思つてゐた
アラ!」
(『落葉のはきよせ　二籠め』)

こうした走り書きの中に、「アラ!」などと書かれているのをみると、二葉亭は『浮雲』の結末を決して暗いものにしたくなかったことがわかるのである。文三が発狂するという終わり方がメモに書かれているのは、一時の気の迷いである。そのことが、問題にされるのは、おかしい。彼がよしとした結末こそ、大切なのだと思う。『落葉のはきよせ　二籠め』の最後は、不思議な言葉で締められている。

2日　死
6日　私を支配した絶望から私が自分の小説を讀んだ時に
(二頁)
9日
14日
16日

二頁というところに、何が書かれていたのだろう。そこは不明であっても、二葉亭が自分の小説、即ち『浮雲』を読んで、絶望から救われたことが伝わってくるのだった。

「ああ、このような結末にしてよかった。救われた」

彼は、心からそう思ったことだろう。

それにしても、二葉亭はどうしてこんなにも絶望していたのだろう。自分の文学の理想とうらはらに、『浮雲』が未完の失敗作になったからだというのが、これまでの定説になっている。明治二十二(一八八九)年初夏、『浮雲』第三篇が『都の花』に連載されることが決まった。七月の発刊を、二葉亭はわななく思いで待った。本が送られてくるのは、遅れていた。やっと手許に届いた時の感想は、次のようなものだった。

かほとまで拙なしとはおもはさりしが印刷してみれば殆と讀むにたへぬまで〔拙〕なり

(『落葉のはきよせ　二籠め』)

このようなことを書き散らしているから、後年『浮雲』は「問題作」であっても「失敗作」というようにみなされてしまうのだった。確かに、これも二葉亭の実感だった。しかし、ここまで卑下していうのは、二葉亭の悪い癖だと思う。第三篇は、第十三回から始まっていた。お勢が急にとんだり、はねたり、高笑いをしたりと落着がなくなっていく様子が、実にいきいきと書かれている。そこから彼女が、昇にいいようにされたことが感じ取れるのだった。二葉亭の身近にお勢そっくりの女性がいたとは思われない。それなのにどうして、こんなにも正確に若い娘の心の動揺を描くことができたのだろう。

……兎に角昇が來ないとても、もウ心配もせず、來たとて、一向構はなくなツた。以前は鬱々としてゐる時でも、昇が來れば、すぐ冴えたものを、今は、其反對で、冴えてゐる時でも、昇の顔を見れば、すぐ顔を曇らして、冷淡になつて、餘り口數もきかず、總て仲のわるい從兄妹《いとこ》同士のやうに、遠慮氣なく餘所《よそ》々々《〳〵》しく待遇《もてな》す。昇はさして變らず、尙ほ折節には戯言《ざれごと》など云ひ掛けてみるが、云つても、もウお勢が相手にならず、勿論嬉しさうにも無く、たゞ「知りませんよ」と彼方《あちら》向くばかり。

（『浮雲』第三篇、第十八回）

第三篇の中でも後半にさしかかるこのあたりを、二葉亭は苦しむ一方では、楽しみつつ書いていたような気がしてならない。文三をあんなになぶったお勢が、今度は上司の娘に愛敬をふりまくような昇の軽さに傷付いていく。このなりゆきは、傲慢な若い娘へのリベンジともいえなくないのだった。こうして文三のみならずお勢の心の内面まで立ち入っていった二葉亭は、第十八回を書き上げた直後には自信満々だったのに違いないのである。恩人坪内逍遥のほめ言葉を待っていた。

「びっくりした。お勢さんの心の動きが、手に取るようによくわかる。どうして、そんなに若いお嬢さんの気持に、寄り添うことができるのか？」
そうやってほめられたとしたら、二葉亭はどんなに元気がでたことだろう。逍遥はその時、身も心もすり減っていた。二葉亭をほめ上げるような気力を持ち合わせていなかった。その主なる原因は、逍遥の作品を正直に批判して絶筆へと追い込んでいった自分にあることを、若きハムレットの二葉亭は考えようとしなかった。

　二葉亭は、至って纖弱《きやしや》な、あの顔附とは大ちがひの、デリケートな、少々ヒステリックなお嬢
　さまのやうな男であったのだ　（『柿の蔕《へた》』）

逍遥は、細やかに愛情深く二葉亭をみていた。お勢も二葉亭その人だったというみかたができる。自分の魅力に自信満々だったお勢は、あっけなく昇に打っちゃられる。この場合、昇はやはり徳富蘇峰となる。

　われ今までは藥袋もなき小説を油汗にひたりて書き來たりしが是よりは將た如何になすへき
　我筆は誠に稚し 若しこれよりも小説を書きて世を渡らむとせばまづ文を屬することを習はさ
　るべからず……その書は如何なる類ひかといへば粋とか通とかいひて此世をあそびくらせし
　人々の食はうかため、呼吸をしやうかために書散らしたる有りても益なく無し(く)も不自由に
　もなきつまらぬ書物のみなり　かゝる書類に眼をつからせ、肩をはらし、生命をむしり取られ
　て一生を送るは豈に心外ならすや

『浮雲』第三篇を脱稿まもなくの明治二十二年六月二十四日の日記に、二葉亭はこのように書いている。この絶望感も、自信と表裏一体であった。

小説家は今少し打かかりたる所あるべし　一枝の筆を執りて國民の氣質風俗志向を寫し國家の大勢を描きまたは人間の生況を形容して學者も道徳家も眼のとゞかぬ所に於て眞理を探り出し以て自ら安心を求めかねて衆人の世渡の助ともならば豈可ならすや　されば小説は瑣事にあらず　之をいやしといふは非なり　之をなすにたらすといふは生浮ひなり　アヽ吾過てり吾過てり

同じ日の日記のこちらの文章からは、よりはっきりと、二葉亭の悲憤慷慨する気持が胸に響いてくる。つまり彼は、文学とは、人間の真理を探し出すと共にそれを通して国民の気質、国家の大勢を描くものでなくてはならないと考えていた。好いた、惚れたなどというだけの状況に、日本の小説は甘んじていると思った。それではいけない、自分がまことの小説はかくあるべしという見本を示したい、それには自分は実力不足だと嘆じているのだった。しかし、この二葉亭の嘆きは、「言文一致」という当時としては画期的な手法の中で、時の日本に生きる人間一人一人の個性まで浮かび上がらせている『浮雲』を、きちんと評価しようとしない世間へも向けられていたことは確かであった。

「アヽ皆過《あやま》てり皆過てり」

そのようにはっきり「皆」と書いてしまった方が、よかったと思う。それを「吾《われ》」としてしまったところに、二葉亭の弱さがあり優しさがあった。初めての口語体の小説を書くことに、二葉亭は悩み抜いていたと、逍遥は『柿の蔕』の中で述懐する。自分の頭は二葉亭程に欧化しておらず、芸術的良心なぞ持ち合せていなかったので、書きなぐった。山だしの嬶《かかあ》どんのようなものだ。犬が子を生むように、委細かまわず、ずん〲生んだものだ。それに比べると、二葉亭は到ってデリケートなお嬢さまのようだった。そのように書く心の大きな逍遥から、二葉亭は思いきりほめられたいと願った。しかし、それを直接ねだることなど、恥ずかしくて到底考えられなかった。

「どうでしょうか？　僕は、『浮雲』を相当ふんばって書いたつもりです」

二葉亭の方から素直にそう話しかけたとしたら、

「おお、すばらしい、よくやりました」

逍遥はそういって、二葉亭の手を握りしめたのに違いないのである。逍遥の家をすぐに訪れないばかりか、極端なまでに『浮雲』を自己批判しているようでは、逍遥もいよいよとほめることがむつかしかったことだろう。彼が逍遥宅を訪問したのは、年が明けてからである。

私が文章を書くのは他人よりも損だ。といふのは、私の頭脳を一つの考が支配してゐて、之れに制限されるからです。今の文士のを見ると、言文一致でも、闘はずにずん〲漢語を使ひ、或は佛語をも挾む。莊重とか遒勁とかいふ趣もそれで付けてゆく。私はそれが厭で、日本には日本語の文章――立派に日本語の文章を成立たせたいと思ふ。もとより支那ほど文字の豐富な處はない、西洋にも随分種々の文字はあるが、支那ほどにはいかない。が、支那の文華は支那の文華だ。それを何時までも真似て借りてゐるのは嬉しくない。日常に使ふほど日本化したのは別だが、さうでないむづかしい文字は皆借物だ。……(中略)……つまり日本人がやれば、平生使ひこなしてゐない語を、文を綴る時だけ借りて來るのだから、旨くいく道理がない。で、私はどうか日本には日本語の文章が、卽ち平生に使ひこなれてゐる通俗語で書いた文章が、立派に成立つやうにしたいと望むので、これは文章に携はる者の、抱負とし責任として心がくべき事であらうと思ふ。

(『文談五則』)

まことにその通りだと思う。明治二十年代初めには、漢文調が文章の流れを作っていた。『浮雲』より相当遅く、明治二十八年一月に発表された樋口一葉の『たけくらべ』も漢文調である。名文ながら、読みづらいところが多い。一方、二葉亭の口語体はひとまず、スラスラと読み進めることができるのだった。二葉亭は漢文や古文に疎い私にも、こよなく親切な書き手である。二葉亭が『文談五則』を発表したのは、明治四十年十月のことだった。その八ヶ月後には、ペテルブルグゆきが迫っていた。どうしてこのことを、『浮雲』発表直後にしっかりと書いたり発表したりしなかったのだろう。あのような弱気な言葉を日記に書くことなく、自分の信じる文学論を尾崎紅葉などの西鶴に親しむ人気作家と闘わせてほしかった。或いは当時の二葉亭の心をそれができない迄にへし折らせてしまう程、言文一致体の文学は、わざとのように話題にされなくなっていたのかもしれない。

鹿鳴館に象徴される先を急ぐ西欧化から、復古調のしゃちこばった世相へと変わるスピードは、早過ぎた。二葉亭も逍遥も、呆然とするばかりであったろう。『浮雲』第三篇の連載が始まるより数ヶ月早く、明治二十二年二月、大日本帝国憲法が発布された。ドイツ人医師ベルツは、当時の東京の言語に絶した騒ぎを、冷ややかにみつめていた。誰も憲法の内容を知らないと日記に記した。この欽定憲法を、二葉亭はどのように感じたのだろうか。日記の中であえて触れていないのは、この憲法に期待するものは何もないという心の表れだったように思う。「官尊民卑」をあれ程嫌っていた二葉亭は、この年八月十九日、内閣官報局雇員となった。いよいよ生活が逼迫していた。最終回となった第十九回は、すばらしいできだった。しかし、二葉亭の心は連載終了後、ますます晴れなくなった。

常なれたる近鄰の飼犬のこのころは余をみても尾を掉りもせず跟をも追はず　その傍を打通れは鼻つらさしのべて臭を齅くのみにて「侮りおもふものゝ如し」餘所をむく

(『落葉のはきよせ　二籠め』)

このようなくだりには、二葉亭に悪いと思いながら、思わず笑ってしまうのである。二葉亭のこうした自意識過剰の思い込みに、犬も敏感に反応してしまったのかもしれない。二葉亭は、無類の犬好きだった。いつも着物の袂《たもと》に、この犬が好みそうなエサをしのばせていた。お金が乏しくなると共にそれができなくなり、犬からもそっぽを向かれてしまったのだと思う。生活のために文学から遠去かるのは、いかにも無念なことであった。しかし一方で『浮雲』を書くことに精も根も尽きはてていた二葉亭は、ここらでちょっとひと休みしたいという気持になったようにも思う。「ウサギとカメ」のお話しにひっかけてみると、「言文一致体」のさきがけの二葉亭は、明らかにウサギの立場にいた。

内閣官報局へは、東京外国語学校露語科時代の恩師古川常一郎の紹介で入局できたのである。古川が、『浮雲』をきちんと読んでいたのかどうか、それはよくわからない。親切な古川は、あくまで長谷川辰之助のロシア語の能力の高さを評価していた。最終回の第十九回も「かきこじらした」などと『落ち葉のはきよせ　二籠め』に書いている二葉亭は、誰かからの熱烈なラブコールを待っていた。しかし、たとえ若き日の森鷗外が、「これは傑作です」という葉書を一本寄こしていたとしても、古川に就職の世話を頼んだことに変わりはなかっただろう。父親におんぶされての筆一本の生活は、限度がきていた。明治二十二年八月十九日、二葉亭は晴れて内閣官報局の雇員となり、月額三十円を支給されることになった。

「あれで長谷川は中々の策士で、口でこそ社会主義を唱へていたが、身は官海に這入って生活していた」

語学校時代の先輩で小説家となった矢崎嵯峨の舎は、二葉亭の死後このように回想していたという。とても意地悪な言葉だと思う。二葉亭は小説家志望の彼を坪内逍遥に紹介し、更には徳富蘇峰の『国民之友』に彼の作品が載るように世話をした。ところが彼は逍遥宅の書生になる一方、『国民之友』に原稿を書くことをすっぽかした。恐らく発表するための原稿ができなかったのだろう。そのことを、あれこれと理屈をつけて弁明する矢崎に二葉亭は、激怒した。『落ち葉のはきよせ』には、約束をたがえた矢崎への怒りが繰り返し書かれている。矢崎は、ロシア語のイニシアルで登場する。二人は長く絶交状態にあった。矢崎にも、それなりのいいぶんはあったことだろう。しかし、二葉亭が筆を絶つことへの悲しみを理解しないばかりか、志を曲げて「官」の道に入ることがどんなに耐え難い一歩となったかをおよそ理解しようとしない矢崎は、二葉亭の友だちとはいえなかった。「策士」。この言葉程、二葉亭に似合わない言葉はなかった。みじんもそうなれる要素がない二葉亭なればこそ、「言文一致体」のまことのさきがけとして歩きだしながらまたたくうちに、その道をはじきとばされてしまったのである。

二葉亭はその後の内閣官報局時代に、俳句を楽しむようになった。明治二十五年春ごろからのものである。露語科時代以来の友人奥野廣記に宛てた手紙には、一首二首のみならず多い時には三十首あまりの句が書き添えられていた。山形出身の奥野は、鎌倉材木座で療養中であった。

梅咲くや十年黒き門の前
白梅や庭の四隅はうそさむき

春風の中に大佛おねむいか
春風にねむりこけたる女あり

どの句も、いかにも春の日のようにゆったりとしている。二葉亭は奥野に、そうやって句を書いて送ることで、心の平安をみいだしていたのだと思う。月給三十円の中から、毎月奥野に三円を送金していた。それを二葉亭の母は無駄づかいとみなしていたが、二葉亭にはそのような母親の愚痴も馬の耳に念仏だった。奥野廣記は語学校時代の集合写真の中でも、その細面のりりしい顔が光ってみえる。着物の下に白いワイシャツを着込んでいるところも、いかにも真面目そうだ。少し寒がりだったのかもしれない。明治二十六年七月五日付けの奥野宛ての手紙はいつも通り、「辰之助廣記様」で締められていた。彼の前では、二葉亭はいつまでも辰之助のままでいられるのだった。

柚の花に星はら〱とこほれけり

この一句は、その時の手紙の中に添えられていた。

星はらはらとⅥ

明治二十三（一八九〇）年九月頃、二十六歳の二葉亭四迷は両親の許を離れ、四谷荒木町二十七番地にある大津屋という下宿に移った。内閣官報局雇員となって一年目の秋だった。東京外国語学校露語科時代の級友、桑原謙蔵氏の回想によると、そこは写真屋で下宿屋もしていた家だったという。

……其寫眞屋へ習ひに來た女で二葉亭を慕つた娘がありましたが關係はなかつたのです。それでも其弟や何かの事で大分世話をしてやつたやうでした。…（後略）…

（「長谷川君の略歴」明治四十二年六月）

写真屋へ習いにきていたとは、女性カメラマンの卵ということになるのだろうか。まだ写真そのものが珍しかったこの時代、大変に進んだ女性のように思われる。もし二葉亭がもう一歩を押し進めていく勇気があったら、なかなかにお似合いのカップルになったかもしれないと思う。しかし二葉亭の伴侶となったのは、別の女性だった。

そこでかれこれする間《うち》に、ごく下等な女に出會つた事がある。私とは正反對に、非常な快活な奴で、鼻唄で世の中を渡つてるやうな女だつた。無論淺薄ぢやあるけれども、其處にまた活々とした處がある。私の樣に死んぢや居ない。で、其女の大口開いてアハヽヽヽと笑ふやうな態度が、實に不思議な一種の引力《アットラクション》を起させる。あながち惚れたといふ譯でも無い。が、何だか自分に缺乏してる生命の泉といふものが、彼女には沸々と湧いてる樣な感じがする。そこはまア、自然かも知れんね——日蔭の冷たい、死といふものに摑まれさうになつてる人間が、日向の明るい、生氣潑溂たる陽氣な所を求めて、得られんで煩悶してゐる。すると、議論ぢや一向始末におへない奴が、淺墓ぢやあるが、具體的に一寸眼前に現れて來てゐる。——私の心といふものは、その女に惹き付けられた。

（『予が半生の懺悔』）

「大口開いてアハヽヽヽ」というところに、二葉亭の妻となった女性のすべてが表れていると思う。

彼女の名前は、福井つねといった。娼婦のようでもあったらしい。つねとは、明治二十四年に出合っていた。その時、彼女は十八歳だったという。二葉亭より九歳年下である。二十六年一月に婚姻届けをだした翌月には、長男玄太郎が誕生した。

二葉亭はこの結婚前後の数年間、ひんぱんに引っ越しを繰り返していた。ひどい時は、一ヶ月足らずの引っ越しである。最初の四谷荒木町の下宿だけが、一年近く続いた。写真を修行中の女性の存在があったからなのに違いない。彼女に慕われていたというのに、どうしてあきらめてしまったのか。それからの彼は、あえてうらぶれた横丁の汚い下宿を選ぶようになった。明治二十四年初夏、二葉亭は神田錦町の今井館に下宿を決めた。座敷の前に往来を隔てて、大きな柳の木がみえた。風にさらさらと音を立てて枝が揺れるのをみながら、二葉亭は何やら物思いにふけっていた。その柳の句が、『落葉のはきよせ　三籠め』に登場する。

柳言へ縁あれはこそ日にさしむかへ
おもひたすことに来て見む糸柳
あすよりはたれをぬしとや糸柳
みはやさぬぬしなかこちそ糸柳

この柳から、二葉亭はさる女性との別離を思い起こしていたことがうかがえる。それは、四谷荒木町のあの女性だったかもしれない。これら柳の句からは、おく手の二葉亭の、あまりにももどかしい恋の結末が感じられるのだった。彼はそれらの句のすぐ後に、激烈な言葉を書き綴っていた。

我に百年の怨あり深々として儘くる期あらし　天を怨むにもあらす人を怨むにもあらすわれはたゝわか吾を怨むのみ　ア、如何なれは吾心はかくも腐りたるそや　明に事の非なるを知れとも尚ほ日に之を明に行ひて改むること能はず　我なから吾本心の手前はつかしくまた口惜しゝや　ア、吾本心は既に死にたるか　心既に死にたらはむくろを負ひて世にありとも何かはせん生て我と吾に愧むよりは死して本心に背ける罪を贖〔ふ〕には如かじ　ア、死ね〳〵死て仕舞へ　身死なされは心生きすと知らずや　死ね〳〵　死ねは生るとは知らすや如何に

（『落葉のはきよせ　三籠め』）

こんなにも死んだ心になっているその時、目の前に現れたのが、福井つねである。つねは、彼が神田錦町の今井館の次なる転居先に選んだ神田東紺屋町の桶屋の娘だった。明治二十四年の暮れも押し迫ってからの引っ越しは、何か余程の事情があったものと思われる。東京外国語学校時代の同級の友人、杉野鋒太郎も一緒の引っ越しだった。その杉野の妹ちかとも、二葉亭は交際していた。なかなかに学問もありそうな、ちかとの結婚を逍遥は勧めたこともあったという。いずれにしても、つねの出現により、それまでの女性との別れがもたらされることとなった。

與某女別
ほろ〳〵とこほれて露の別かな
添ふ影の〈も〉きえてさひしき我身かな

露がほろほろとこぼれるというこの句から、私は明治二十六年の作だとされる、あの柚の花の句を思い出さずにはいられない。

柚の花に星はら〳〵とこほれけり

白いあえかな柚の花は、星のかたちに似てみえるという。それが露のようでもあると考えると、そこから二葉亭の理想の女性像がくっきりと浮び上ってくるのだった。『浮雲』のお勢《せい》とは明らかに異なるはかなげでありながら、あくまでりんとしたりりしくもさびしげな面差しの女性である。つねのように、決して大口を開けて笑うことはない。二葉亭の目からみると、どこか『罪と罰』の娼婦ソーニャを思わせるところがあった。二葉亭が官報局の勤めがはねた後、貧民窟を股引姿でうろつきまわっていた中には、そのような女性の面影を追うところがあったかもしれない。背中に瓢箪のある印半纏を着ての股引姿は、大男だけにどこを歩いていてもよく目立ったことだろう。はたして、神田皆川町でつねと同棲してからも、そのような格好で歩き続けたのだろうか。皆川町の一軒家の後は、四谷の伊賀町へ引っ越しをした。かつて伊賀の忍者たちが住んでいたというあたりである。

その後、明治二十五年七月には、本郷区菊坂町八十一番地に住むことになった。友人の桑原謙蔵の家の借家だった。あの樋口一葉が母や妹と共に住んでいた借家も、この町の七十番地にあった。二葉亭が引っ越しをしてくる二ヶ月前には、住まいが同じ六十九番地となっていた。いずれにしても、それぞれの住む家は菊坂の途中にありとても近いのである。二人が坂の途中で出合うことがあっても、不思議はなかった。一葉は、明治五(一八七二)年の五月生まれである。この時二十歳の彼女は、二葉亭より八歳年下だった。その前年、針仕事などで生計を立てていた一葉は小説の指導を乞うために半井《なからい》桃水を訪ねていた。その桃水との仲が噂され、一葉は、心ならずも彼の許を去ることになった。桃水への思いを胸に、一葉は必死で小説を書いていた。女世帯の生活は、苦しくなる一方だった。坂道を歩く一葉の顔には、そうしたもののすべてがにじんでいたのに違いない。二葉亭が、一葉とすれ違う瞬間、たまらなく心惹かれたことは、とても自然に想像できるのである。

柚の花に星はら〳〵とこほれけり

二葉亭のこの一句が、一葉のかんばせを思ってのものだったとしたらすばらしい。

一葉の日記には、思いがけず二葉亭の名前がでてくる。明治二十九年一月の日記である。二十八年の一月より『文學界』に『たけくらべ』を連載していた一葉は、その年の秋には『にごりえ』を発表。絶賛の声しきりに、却ってさめた心を固まらせていた。

かどを訪ふ者日一日と多し　毎日の岡野正味天涯茫々生など不可思議の人々來る　茫々生ハうき世に友といふ者なき人世間ハ目して人間の外におけりしとおほし　此人とひ來て二葉亭四迷に我れを引あはさんといふ　半日かほとをかたりき

（『樋口一葉日記』水のうへ）

「天涯茫々生」とは、当時毎日新聞記者をしていた横山源之助のことである。明治三十二年に『日本之下層社会』を発表したことで知られる横山は、明治二十四年に二葉亭を訪問していた。『日本之下層社会』と並んで明治記録文学の傑作とされる明治二十六年刊行『最暗黒の東京』の著者、松原岩五郎が二葉亭を訪問したのは、それより早く、明治二十一年のこととなる。『浮雲』第二篇が金港堂より出版、続いてツルゲーネフの『あひびき』の翻訳が、『國民之友』に発表された直後である。

時に先生は薄暗い土藏を書室として、恰も獄裏の人の如く群籍の間に埋つてゐられた。

（『二葉亭先生追想録』）

そのように松原が両親の家の離れの土蔵にいた頃の二葉亭を回想する一方、横山は二葉亭の官報局時代の思い出を細やかに語っている。

……官報局時代は言ふ迄もなく、晩年に至るまで生活に苦しんだといふのも一つは世帯に不器用であつたからであらう。食道樂であつたが、衣服の趣味が皆無であつたのも、性格の一端が窺はれる。不器用は炭を繼ぐ上に最も發《あら》はれた。自身に手を下して、火のできた實例《ためし》なし、眞赤なやつまでが黒くなるから恐れ入つた。秋の夜の長物語に、炭繼役は何時も不器用といはれた僕で、君は茫然として、その手際に感服したものだ。

（「官報局時代」明治四十二年九月）

横山源之助も、松原岩五郎も、下層社会の探求に情熱を傾ける二葉亭四迷に鼓舞されて、これらのルポルタージュを書き上げたのだった。二葉亭と一葉を引きあわせようとしたのは、横山の一存だろう。おいそれと自分の気持を打ち明けることのない二葉亭が、一葉にあいたい思いをそのまま彼に打ち明けたとは思われない。しかし、一葉が描いた明治という時代の隅っこで息づく濃密な人間模様は、文学をあきらめた筈の二葉亭の心を激しく揺さぶっていたのに違いなかった。この若き女流が、ほんの数年前に坂の途中で出合ったあの女性だと、二葉亭は気付いていたとも考えられるのだった。

一番大切なことは、そっと胸に秘めておきたいと思う。友人の桑原謙蔵は、このように回想している。そのような二葉亭の孤独を誰よりも理解できるのは、同時代の文学者の中で一葉だけだった。

……官報局には六七年も居ましたらうか恐らく長谷川君の一番長く勤めたのは此所でせう。其頃はよく缺勤したもので、雨が降れば出ず、風が吹けば出ずと云つた風でしたが、出て仕事をすれば非常にはかどつて實績は大に上げたものです。この頃は長谷川君の一番好く勉強した時代で哲學なども大分研究したものです。

（「長谷川君の略歴」明治四十二年六月）

二葉亭の役人生活は、陸軍を三十年間無遅刻無欠席で過ごした森鷗外とは、およそ正反対のものだった。内閣官報局を仕切る高橋健三が、新聞社の論客として筋を通した硬骨漢だった。第一次伊藤内閣の時代には、性急な欧化主義に異論を唱えていた。後年正岡子規の心の支えとなる陸羯南《くがかつなん》も、官報局の職員だった。二葉亭とは、官報局ですれ違いとなった。二葉亭のその後の憂国の思いは、こうした当時の官報局の空気の中で作られていったところがあるらしい。久しぶりに坪内逍遥の許を訪ねた二葉亭は、逍遥の前でも手放しで高橋健三の人格をほめたという。官吏生活の必要上から、服装も洋服と変わっていた。そのような二葉亭に、逍遥はさびしさを感じた。

官報局時代の二葉亭は、一番勉強していたという桑原謙蔵の言葉には考えさせられるものがある。何のための勉強だったのだろう。評論ではなく小説を書こうとしてのものであったと私は思う。貧民窟や魔窟を変装してうろつきまわっていた時には、まことにそこの住人のような心持に浸っていたことだろう。そのことを、二葉亭四迷は大田黒重五郎、桑原謙蔵といった学生時代からの気のおけない友人たちに、「人生の研究」というように話していた。ここに、樋口一葉との違いがあった。彼女が下町の貧しい地域に住んでいたのは、何よりも生活のためだった。彼のような研究のためでは決してなかった。一葉の眼からみたら、二葉亭は恵まれたお坊っちゃまだった。二葉亭の父は最初から尾張藩の武士であったが、甲州の農家の出身だった一葉の父は苦労を重ねた上に、やっとの思いで幕末に武士へと這い上がっていったのである。その父親もなくなり、家にお金がないとわかった途端、「立身出世」を願う婚約者も去っていった。かつての自由民権運動の闘士だった人物である。一葉のさめた心は、こうした経験から深まっていく。片や二葉亭は冷笑する一方では、随分とお人よしだった。年若い酌婦のつねと結婚、苦界から助けたつもりが手痛く裏切られることになる。そのような二葉亭を年下の一葉は聡明な姉のように苦笑して見守り続けたことだろう。

二葉亭は、自分の心の中の弱さや甘さを十分に承知していた。それゆえの自己嫌悪なのである。それだけに、『たけくらべ』や『にごりえ』のヒロインのつよさに伴うはかなさに、すっかりまいってしまっていたのに違いない。自分には、到底描くことのできそうにない女性像だった。

一葉に引き合わせたいという横山からの申し出に、二葉亭は夢ではないかと思った。横山は既に初対面でもあるにもかかわらず、半日もの長時間一葉の家で話し込んでいた。もしかしたら初対面の横山とそんなにも長く話をしていたということは、一葉の胸にも『浮雲』の作者二葉亭にあいたいという思いが、ずっとあったからだったかもしれない。しかし、それ以後の一葉の日記には二葉亭が登場しない。あのようにくどくどと折り折りの心を書き散らしていた二葉亭の日記にも、なぜか一葉のことは登場しなかった。一葉に深い尊敬の念を抱いているからこそ、日記とはいえおいそれと書くことがはばかられたとも考えられた。もし一葉の方に二葉亭を警戒する気持がわいたとしたら、それは紹介者の横山のいささか厚かましいふるまいに問題があったのではないだろうか。二葉亭は直接、一葉に手紙を書くべきであった。それができなかった二葉亭が、どうにもじれったく思われる。彼はどこまでも、女性に不器用であった。

明治二十九年、十一月二十三日、樋口一葉は肺結核のため死去した。二十四歳という若さだった。前の年からの『たけくらべ』の連載が完結したのは、その年の初めの一月のことである。横山源之助の来訪は、その直後だった。一葉のからだは、すっかり疲れていた。二葉亭と初めてあうだけの気力は、持ち合わせていなかったのかもしれない。一葉は、二葉亭の『浮雲』を格別の思いで読んでいたのだと思う。主人公の頼りない文三《ぶんぞう》をいじらしく思う分、気ままなお嬢さんのお勢には反撥を覚えたことだろう。彼女の通った中島歌子の主宰する歌塾、萩の舎にも、そのようなお嬢さんが多かった筈である。一葉が息を引き取るよりも九ヶ月早く、明治二十九年二月二十五日、二葉亭はつねとの離婚届けをだした。つねとの間には、その前々年の暮れに長女のせつが生まれていた。両親や坪内逍遥を巻き込んでの離婚劇は、なかなか幕が下りなかった。二葉亭の方が、つねとの復縁を考えていた。杉野ちかを後妻にとつねがいっても、二葉亭にはそんな気持ちがまるで動かなかった。

相手の女性のつまらなさが一度にみえてきたからといって、やすやすと見捨てることのできない二葉亭こそ、一葉の考える理想の男性だったと考えられる。

「めんどうみたあいてには、いつまでも責任があるんだ。まもらなけりゃならないんだよ、バラの花との約束をね……」

サン＝テグジュペリの『星の王子さま』の中で、キツネが王子さまに向かっていう言葉が浮かんでくる。王子さまは、自分の星で育てていた小さなバラのわがままに傷付いて旅に出たのだった。

「ぼくは、あのバラの花との約束をまもらなけりゃいけない……」

そうキツネの前で繰り返していう星の王子さまは、そのまま二葉亭四迷のように思われる。

早世した樋口一葉は、二葉亭の胸の中で白く小さな星のかたちをした柚の花となった。現実生活では、赤いばらのような女性にふりまわされることがあっても、あくまで心にかかるのは、星はらはらとこぼれ落ちる、柚の花さながらの女性であった。もし仮に二葉亭四迷と樋口一葉が結ばれることがあったとしたら、明らかに冷静なる一葉の方が優位に立つことだろう。しかしそのような関係にあって、二人は時にケンカをしたりしても、幸せだったという気がする。二葉亭四迷が堂々と一人で、樋口一葉を訪問することができなかったことが、何としても口惜しく思うのである。しかしよく考えてみたら、いつでも一葉の心はきっぱりと別れを告げた筈の半井桃水へととんでいた。二葉亭に対しては、近しい肉親のような感情を持つばかりであったかもしれない。

「唯かく落はふれ行ての末にうかふ瀬なくして朽も終らばつひのよに斯の君に面を合はする時もなく忘られて忘られはてゝ我か戀は行雲のうはの空に消ゆへし」

本郷区菊坂町から下谷区龍泉寺町へ引っ越しをしたばかりの、明治二十六年七月の一葉の日記である。翌月には、小さな荒物屋を開いた。生活はつねに火の車でありながら、彼女はそれからのこされた短い月日の中で驚くべき名作を次々と誕生させていく。

一方の二葉亭は、官報局の翻訳の仕事の傍ら、桑原謙蔵の感化により俳句を作っていた。月棒は三十円、三十五円、二十六年三月には四十円と上がっていた。しかし彼には、節約という観念があまりなかったようである。妻つねの多大なる浪費という大問題があったにせよ、横山源之助が指摘するように彼はお金にも不器用だった。横山らと飲む時の酒代も、馬鹿にならなかったと思う。

肺病の友人奥野廣記への送金も、月棒が増えると共に多くなっていたようである。奥野の死後もしばらく、山形の奥野の母親に送金を続けていた。奥野廣記の弟らしい奥野小太郎に宛てた明治二十七年八月八日付けの手紙が、残されている。

御手紙拜見候さて省三君徵兵延期願は當籤と否とに拘らず差出すものの樣御考相成候やう御文面にて御察せられ候へども當籤不相成場合には勿論延期願を差出さざる都合に兼て相談相定め置候次第に候何か咄の行違にても有之ものか現に延期願は小生起草可仕筈のところ山下氏より當籤不相成旨通知有之候に付執筆見合候ほどの事に候かやうの次第ゆえ此際いづ方よりも延期願を差出すなど申すこと決してある間敷事に候間左樣御承知相成度右御返事まで　匆々　辰之助

日清の交渉も漸く切迫の模樣ゆえ或は御出陣被成哉も圖られざる由最早斯く相成候ては何も申上ぐべき言葉も無之唯御母堂御舍弟の將來は小生共に於て力の及ぶ限り御世話可致候間あとの事は御心配なく屑く御從軍可被成候しかし彌々御從軍と相決候はゞ御出發前に一度御面會致度候が如何なる都合に可相成候や

書かれている内容が内容だけに、二葉亭には珍しい候文である。明治二十七年八月一日、日本は清国に宣戦布告した。

★

二葉亭はなかなかに御しがたい気むつかしさを持ち合わせていたことが、日記を読むうちにわかってきた。決して、『浮雲』の文三は彼の分身そのままでは、なかったのである。明治の男性には稀有なことに、二葉亭には女性を一段高いところから見下ろすような気配がみじんも感じられない。結婚を「立身出世」のひとつの手段として考えようなどという気持は、てんからなかった。そこはまことに好ましいものの、彼は女性を文三のようにいい気持のままにさせておくような心のゆとりを持つことができづらい性格だった。一葉とも無理があったと思う。

○人生の目的

此題にて我心絶えす求むる所を盡したりや

余は平生殆と一瞬の暇《ひま》たもなくもかきくるしむは事實なれとも何故にかく苦しむや　余と雖も正可に知れるにあらす　或は是れ余の私欲去らすして人を妬み己を高ふらむとすれとも意の如くならぬより起ると思ふことあり

また或時は是れ余に主義といふものなくて此世を渡る道定まらされはなりと思ふ事もあり

いつれとも遽に定めかたし……(中略)……

されと苦惱するは我人より劣るを苦しむにてあれは一向に惡心なりとも定むへからす　此進取の氣あれはこそ人は啓發もすれ社會は進歩もすれ若し此心なかりせは愚と拙と陋と鄙とに安

んして毫末も己を高くせんと力むる志振りおこらさるへし
そは兎も角も予か晝となく夜となく苦しむは事實なり
されは予は此苦み若し免れ得へきものにてあれは免れんことを願ひ若し人として免れ得さるものにてあれは之に安せんことを願ふものなり　此願を遂けむと欲せは先つ第一に考へ究むへきは人生の目的なるへし　人生の目的さへ明白に了解し得らるゝ時はよし苦しむともそを忍ふほとの事はなし得へからん　さるか故に今より一向に此事をおもひ究めんとするなり……（後略）
（『落葉のはきよせ　三籠め』）

人生いかに生くべきかについて、ここまで苦しまれると、どうしていいかわからなくなる。息苦しくなるばかりである。出口らしきものがみえてこない。いつまでたっても、堂々めぐりではないかと溜息がでてくる。あの文三がさんざんお勢《せい》にふりまわされて心が散々に乱れる場面で、思わず笑ってしまうのとはからっきし違っていた。文三はどんなに悩み苦しんでいても、最後には明るさが感じられた。

……歎息のみしてゐるので、何故《なぜ》なればお勢を救はうといふ志は有つても、其道を求めかねるから。「どうしたものだらう？」といふ問は日に幾度《いくたび》となく胸に浮ぶが、いつも浮ぶばかりで、答を得ずして消えて仕舞ひ、其跡に殘るものは只不滿足の三字。その不滿足の苦を脱《のが》れようと氣をあせるから、健康《すこやか》な智識は縮んで、出過た妄想《ばうさう》が我から荒出《あれ》し、抑へても抑へ切れなくなツて、遂にはまだどうしてといふ手順をも思附き得ぬうちに、早くもお勢を救ひ得た後の樂しい光景《ありさま》が眼前《めさき》に隱現《ちらつ》き、拂つても去らん事が度々有る。

（『浮雲』第三篇）

このようにいかに妄想がふくらんでも、最後にはそれが楽しいものへとつながっていくところがあった。この文三の健やかさを、二葉亭も持っていたと思う。ところが、『落葉のはきよせ』の中で二葉亭は、もう一方の心の暗さを思う存分吐きだしていた。読みたくない。そう思いながら、無理して読んだ。恐らく死後に公表されるなど思っていなかったのに違いない。乱れた文章である。

ひとことでいえば、二葉亭は『落葉のはきよせ　三籠め』の断片を書き散らしていたころ、身も心も疲労困憊、ノイローゼ状態にいた。明治二十七（一八九四）年二月で終わっているこの乱れたメモのようなものは、二十三年ころから書かれていたらしい。二葉亭は二十三年の一月、新築まもない新宿余丁町の坪内逍遥の家を訪ねた。逍遥の目に、彼はまともな官吏の道を歩きはじめているようにみえた。官報局のトップの高橋健三の人格をほめる一方では、忘年会の座の取持をした老妓のことを、処世の真諦を得ていた、高橋といえども多少の遜色があるとまで激賞したという。高橋健三よりも老妓の方を一段上にみえるところに、二葉亭の屈折した心がかいまみえる。高橋をまことによき先輩と仰ぐだけに、彼が自分をよしとするのはその語学力だけなのだということに、さびしさとやりきれなさを感じていた。何度も繰り返すことながら、二葉亭は決して文学をあきらめていた訳ではなかった。それでなければ、いったい何のための必死の勉強であり、貧民窟の「人生観察」だったのか。『最暗黒の東京』の著者松原岩五郎に向かって、二葉亭は珍しくその心の奥に抱えていたものを打ち明けていた。

……當時又君は哲學問題で苦しんで居られたやうである。自分は懷疑派だと言はれたやうであつた。そしていつも沈鬱悲壯なる態度で、「私はどうしても未だ生存の价値を認めないでゐる。今は左うでもないが此の前一度ピストルを額に當てゝ見た、」と言はれた。

ドストエフスキーの作の梗概を話された時もそんな調子で、主人公ラスコリニコフが少女ソーニヤを威嚇する時の言葉「何の爲に活きてる、いつそ一と思ひにネバ河に飛込んで了ふ氣はないか」といふのだが、この言葉が中々日本語で言ひ顯はせない、ド氏のはまづい文章だが、私にはそのまづいのが一々胸を刺すやうである、」と言はれた。……(後略)(「二葉亭先生追想録」)

はたしてピストルを額に当ててみたのが、いつごろのことだったのか。それははっきりしない。しかし、一見磊落な快男児にみえる二葉亭にとって、死はいつも身近なものだったのだと思うと、心がしんとする。あの『浮雲』のどこに、そのような暗さがあるというのだろう。私は、どこからも感じ取ることができなかった。リストラされた揚句、お勢やその母のお政《まさ》や、こずるい同僚の本田からいかにこけにされても、文三はそれで死のうなどとは考えない。時におろおろと、時にむきになって抗議するだけだった。そこがいじらしくなるのだった。文三の生きる姿勢には、あくまで希望が感じられた。

「文三のようでありたい」

二葉亭は官報局に勤めるようになってからも、懸命にそのことを念じながら生きていたのだと思う。

松原岩五郎は、二葉亭の次のような言葉をはっきりと覚えていた。

「文章は命がけで書いたものでなくば面白くない」

それが持説だったというのである。『浮雲』を命がけで書いている時、二葉亭は書くことこそわが生きる道なのだと実感した。それだけに、ひとまず生活の為にも書くことを休止しようと決めた途端の虚しさは、そのまま死へと向っていくような心地がした。命がけで書いていながら、『浮雲』からはそのような息苦しさが伝わってこない。ひょうひょうとした軽さが、『浮雲』の身上である。道化役の文三は、あくまで観客の読者を笑わせていなくてはいけなかった。自己諧謔《かいぎゃく》の精神は、あのハムレットにつながる。そのような『浮雲』の真価を、はたしてどれだけの人が理解できただろうか。きちんとわかってもらえていないという不安が、二葉亭にいよいよと死を身近なものにさせていったのだと思う。

明治二十三年から二十七年にかけての四年間、二葉亭は官報局でよく仕事をした。意外にも彼は最初のうちは、英字新聞の翻訳を担当していた。英語は殆ど独学であった。厳密にいえば、明治十九年一月、東京商業学校に編入された露語科を退学の後、その年の三月からイギリス人宣教師、更にはアメリカ人女性ミス・バァーンズについて英語を学んだ。翌年にはほんの数ヶ月であったものの、彼女の紹介で桜井女学校の教壇に立つこととなった。「文学論」の講座を持ったという。ミッションスクールの儀礼的な雰囲気にはなじめなかったものの、聖母マリアを思わせる清らかな外国人教師にあこがれの心を抱いたらしい。英字新聞の翻訳をしながら、彼はその女性の美しい横顔を思い浮かべることがあったかもしれなかった。

しかし、彼の本領はあくまでロシア語である。まもなく露字新聞も担当するようになった。二葉亭の官報局勤務時代の、ロシア語を原文とする外報欄掲載項目の一覧表が、岩波書店版・二葉亭四迷全集第五巻に収録されていた。露国東方一覧、露国官報、浦潮斯徳毎週新聞、露国ノウオヱ・ウレーミヤ、露国ノーウオスチ、モスコーフスキヤ・ウヱードモスチ、露国兵事新聞、露国地学協会雑誌、露国大蔵省商工業雑誌、露国大蔵省月報、露国大蔵省商務院月報等がその出典先だという。官報局は、随分と細やかに現地の新聞や雑誌を取り寄せていた。どれも、時のロシア政府のお墨付きを得たもののばかりのように思える。二葉亭が勤務していた明治二十二年八月から明治三十年までの見出しに眼を走らせていると、そこにロシアと日本の関係において重大なニュースが含まれていないことに気付いた。

明治二十四年五月十一日、日本来遊中のロシア皇太子ニコライが、大津で巡査津田三蔵に斬りつけられた事件である。当然日本では、新聞に大きく報道された。

「露国皇太子御遭難

――暴漢は護衛巡査の津田三蔵――」

東京日日新聞の五月十二日付けには、そのような見出しが踊っていた。

当時群馬県の小学校低学年だった生方敏郎《うぶかたとしろう》は、この時のことをはっきり覚えていた。

私が、或る日学校から帰って来ると、父は新聞を見ながら母とその日の出来事を話していた。

「どうも飛んだことをしたものだ。滋賀県の大津で津田三蔵《つださんぞう》という護衛巡査が、露西亜の皇太子殿下に切りつけたというんだが、一体この後どうなるものだろう。飛んでもないことになってしまった」

と父が言えば、母は、

「ほんとうに馬鹿ほど恐いものはありませんね」

と答えた。

それから後しばらくは、世間はその心配話で持ちきっていた。子供同士ですらもその話をした。

(『明治大正見聞史』生方敏郎)

地方であってもそうなのなら、東京ではどんなにかと思うのである。しかしこの事件に関して、何故か二葉亭はどこにも何も書いていなかった。誰かと話している形跡もない。どうしてなのだろう。二葉亭はロシア文学を通して、国民の大半を占める貧しい人たちに同情を寄せていた。アレクサンドル二世が、「人民の意志派」に暗殺されて、まだ十年しかたっていなかった。ロシア各地で、農民運動が激しさを増していた。そのような時に、ニコライは日本へ上陸した。長崎、鹿児島とどこへいっても、最大級のもてなしを受けた。日本の美しい女性に、ニコライはうっとりした。従弟に当るギリシャの皇太子を伴っての旅は、どう考えても、「来遊」という言葉がふさわしかった。二葉亭は、あえて無視したのだろうか。ロシアがシベリア鉄道を布設したのは、東洋侵略のためではないかという日本人のかかった「恐露病」の、二葉亭は患者の一人と松原岩五郎はみていた。

ロシアと言えば、当時世界最大最強の軍国であった。北欧からウラルを越えて広大な北アジアを侵略し、これを東西に貫く鉄道で結ぶ大事業に取り掛っていた。このシベリア鉄道起工式に、皇帝アレクサンダー三世の御名代として、皇太子(ニコライ二世)が出席の途中、日本視察に立寄ったのである。軍艦七隻を従え、鹿児島、長崎を経て関西を巡り、さらに東京から青森に向かい、ウラジオストックに渡る予定になっていた。彼等一行にとって日本は、一小国と言うよりも、東方の新領土に接する点々たる一列島にほかならなかったであろう。人口三千五百万、陸軍六箇師、海軍は殆んど無いに等しい状態であって、彼等の従えて来た軍艦七隻だけでも日本の大脅威だったのである。

(『城下の人』石光真清)

当時近衛歩兵第二連隊第二連隊付きの歩兵少尉だった石光真清《いしみつまきよ》と、二葉亭四迷もほぼ同じようなことを憂えていたのだと思う。明治元年に熊本城下に生まれた石光は、西南の役の折りには稚児髷に朱鞘の刀をさしてとび廻っていたという。ロシアの南下政策に危機を感じた彼は、諜報勤務に身を投じることになる。

いずれにしても、ニコライの額の傷がそんなに深くなかったことは幸いだった。彼自身、そのことを根に持ったりしなかった。それよりも、日本中の人から心配されたことが嬉しかったようである。

五月十三日　水曜日　元気よく陽気に起床し、新しい部屋着である着物を着て散歩した。日本のものはすべて、四月二十九日(露暦で大津事件の日)以前と同じように私の気にいっており、日本人の一人である狂信者がいやな事件を起こしたからといって、善良な日本人に対して少しも腹を立てていない。かつてと同じように日本人のあらゆるすばらしい品物、清潔好き、秩序正しさは、私の気に入っている。また道を行き来する娘たちに遠くから見とれていたことを認めなければならない

(『最後のロシア皇帝　ニコライ二世の日記』保田孝一)

この日記を読むと、ニコライは一個人として日本が好きになっていたのがよくわかる。なかなかの好人物だと思う。惜しまれるのは、彼が帝政ロシアの皇帝という立場にあったことである。後年彼が日本との戦争に乗り気でなかったことは、彼の日記を通してはっきりと伝わってくる。ロシア本国でもこのことが取り上げられなかったのは、わざわざ取り上げて、日露関係を乱したくないという配慮がなされてのことだったとも考えられる。

「日本人は、礼儀正しい」

「日本人は、賢い」

それと似たようなことは、幕末にプチャーチンもいっていた。もしかしたらある時期までのロシアは、日本を「知」の部分で頼りにしたかったのかもしれない。

「日本酒及満洲麦酒醸造業許可規則　五月二〇日
領事館ノ改革　二一日
北太平洋海獣ノ減少　二一日
千八百八十九年貨幣鋳造額　二四日」
このように大津事件の直後も、ロシア側の報道は、外報欄掲載項目の見出しでみる限り、平凡なものばかりが続いていた。二葉亭と違って刻明な日記を付けていた一葉は、「露国皇太子殿下大津に逢難事件費二万四千四百十二円三十五銭四厘」と記している。その感想は書かれていない。周囲が騒いでいる時には、却って冷静でありたいという思いだったのだろうか。
それではこのころ、二葉亭四迷の頭をもっとも占めていた世の中のできごとは、何だったのだろう。ニコライが来日する丁度一年前の明治二十三年四月、植村正久が東京廃娼会を創立した。翌月の二十四日には、全国廃娼同盟会が結成された。そのことに腹を立てていたようなのである。
……君の存娼論、而かも熱烈な存娼主義で、若し基督教の力で日本に廢娼が實行されれば自分は命懸けでぶちこはしてやると言はれたが、其の說の根據を爲したものは某醫博士(獨)の梅毒遺傳說であつた。其内容は今こゝに說明する限りではないが、何でも恐ろしい遺傳梅毒の事を書いたもので、其人の說によると七代まで祟りをするといふ詳しい說明をされた。……(後略)
(「二葉亭先生追想録」松原岩五郎)
この前後に、二葉亭はつねと出合っていた。うら若い彼女も、娼婦といってよかった。二葉亭の頭の中には恐らくつねを知る前から、「職業に貴賎なし、娼婦も立派な仕事だ」という思いが渦巻いていた。『罪と罰』のソーニャが、そうであった。娼婦のソーニャは、あまりにもいじらしくも崇高な女性だった。恐らく、普通の「お嬢さん」の中にはいそうもない。しかし、娼婦の中にもまずいないことに、おく手の二葉亭はなかなか気付かなかった。梅毒遺伝説などというものを信じる気になったのは、そのことを恐れる気持があったからだと思う。しかしここで、キリスト教にかみつくのもいかにも大人げないという気がする。『浮雲』を読んだクリスチャンの巌本《いわもと》善治が、「文三はクリスチャンになると、救われる」というように評したらしい。そんな風に片付けられたくないと、不快に感じていたのかもしれない。

神田駿河台にニコライ堂が開堂したのは、大津事件の二ヶ月前のことだった。このことにも、二葉亭は一切触れていない。東京外国語学校露語科開校前から、ニコライ堂の許でロシア語を学んでいた若者も少くなかった。二葉亭は、彼らからロシア正教の話を聞くことがあっただろうか。

……夕方はまたニコライで夜の祈禱の鐘が鳴った。そのやかましいことはほとんど猛獣が嘯り付くようで、とても宗教の神聖な集会に信徒を集めるベルの音とは聴き取れない位だった。この鐘の音ばかりでなく、ニコライの教会堂はあの駿河台の上にいや高く、四隣を睥睨《へいげい》して立つ如くに見えた。……(中略)……当時の東京ではニコライがただ一つの巨大なる山男の如くに、市民を威圧して見えた。

(『明治大正見聞史』生方敏郎)

はたして、二葉亭もそのように感じたのかどうか、日記にも何も書いていないからわからない。

その後流行歌で、「ああ、ニコライの鐘は鳴る……」とロマンチックに歌われることになる鐘の音が、当初そのようにも思われていたとは意外な気がする。

大津事件が起こる直前、日本全国を不思議な噂がかけめぐっていた。西郷隆盛は実は生きていてロシアに渡り、このたびのニコライ皇太子の訪日に随行して帰国するというものである。そうした噂は、何よりも西郷への根強い民衆の人気に端を発していた。それと共にロシアという隣国の大地を、人々は恐れるばかりでなく親しみを感じていたように思うのである。

西郷のふるさと鹿児島の鹿児島市立博物館には、『露国皇太子上陸の図』の錦絵が収蔵されている。ロシア軍艦を前にして、黒い軍服姿の西郷隆盛と赤い軍服姿のニコライ皇太子が並んで立っていた。片手で帽子をふる西郷は、すらりと細身に描かれていた。実際の西郷は顎鬚を生やしていないのに、絵の中ではたっぷりと顎鬚を生やしているのが面白い。西南戦争から、十年以上の月日がたっていた。大津事件の津田三蔵は、政府軍に伍長として出征した。西郷の帰国を信じた彼は、この時の勲章を剥奪《はくだつ》されると思い込み皇太子に斬りつけたという。絵の中の西郷とニコライは、実の親子のようにも似て感じられた。うら若いニコライが、傍らの西郷に頼りきっているようにも見えるのである。

少年時代に西郷隆盛を崇拝していた二葉亭は、このような生存説をどのように受け止めたのだろう。恐らく二葉亭は、西郷の「征韓論」は、周囲が作り上げたものだということがわからずにいた。西郷が刀も持たず護衛もなく一人で韓国へ話し合いにいきたいと願っていたと知ったら、二葉亭の日露戦争への姿勢は変わっていたと思う。決してロシアとの戦争を早く始めた方がいいなどと考えなかっただろう。二葉亭は西郷を敬愛していた。西郷の生き方には、嘘がないと思った。彼がニコライと共に帰国するようなことがあったらどんなにいいだろうと、夢のように考える一人だった。

★

明治三十二年四月、横山源之助は『日本之下層社会』を、教文館から刊行した。明治四年富山県魚津に生まれた横山が弁護士を志して上京、二葉亭の『浮雲』、更には二葉亭が翻訳したツルゲーネフの『あひびき』、『めぐりあひ』などを熟読した上で、当時神田錦町に下宿していた二葉亭を訪ねたのは、明治二十六年の初夏のことである。

二葉亭は内閣官報局雇員となり、二年目の夏を迎えようとしていた。程なく放浪生活に入った横山は、『最暗黒の東京』の著者松原岩五郎と共に、十歳年上の二葉亭を兄貴分として慕うようになった。慶応二年鳥取生まれの松原は二葉亭より二歳年下、『最暗黒の東京』の刊行は、明治二十六年である。二冊の本は、それぞれ趣きが違う。『日本之下層社会』は、東京に住む貧民の実態調査が中心のレポートという趣きがある。一方『最暗黒の東京』は、筆者自身が貧民窟に住みその日々を淡々と綴ったものであった。どちらから二葉亭を感じるかといったら、当然後者である。二冊共、今岩波文庫で読むことができる。『最暗黒の東京』は、タイトルが恐恐しいものの、中身は意外にのんびりしたところがある。貧民街の暮らしにも、それなりのやすらぎがあったことがよく伝わってくる。

……貧窟探検の記に曰《いわ》く、裏より裏へ貫《ぬ》け、窟《しま》より窟へ入り込みて偶々《たまたま》行き止まりの所に突き当れば、天窓《あたま》を掻《か》きて跡返《あとかえ》りするは、常に拠所《よんどころ》なき処に建《た》てられたるこの社会の総後架《そうこうか》とか言う共同便所なり。（『最暗黒の東京』）

実際には大変な臭気が漂っていたことは察せられるものの、このような描写からは何故か逼迫《ひっぱく》した空気が感じられない。久保田金僊の筆による挿絵が、何とはなしに牧歌的な雰囲気をかもしだしているせいもあった。納屋のような便所の前に立つキツネに似たやせ犬の横顔が、ひょうけた仙人の面持にみえるのだった。明治二十五年からしばらくの間、国民新聞に連載されていたものである。松原にこのような貧民窟の探訪を書くことを勧めたとされる二葉亭も、はたしてこの紙面ののどかさに拍子抜けする思いがしたかもしれない。

「貧民窟から、第二の明治維新の光を見い出せないものだろうか」

二葉亭は、そのように思い続けていた。ロシアのナロードニキが農民の中へ入っていったように、彼もあえて貧民窟に身を置こうとした。明治二十六年初頭に結婚したつねとも、そのような場所の延長で出合ったのである。

……私のは、普通の文學者的に文學を愛好したといふんぢやない。寧ろロシアの文學者が取扱ふ問題、即ち社會現象――これに對しては、東洋豪傑流の肌ではまるで頭に無かつたことなんだが――を文學上から觀察し、解剖し、豫見したりするのが非常に趣味のあることゝなつたのである。で、面白いといふことは唯だ趣味の話に止まるが、その趣味が思想となつて來たのが卽ち社會主義《ソシアリズム》である。

だから、早く云つて見れば、文學と接觸して摩れ〳〵になつて來るけれども、それが始めは文學に入らないで、先づ社會主義に入つて來た。つまり文學趣味に激成されて社會主義になつたのだ。で、社會主義といふことは、實社會に對する態度をいふのだが、同時にまた、一方において、人生に對する態度、乃至は人間の運命とか何とか彼とかいふ哲學的趣味も起つて來た。が、最初の頃は純粹に哲學的では無かつた——寧ろ文明批評とでもいふやうなもので、それが一方に在る。そして、現世の組織、制度に對しては社會主義が他方に在る。と、まあ、源《もと》は一つだけれども、こんな風に別れて來てゐたんだ。

（『予が半生の懺悔』）

二葉亭は、あくまで江戸の尾張藩の上屋敷で生まれた武士の子だった。東京の貧民窟をナロードニキになった心地で地下足袋に半纏《はんてん》姿で歩くことはあっても、農村に足を踏み入れたことはなかった。彼の農村のイメージは、小説の中のロシアの大地にあった。実感を伴ったものではなかった。ここに、二葉亭四迷の大いなる盲点があったと思う。どうして、日本の農村のことをもっと考えてみようとしなかったのだろう。名古屋と東京、それぞれの育った町への愛着が、人一倍強かったのだと思う。ナロードニキにあこがれる二葉亭が、貧民窟と共に農村へと足を踏み入れることに思い到らなかったのは残念である。

……文學上では私は寫實主義を執《と》つてゐた。それも研究の結果寫實主義を是《ぜ》として寫實主義を執《とつ》たのではなくて、私の性格では勢ひ寫實主義に傾かざるを得なかつたのだ。……

（『平凡』四十八）

実際、それゆえに二葉亭の小説には農村風景が描かれたことはなかった。貧民窟へと流れていった人の多くが、食べていくことが困難になった農民であったことに、きちんと気付いていた筈なのに。明治三十一年、日清戦後の大増税に反対した田中正造は議会闘争に失望、農民の中へ入っていった。足尾銅山の鉱毒被害が拡がっていた。その年の日記に、正造はこのように書いている。

「一月三十日
雲竜寺に委員集会あり。席上演説す、いわく予は一昨年十一月、東京進歩党事務所にて某氏より忠告せられ、今日の大問題あり鉱毒事件の如き一局部の問題に汲汲たるべからずと。予は答えていわく、曾我兄弟は父の仇のために終生をおわれり、佐倉宗五郎は人民のために死せり、いわんや鉱毒問題のごとき、三十万の人民四万町の被害のごとき、けっして区々たるの問題にあらず。いたずらに猟官に汲々たるものの眼中、問題の大小を選ぶの暇なからんと断言せしことあり云々」

「四月二日
東京芝浦の塩湯に養生す、一月以来の病苦いささか補うあり。

一声高く、ああ関東は不平なり、
と呼びたり。
声立てよ、ああ関東は不幸なり。
国民は、法律師の奴隷たるべからず。被害民は被害地を指して、我はこの国土の所有主たる事を忘るべからず」

その一年前、三十年三月四日の東京日日新聞には、次のような見出しが踊っていた。「足尾銅山被害民大挙上京　大部分は途中に喰ひ止められ、八百余名入京して必死の請願運動」。館林、佐野、古河などの渡良瀬川沿岸の鉱毒被害地の農民は脚絆に草鞋素跣の形装に、竹槍席旗を担いでいたという。こうした報道に、二葉亭が何も感じなかった筈はない。毎日新聞では木下尚江が、萬朝報《よろずちょうほう》では幸徳秋水、内村鑑三が事件を熱心に報道していた。松原岩五郎も、明治三十年五月に、足尾銅山探訪記を含む『社会百方面』を出版した。さてそのころの二葉亭四迷は、この重大な問題についてどこにも何も書いていないようなのである。これは、どうしたことだろう。そのころの彼の心は、つねとの復縁同棲問題でちぢに乱れていた。既にその前年の二十九年二月には、離婚届をだした相手である。ぐずぐずと思い切ることのできないところは、『浮雲』の文三《ぶんぞう》そのものだった。最初からつねとの結婚に反対していた両親は、一人息子のあまりのふがいなさが我慢ならなかった。その嘆きを、母の志津はたえまなく坪内逍遥に訴えにでかけた。逍遥は、へきえきしていたようである。一方の二葉亭も、どうすることもできない心の揺れをそのまま逍遥への手紙の中にぶちまけていた。

十一月七日
最後のフロホーサルとハ復縁同棲の件にて固より同棲に重きを置きたる次第に候別居ハ死すとも出來不申候　このフロホーサルに不同意とならハ小生のモーラル　ライフも最早是迄に候しかとしたる兩親の決答を御聞取御一報被下度奉願候草々不一　長谷川生　坪内大兄

十一月七日以後
小生の最後のプロポーサルにハ親共ハ飽まで不同意に候や否や明日愚父參堂いたし候せつしかとしたる所を御聞取御一報被下度奉願候若し曖昧なる返答に候はゝ親共ハ小生の意見に飽まで不同意のことと見做し最後の覺悟をいたすへく候間其邊篤と御申聞斷然たる決答をいたすやう御申聞けられ度候　草々不一　長谷川辰之助　坪内大兄

二葉亭と彼の両親に挟まれての逍遥の心痛は、如何ばかりであったろう。「別居ハ死すとも出來不申候」と主張した二葉亭は、官報局の退職を心に決めていた。正式な退職は、その年も押し迫った十二月二十七日であった。官報局局長の高橋健三が辞任をして、その下にいた二葉亭の外国語学校時代の恩師古川常一郎もいなくなった。そもそも二葉亭が官報局に入ったのは、古川の紹介によるものだった。それまでの局の自由な風通しはいっぺんに悪くなり、たまらず辞表をだしてしまった。かねてから念願の満州か朝鮮へとんでいきたくなった。その為の軍資金に、父の吉数の公債券を借りだそうとした。退職金は、つねとのごたごたのうちに使いはたしてしまっていたようである。両親が激怒したのも、無理からぬことだった。二葉亭の切迫した手紙を読んで、逍遥は大急ぎで神田錦町の彼の下宿屋へ人力車を走らせた。二葉亭は眉間に深い二縦線を刻み出しながら、静かな声で日本を離れる決意を語ったという。

十二月(日不明)

今晩父に面會いたし親しく眞情より出たる言葉を聞き小生も泣申候小生の主義貫徹したりとは思はれす候へと小生のDespairを目撃し大兄の深切なる忠告に動かされ始て親子の情か働きたりと存し候

小生ハ最早是丈にて滿足なりと存候目的もなくして東京を去ることだけハおもひ止り申候大兄の御忠告の如何に深切なりしかハ今晩父の口上にて合點かまゐり候　今更改めて御礼は不申候へと小生生れて始てかゝる嬉しきおもひをいたし候

只今ハまたいろ〳〵に迷ひをり候へと兎に角最早大に落着申候いつれ明晩御邪魔に可罷出候間其節御相談を願度候　早々　長生　坪内大兄

逍遥へのしみじみとした感謝の念が伝わってくる。吉数の前で、逍遥は二葉亭のゆくすえを思って涙ぐんでしまった。その姿に、吉数は感激したのである。しかし日本にふみとどまった二葉亭の胸に、翌三十一年は、次々と大きな激震が走ることになった。その年の初め、つねの生んだ三番目の赤ん坊は、二葉亭の子供ではなかった。そのことを、彼は逍遥への手紙の中にも「つねの不始末」として触れている。この一件により、二葉亭のつねへの迷いの雲は一度に晴れることになった。

一産れたる兒は里にやること
一つねハ乳母奉公に出すこと

二葉亭は、月日不明の手紙の中でそのように書いた。まずは冷静に、問題を解決していっているように思われた。しかし、やはり月日不明の別の手紙では、寝てもさめても「死」のことが気になっていると告白した。苦悩の只中の三月から、陸軍大学校露語学校教授嘱託となるものの、一ヶ月もたたないうちに急性膝関節にかかり、四月にはやめることになった。しばらくの間、ツルゲーネフの短編の翻訳だけを仕事としていた。海軍省編修書記となったのは、十一月二十二日のことである。その四日後、駿河台の病院に入院中の父吉数が死去した。六十一歳の父の死は、二葉亭の心にぽっかりと大きな穴をあけてしまった。予期せぬ死であったようである。二十六日より前の逍遥への手紙の中では、自分のからだのことばかりを心配していた。

「兩親なき後は運命に對して屹度此の返報ハいたさむと存候」

そんなことを、書いているのだった。両親がいる間は、おいそれと高飛びもできなかった。せめてロシア領に近い北海道あたりで仕事をしてみたいと思った。北海道の新聞社と関係を持ちたいと、これも逍遥宛ての手紙の中に書いていた。もしそれが実現していたら、二葉亭の心は生き返ったようにのびやかなものへとなっていったことだろう。大地の現実に触れて、新しい小説が生まれたかもしれない。ところが父の死という重い現実にぶつかると、北海道ゆきの気持はいっぺんにしぼんでいったようである。

明治三十二年九月から東京外国語学校教授となった。横山源之助が『日本之下層社会』を刊行した年である。そのころの文章で、二葉亭は一切この本のことについて触れていなかった。一方横山の本は、データを蒐集するに当って世話になったという島田三郎の序から、始まっていた。どうして、恩人の二葉亭が序文を書かなかったのだろう。何となく釈然としないものがある。いずれにしても、この本は第一編が東京の貧民状態に始まり、職人社会、新たな機械工場の労働者から農家の小作人の現状と細やかに分類・調査されているのだった。第三章の現時の社会運動の頁には、日清戦争後の社会の変化が刻明に書かれていて興味深かった。

……戰爭の影響を擧ぐれば一に工業のみにあらず、有らゆる方面に影響ありたり。經濟上、思想上種々の影響ありしが如し、思想界に於て日本主義世界主義の名稱出でたる戰爭の影響にあらざるか、人情頽廢、風俗日に〳〵紊れゆくを見るも其の近因を求めば同じく戰爭の影響なるべし、若くは現時の政黨者流が私利に趨り賄賂公行するを見るも、同じく戰爭の結果社會一般物質に傾きたる影響にあらずとせんや、然れども之を我が勞働社會の上より言へば、最も工業社會の發達は著しく覺ゆ、果然、二十九年に至りて職工横奪てふ珍異なる現象を示せり、工場條例の編成を促せり、物價暴騰の一事實加はりて同盟罷工行はれたり。勞働組合は組織せられたり。

加之、物價の騰貴は貧民問題を喚起し、國費の膨脹は地租增徵となり、方さに小作人問題を喚起せんとす、帝國議會以前は重もに風俗・習慣・社交・若くは向上なる人種の上に改良論行はれたりしなり、然るに日清戰役以來は經濟社會は社會の中心と爲り、物質文明の發達と共に西洋諸國と同じく全く經濟組織の缺陷に對する社會問題行はれんとす、社會問題の史上に於ては方さに一段の進歩を示せるものと見るべきか、項を別ちて今日の社會問題に就き少しく觀たる儘を記るすべし……。

（『日本之下層社会』）

さすがはよく日清戦争後に起きた日本の現実を捉えていると思う。ところで二葉亭の関係する文学の世界においても、この時期大きな節目を迎えていた。尾崎紅葉の『金色夜叉』が明治三十年元日から、読売新聞紙上に登場した。

「来年の今月今夜、僕の涙で必ず月は曇らして見せる」

『浮雲』の文三にはとても恥ずかしくていえっこないようなキザな一言に、たくさんの読者の心がすい寄せられた。一人の人間の心を掘り下げていくという二葉亭の『浮雲』のすばらしさは、まだ当時の日本人には理解しづらいものだった。いかにも涙を誘うような物語と共に、田山花袋《かたい》の『蒲団』

に代表される現実そのままの私小説が、文学としてよしとされるようになっていた。一方で、明治二十年ごろから、黒岩涙香《るいこう》の翻案探偵小説が次々と登場した。

「『舞姫』、『細君』の時代は、夢の如く去り」とは、徳富蘇峰の言葉だった。森鷗外の『舞姫』、坪内逍遥の『細君』は、限られたインテリの間でのみ読まれていた。『金色夜叉』の読者数とは、あまりにも違いがあった。それにしても蘇峰は、どうして夢の如く去った作品の中に、『浮雲』を入れなかったのだろう。あの作品を、軽くみていたからなのに違いなかった。作者の二葉亭のことも、煙たくて嫌いだった。国民新聞への入社も、やんわりと断っていた。松原岩五郎の方は、国民新聞文芸部長に抜擢した。明治三十年五月のことである。しかし松原も、翌三十一年には罷免された。そうしたどのようなことにも、もはや二葉亭は無関心でいられたかもしれない。ロシアの満州・朝鮮への侵攻で頭がいっぱいになった。いよいよこのままでは、日本が危いと思った。明治三十五年五月、東京外国語学校教授を辞職した二葉亭は、ウラジオストックからハルビンへと向かう。ハルビンの徳永商店と顧問になる契約を結んでいた。

……まづ骨を黒龍江邊か松花江畔か又は長白山下に埋める考にて出掛け候ゆえよし時には日本に歸り候とも最早日本に在りて生活する考は御座無候六十有餘の老母を棄て十歳未滿の男女の子供を棄てかやうの考を起したるはまことに狂氣染みたる次第なれとも時勢は遂に小生をして狂を發せしめたりとも申さん

明治三十五年の二月二十三日、奥野小太郎に宛てたこの手紙を書きながら、二葉亭は声を上げて泣いたように思う。

★

満洲の野に骨を埋める覚悟でいた二葉亭が、北京から日本へ戻ってきたのは、明治三十六(一九〇三)年七月二十一日のことである。どうにも不本意な早過ぎる帰国となった。東京外国語学校教授を辞職してハルビンへ向かったのは、前の年の五月初めのことだった。ウラジオストックを経由して六月十日にはハルビンに入ったものの、そこで当てにしていた徳永商会での仕事は不首尾に終わった。九月初旬にはハルビンを出発して、旅順へと旅立つ。最終の目的地の北京に着いたのは、十月七日である。外国語学校時代の同窓の川島浪速が、当地で警務学堂の学監(警察学校の校長)をしていた。後年彼は、川島芳子の養父として知られるようになる。その川島の下で、二葉亭は提調というポストを与えられた。警務学堂の経営方面の責任者である。しかしその重いポストは、七ヶ月と持たなかった。

「拝啓彌〻大破裂　辭職と決心いたし候　此十五六日の船にて歸朝いたすべく候　歸朝後の身の振方は御迷惑なから御盡力を以て南清あたりの學堂へ教師として赴くかさなくは涙を揮つて家族の始末を付け身軽になつて論壇に上り最後の死物狂をやるか二ツ一ツと覺悟を極め候　委細ハ拝眉の折

に譲り取敢へすこれたけ御報申上候　草々　辰　雄仁兄」

三十六年七月六日頃の、坪内逍遥に宛てた手紙である。逍遥の本名は、雄蔵だった。「家族の始末を付け」とあるのに、どきりとさせられる。しかし、考えてみれば出発間際の奥野小太郎に宛てた手紙の中にも、「六十有餘の老母を棄て十歳未滿の男女の子供を棄て……」とあった。ところが実際には、現地からの仕送りを欠かさなかった。二月八日の逍遥への手紙の中で、二葉亭は既に川島とは気が合わないことを告白していた。語学校の清語科出身の彼は、漢学で固まった貴族主義、こちらは洋学まじりの平民主義、その衝突だとした。

二葉亭は満洲で商売をしたいと考えていた。ウラジオストックでエスペラント語を学ぶきっかけを得たものの、商売とは全く無縁である。世界共通の言語が、世界平和の土台になると考えた。日本で初めてエスペラント語の教科書は、長谷川二葉亭著『世界語（エスペラント）』として、明治二十九年刊行された。

二葉亭は、文学の革命家だった。実生活でも、彼はそうなることを夢みていた。家族を捨て、大学教授という職を捨て、いざ大陸へととびだしたところが、一年しかたたないうちに戻ってくることになるとは、あまりにも面目なかった。

たゝ一人母守る我を子雀のちゝよとなくを聞けはかなしき（母一人子一人の身をむら雀ちゝよ〳〵となくそわびしき）

明治三十七、八年の手帳に二葉亭は、このような短歌めいたものを書いていた。息子の愚痴をいい募る母の志津を、いかに疎ましく思っても、父の吉数も空の上の今、母のことが思われてならなかった。彼には、やはり革命家は向いていなかったと思う。

明治三十七年二月、日露戦争が勃発した。二葉亭が大阪朝日新聞に東京出張員という名目で入社が決まったのは、その年の三月のことである。ロシア通というところが、見込まれてのことかもしれない。二葉亭は、ロシアの南下を心配するあまり、早くこの戦争を始めた方がよいと考えていた。このままいけば日本は滅亡するより他はない、戦は必ずやるだろうと松原岩五郎にも話していたという。旅順は、なかなか落ちないだろう。落ちるまでには、十万人くらい殺す覚悟がいると話した。それは、その通りになった。開戦の翌年の明治三十八年一月十六日から二月十五日まで、大阪朝日新聞に断続的に掲載された「満洲実業案内」は、この旅順陥落のニュースから始まっていた。

……陥落は陥落しても豫想通りでは無かつたといふのが事實である。其他西伯利亜《シベリア》鐵道の輸送力にしても、波羅的《バルチック》艦隊の來航にしても、豫想通でない事は澤山ある。……(中略)……今度の戰爭は必ず勝つと高を括つて始めた戰爭ではない、勝つ勝たぬは第二の問題として先以て萬止むを得ぬから始めた戰爭だ。露國が滿洲に盤踞しては東洋の平和は保たれぬ、從つて我國家の存在も危くなる、ソコデ撤兵を迫つた、何の彼のとて撤兵せぬ、撤兵せぬとて此儘に棄置いては、日本はもう手も足も出ぬことになる、自滅するより外はない、えゝ已むを得ぬと引抜いた二尺八寸鬭の何某だ。勿論罷り間違つたら敵と刺違へて死ぬほどの決心はあつた、……（後略）

やむにやまれぬ専守防衛の戦争であるということなのだろう。しかし満洲は、日本の国のものではない。同じ東洋の国といっても、他国の土地であった。そこを日本の国のものにしてしまおうというのは、いかにも厚かましい。トルストイは、自分が住んでいるわけでもない国土を防衛すべきであるとすることの罪を説いた。ロンドンタイムスに寄稿した『日露戦争論』に、そのことがでてくる。明治三十七年六月二十七日付けの紙面である。

日本人《にほんじん》を満洲《まんしう》に入《い》らしめず、又之《またこれ》を朝鮮《てうせん》より追出《おひいだ》さんとするには、一萬人《まんにん》どころに非《あら》ず、五萬以上《まんいじやう》の生命《せいめい》は無論必要《むろんひつよう》なり、余《よ》はニコラス二世やクロパトキンがデイビッチの如《ごと》く、「露西《ろし》亞側《あがは》だけにて五萬《まん》の生命《せいめい》を棄《す》つれば足《た》れり、只是丈《たゞこれだけ》の事《こと》のみ、是丈《これだけ》の事《こと》のみ」と言《い》ひしや否《いな》やを知《し》らず、然《しか》れども彼等《かれら》は斯《か》く考《かんが》ふるの外《ほか》なし、彼等《かれら》の爲《な》す所《ところ》は即《すなは》ちそを語《かた》りつゝあり、

（平民社訳）

はたして、二葉亭はこうした部分を、どのような思いで読んだのだろうか。トルストイの『日露戦争論』は、日本でも同じ年の八月に、平民新聞に続いて東京朝日新聞でも十五回に渡り掲載されるようになった。もし二葉亭がしっかりと読んでいたとすれば、旅順攻略で十万の生命が殺されると口にしたことに、胸の痛みを感じたのに違いなかった。「満洲実業案内」の冒頭の文章には、どこ

かそのような心の苦しさもほのみえる気がするのだった。「案内」といいながらその中味も、実は満洲が日本のものになってからが大変ですよという一語に尽きるのである。

満洲は土地の面積からしてよくわからない。ただ広くて自然未墾地が多い。農業には問題がある。南満洲はかなり野菜が出来るところもあるものの毎年の河の氾濫、地味が甚しく不同、海岸近くには沼地が多く、不毛の地であるというような解説が続く。日本軍の占領した区域は大したものに相違ないものの、作地は総面積の十分の一だとする。北満洲も農地の発達はまず期し難い地方であると結んでいる。満洲で黍《きび》類豆類に次いで多く作られるのは、阿片の原料たる罌粟《けし》だという。阿片の害を思うと、このような栽培に手を染めたいと考える日本人がはたしていたのかどうか、疑問に思う。二葉亭のこの連載は、結局完結をみなかった。あるがままのリポートを書くうちに、二葉亭の胸には日本が満洲を放棄することこそ正しいという思いがふつふつとわいてきたのではないだろうか。「ロシア人には何の権利もない他人の土地、もともと正当な所有者から不法に略奪した土地」というトルストイの言葉は、そのまま「日本人」として置き換えられるのだった。日本人だから許されるなどということは決してないことに、ここへきて二葉亭ははたと気づいたように思う。しかしそうだからといって、すぐさまトルストイを信奉する気持にはなれなかった。

「トルストイはひとりよがりの哲人也、トルストイは己れの logics ヲ信シ其上ニ信仰ヲ安置ス……(後略)」。明治三十八、九年の頃の手帳に書かれたトルストイの覚え書きは、決して悪口にはなっていないと思う。ひとりよがりの哲人とは、実は二葉亭にもそのようなところがあったからである。

当時トルストイは、ロシア本国のみならず、全世界中に熱烈なる信奉者がいた。小説家の徳冨蘆花も、その一人だった。蘆花は小説『不如帰《ほととぎす》』を、兄の蘇峰の国民新聞に連載した。明治三十一年十一月末から、翌三十二年五月にかけてのことである。日清戦争終結と日露戦争勃発の危機をはらんだ時期に発表されたこの小説は、それからの十年の長きに渡って空前のベストセラーとなった。大山巖元帥の娘信子が、小説のモデルとされていた。重い胸の病いにかかったヒロインが新婚の夫に向かって、「生きたいわ！　千年も万年も生きたいわ！」と泣きながらいうシーンが、当時の人の涙を誘った。嫁いびりをされるヒロインは、どこまでも悲劇の女性として描かれていた。あくまで受身の立場にいてこその悲劇だった。そこが、トルストイの『アンナカレーニナ』のアンナとは違っていた。人妻の彼女は、どうしても押さえることのできない自らの熱情で、若き男性の胸へととびこんでいく。二葉亭が好きなのは、アンナの方に違いなかった。多くのトルストイファンは、彼の道徳的な面に惹かれているように二葉亭には思われた。二葉亭は、いわゆる道徳なるものに反感を覚えていた。日露戦争後の二葉亭は、軍人が勢力を持ちだしたことが古い道徳を持ち上げているように感じた。戦争未亡人に、深く同情を抱いた。「貞婦両夫に見《まみ》えず」という考えを捨てて、生活苦の未亡人は再婚すべしと明言した。

実は蘆花も熱情の人だった。大逆事件の折りの「謀叛論」には、謀反人十二名を殺した時の政府への怒りを爆発させていた。その五年前の明治三十九（一九〇六）年、モスクワ郊外のトルストイの家を訪問したころの彼は、「土に生きよ」というトルストイの言葉通りに生きたいと真剣だった。熊本の庄屋の家に生まれた蘆花に、土は身近にあった。しかし町育ちの武士の子の二葉亭には、土への思い入れがなかった。あえてトルストイに背を向けようとしたところに、四十歳を迎えた二葉亭の変わらない若さの突っぱりを感じる。しかし悲願のペテルブルグで、四十五歳の二葉亭が最後に考えたのは、ロシアの農業問題だった。それが遺稿となった。

叉農民ニ關スル現今ノ不完全ナル法律ノ下ニ在リテハ、村落生活ノ數多ノ方面ニ於テ多少效力アル改善ヲ爲サンコト殆ト難シ、或地方ニ於テハ農民ノ所有地小ニ過キタレハ此弊ヲ矯正セサルヘカラス、簡便ナル信用制度ヲ設定セサルヘカラス、農產物ヲ賣却スル方法ヲ改良セサルヘカラス、總テ此等ノ事叉其他數多ノ問題ノタメニハ、政府モ多年來大ニ其精神ヲ勞シ、爲ニ續々法律ヲ制定シタリ、然レトモ農民ノ經濟上ノ生活ヲ改良セントシテ制定シタル此等法律ノ效果ヲ唯好結果ヲ收メントスル空望ニ止メス、實際ニ於テ多少ノ利益アラシメントト欲セハ、此等ノ法律ヲシテ〔下文缺〕

前文が欠けたこの文章は、大変に読みづらい。ロシア人の評論家の固い文章のむつかしい翻訳としか思われないものが、終わりの方になってようやく二葉亭の文章の感じがしてくる。つまり頭へすっと入るようになった。ロシアの農村は、これからどうなっていくのか。どうしたら、いいのか。農民は、法律によってもっと守られなくてはいけない。農民を守るための更なるよい法律をという二葉亭の祈りは、あの千葉卓三郎が起草した「五日市憲法」の中の、国法は国民を保護しなくてはならないという条文につながっていた。明治四十二年四月までの九ヶ月足らずの滞在中も、たえずそのことが頭から離れなかった。ストルイピンが首相の時代である。彼は、農民一人一人の考えにより土地をそれまでの共同体的所有から個人的所有に変えることを認めた。そのことにより、広大な土地を手にすることのできる富裕農と貧農の格差が生まれた。農奴制があったころよりはましになったというものの、貧しい農民の苦しさが続いていたのである。しかし、農業の改革が進み、ロシアの農作物の輸出高が大きくなっていったことは確かだった。二葉亭はロシア特派員に着任早々、ペテルブルグ郊外のメドヴェージ村にでかけた。ロシア発祥の地のひとつノヴゴロドにも近いその村の広大な敷地の中に、大きな煉瓦作りの日本人の捕虜収容所があった。二葉亭が初めてその時みたロシアの村の印象は、意外にも明るいものだったように思う。日露戦争が終わって、三年目の夏だった。捕虜は、当時のハーグ条約によりきちんと処遇されていたことがわかった。そもそもこの村は、一八二五年アレクサンドル一世の時代にできた屯田兵の村だった。それから十年近くたって、今度はツアーリ軍の村となった。軍の村であると共に、人々は麻栽培と畜産に励んでいた。一方で収容所の入口で、「パンの皮と肉片を売ってくれ」と叫ぶ人の群れがあったというから、貧しい農民も少なからずいたのだろう。私は二葉亭がたった一度ペテルブルグを離れて足を踏み入れた村に、是非いってみたいと思った。

日本語に訳すと「熊」となるらしいメドヴェージ村まで、ペテルブルグ市内から車でおよそ三時間半位かかっただろうか。村といっても、畑らしい畑がなかなかみえてこなかった。これは、どうしたことだろう。あのロシアの大地は、ひっそりと姿を隠しているような気がした。ロシアという国の自給率は、今驚く程低い。野菜や果物は、殆ど他国からの輸入でまかなっている。その地方によって違いはあるというものの、大半の畑は、耕されることのないまま放置の状態が続いているようだった。そうすることで、ロシアの経済はよい方向に向かっていると考えられていた。ロシアはお金持ちの国になるために、もっとも大切な大地を見失うようになってしまってはいないだろうか。TPP交渉を妥結した日本も、このままでいくと同じことになりそうな気配がする。

突然乗っていた車の横に、巨大な白樺の木がみえてきた。木の地肌は、明らかに白樺のものだった。しかしそれは、もはやお化けの木であった。畑に放置されたまま、かつてのあの寒冷の地の中をけなげに息づく木の美しさは変えられてしまった。

「昔この村は、ヨーロッパの村の中で二番目にチーズがおいしい村として表彰されたことがあります。そのころに、これから少しづつ戻していきたいと思います」

メドヴェージ村の女性村長マリヤさんは、そのように話して下さった。私より頭ひとつ大きくふくよかな愛らしい彼女の言葉に、ほのかな希望を感じた。私は気付かなかったけれど、村にはほんの少数ながら、有機農法の畑を耕しだした人もいるらしかった。恐らくこの村でチーズ作りが盛んだったころに、二葉亭はやってきたのだろう。やがて革命が起こり、その後には長いスターリンの時代がやってきた。独ソ戦では、ドイツ軍によりこの村は殲滅《せんめつ》されてしまった。今でも村の教会は焼け焦がれた状態のまま残されていた。埋もれた人骨が、つい数日前にも道路の下からでてきたという。村のチーズ作りは、戦争により絶えてしまったのだと思う。

メドヴェージ村では、ついに男性に出会うことがなかった。村長さんも自転車に乗って村長室に現れた郷土博物館長も、前館長のユリヤさんもすべてレディばかりであった。取材にみえた地方新聞の記者も、中年の女性だった。優しい笑みを絶やさない前館長のご主人は、家で一人ウォッカを飲んでいるらしかった。彼は一年に数回村の急な岩場で、コケモモを摘むことを仕事としていた。それで得たお金の方が、博物館館長のユリヤさんの仕事の年収よりも多かったという。

二葉亭四迷は、私がメドヴェージ村で出合ったどの働く女性にも敬愛の念を抱いたのに違いなかった。彼は下宿のアパートの門番の娘二人と友だちになった。二人をつれて、芝居見物にでかけることもあったらしい。姉の方が二葉亭の恋人だったのではないかともいわれているが、私はそうではないと思う。十代の私が好きになった、あのペテルブルグで写したという写真の黒い毛皮の帽子には、「尊き娘達に贈る」と書かれてあった。金持ちの娘ではない、働く労働者の娘だから「尊き」と書いたのである。二人を通して、彼は日本の二人の少女を思い出すことがあったかもしれない。

明治三十九年六月に物集《もずめ》芳子、和子という姉妹が島村抱月の紹介状と共に弟子として訪れるようになった。高名な国語学者の物集高見を父に持つ二人は、文学にあこがれていた。芳子は十七歳、和子は十五歳という若さだった。二葉亭は若い二人の話をどんなにつまらないことでも真面目に熱心に耳を傾けていたと、芳子は回想する。

「……先生はふとこんなことを訊かれました。

『芳子さん、あなたや和子さんが私の家へ来ることを、あなたのお父さん、ご承知ですか』

『父は知りません。内緒です。小説を書くと叱られますから』

先生は深くうなずかれ、

『あ、あ、もう、そう云う時代が来たんですね、親に内緒で子供が行動する、自由に――』

感慨深くじいと見られたその面影が私の眼底に今なお灼きついています」


はつらつとした二人をみていると、いつのまにか二葉亭の心も晴れていくようだった。この頃、彼は「四迷」を「四明」という筆名にしていた。二葉亭は芳子に、こう語りかけたことがあったという。

「酒に酔って胡麻化しているうちはまだいいのです。酔うことを出来ない、どうすることも出来ない人間の苦しみ――、生きてゆく苦しみを知って、始めてほんとの小説が書けるんです」

（物集和子『二葉亭先生について』）

日露戦争が終わってからも、彼の悩みは続いていた。これ以上戦争を続けていたら、日本は絶対に負けることは明らかだった。ロシア側はそれがわかっているからこそ、賠償金をださなかった。イギリスとアメリカという大国に支えられて、息もたえだえになりながら、何とか停戦に持ち込むことができた。政府はその事情を、堂々と国民に説明することを怠っていた。あと十年もしたら、ロシアの方から宣戦布告をしてくるかもしれない。その時こそ、日本は滅亡する。そうしたことがよくわかっていない国民が情なかった。

戦争を前後にして、急激にロシア排斥の声が高まっていた。「露探《ろたん》」という言葉が、新聞の紙面に踊るようになった。ロシアのスパイを意味するこの言葉には、陰湿な響きがあると思う。「恐露病」にはどこか笑えるところがあっても、「露探」となると暗く重い闇が広がっていくような気配がした。明治四十年八月の白昼、東京芝公園で「露探」とも「売国奴」とも名指しされていた前田清次が刺殺された。死してなお、前田を誹謗する記事が連日のように新聞紙面に踊った。前田は、二葉亭の外国語学校教授時代の教え子だった。八月十五日付けの新聞には、二葉亭の談話が載っている。前田は事件の起こる一週間前に、二葉亭の家を訪ねていた。ウラジオストックの東洋学院の日本語教師だった前田は、戦争中も日本に戻ろうとしなかった。ロシアに帰化申請をだしていたことも、「露探」を疑われる原因になった。自分にはまったく身に覚えがないと二葉亭に訴える前田は、顔面土色で切迫した様子だったという。二葉亭の談話は、前田が話した内容をそのまま伝えることに終始していた。

前田刺殺の他の記事が、加害者よりも被害者の前田を責めたてているというおかしなものだけに、二葉亭のそのような答え方のまともさが際立つのだった。しかし二葉亭はインタビューに答えながら、内心恐怖にからだがふるえていたかもしれない。いつ、今度は自分が「露探」ではないかと、騒ぎたてられる心配があった。日露戦争が始まった当座、あのままウラジオストックあたりにいてもよかったという思いが頭をかすめていた。ペテルブルグまでもいってしまいたいという思いは、たえずあった筈である。二葉亭には、スパイは無理だった。あまりにも正直でありすぎた。ハルビンで写真館を経営しながら日本軍のスパイ活動を続けていた石光眞清とも、二葉亭はウマが合わなかったようである。

「〝露探〟などという言葉を吹き飛ばすような思い切ったロマンスを、何とかして書いてみたい」。二葉亭は、芳子と和子の真っ直ぐなまなざしをみつめながらそう心に誓った。明治三十九年十月十日から十二月三十一日にかけて連載した『其面影』は、すばらしいロマンスとなった。ヒロインの小《さ》夜《よ》子《こ》が、見事に自分の考えを持つ女性なのである。姉の夫の小野哲也と恋に落ちた小夜子は、その恋心を押さえて哲也に話しかける。

> ……世の中には私より最《も》つと最つと不幸な人が澤山有るでせう？　然《さ》ういふ人達の爲に働いて戴きたいのですが、不好《いけない》でせうか？　兄様が奮發なさりや、如何《どん》な事だつて出來ない事はないと思ふわ。ですから、然《さ》うして兄様が其《そん》様な不幸な人達に同情して働いて下さりや、私姉様には誠に濟まない事をしてゐるのですけど、兄様のお蔭で間接に大變な慈善をする事になりますから、幾分か罪が輕くなるかと思ひますわ。然《さ》うでなくつて、若《もし》兄様が私一人に盡して下さるんだと、私は唯姉様の大事な方《かた》を奪《と》つたゞけの事になつて了つて、如何《どう》しても安心して居られませんから

小夜子は、恋にさめた女性だというみかたもできそうである。しかし私は、そうは思わない。本気で恋をすればこそ、恋よりも大切なものがあることに気付いたのだと思う。恋は、二人だけの世界にはまりこむことになる。他のものが何もみえなくなるのは、はたしていいことだろうか。それよりも、多くの他者への愛へと拡げていきたい。小夜子はクリスチャンだった。ここへきて二葉亭の胸の中にキリスト教への親しみが自然にわいてきたのだと思う。作者の二葉亭自身が、小夜子になっていた。『浮雲』の文三《ぶんぞう》に似て気弱な哲也は、小夜子の言葉に「ありがとう」とうなずきながら、しかしそれを実行に移すことができなかった。小夜子が姿を消すと、やぶれかぶれになった哲也は満洲に一人旅立ち、そこで廃人同様のアル中となる。物語の最後に、小夜子が満洲へ向う病院船に白の看護服で乗り組んでいたと短く書かれている。そこから、ほのかな光がたちのぼってくる。

朝日新聞ロシア特派員に選ばれた四十四歳の二葉亭四迷は、明治四十一年七月十五日白夜のペテルブルグへ着いた。『罪と罰』のラスコーリニコフのアパートに近く、恐らくはゴーゴリの住んでいたアパートとは真向かいのストリアールヌイ街の下宿に住みながら、二葉亭はロシア人も日本人も人情に変わりないことを感じていた。いずれの国の人も戦を好みはせぬ、政府が戦おうとしても、人民が戦わぬから仕方が無いというようにする事だと、日本を出発する時の送別会で話した。戦争はどうしても避けねばならぬという思いでいっぱいだった。あの時、日本国民の心持を知らせるには文学が一番いいと話した。ロシアの人にこそ小夜子の心ばえがわかってもらえるという自負があったのではないだろうか。

それは、その通りだったと思う。日本ではもっとも二葉亭が心のよりどころとする坪内逍遥ですら、小夜子の生き方をよく理解できたとはいえなかった。心の優しい逍遥は、いつも心のどこかでハムレットの二葉亭に対して自分はオフィーリアのようであると思っていたかもしれない。ハムレットによって心をかき乱された挙句に入水したオフィーリアと違い、小夜子はしっかりと自分の意志を持っていた。どう考えても自分はオフィーリアの方だと思った。二葉亭の出現により、逍遥は小説が書けなくなってしまった。ロシアへ旅立つ二葉亭との最後の別れの晩、逍遥はふいにめまいを感じた。二葉亭は逍遥を家まで送った。その時二葉亭は、「あなたも大変に弱ったね。それもその筈だ。長い間の戦いであったから」といったという。大変に胸迫るものがある。二葉亭が心おきなく論争できる相手は逍遥だけだった。思いきりけなしているようで、その底には逍遥への愛がこもっていた。

ここに一人、夏目漱石が、『其面影』を読んで大いに感服していた。「ある意味からいえば、今でも感服している」。漱石は、二葉亭の死後まもない文章にそのように書いた。賛辞の手紙をだしたことにも触れている。小夜子と小野の恋愛の過程における絶妙なやりとりは、漱石の人間の心理を追求する作品につながっていた。

二葉亭のペテルブルグでの生活は、一年と続かなかった。肺の病いが悪化していた。高熱の中、ペテルブルグから汽車でロンドンに向かった。ロンドンでは、ステーションホテルに数時間しかいることができなかった。どんなにか残念なことだったろう。彼は内閣官報局時代、イギリスの職工の生活や賃金について調査したものを、「官報」に発表していた。二葉亭はからだを横たえたまま、神戸へ向かう賀茂丸へ乗り込んだ。明治四十二年五月十日、ベンガル湾洋上で彼は空の上へいった。

遺言状があった。三月二十二日、ペテルブルグの病院で書かれたものだった。

「玄太郎せつの兩人は卽時學校をやめ奉公に出づべし」

「柳子殿は兩人を連れて實家へ帰らるべし」

「時機を見て再婚然るべし」

そのひとつひとつの言葉が悲しい。

志高く、誇り高い彼は、お金にも権力にも無縁だった。しかしその文学は、他者への愛を抱きつつ真面目に生きることの大切さを教えてくれる。

あとがき

二葉亭四迷の評伝を書くことは、八年前までは思ってもみなかったのである。二〇〇七年の七月から九月にかけて、NHKラジオの『カルチャーアワー』で、明治・大正・昭和のベストセラーのお話をすることになった。その時初めて、二葉亭の『浮雲』を読んだのだった。「言文一致」の小説ということもあり、どんなにむつかしいものかと思っていたところ、実に楽しくてぐいぐい引き込まれた。主人公の文三が恋するお勢にいいようにふりまわされる。「お勢さん、あんまりだ」といって文三が顔に手をあてて黙ってしまうというくだりには、思わず笑ってしまった。明治の「立身出世」の世の中にも、こんなに純な青年がいたのだと思うと、明治という時代が急に身近に感じられてきた。

作者の二葉亭も、きっと文三のような人だったのに違いないと考えた。それは、その通りだったのである。大変に考えさせる小説を書きながら、女性にはあくまで不器用で、ずっと権力とお金には無縁の人だった。私には理想の男性に思われた。少年時代に西郷隆盛が好きだったとわかると、西郷さんについての勉強も始めた。上田篤著の『西郷隆盛ラスト・サムライ』が、とても参考になった。明治について、私は知らないことが多かった。ひとつ、ひとつの勉強は楽しかったが、それを書くことはくるしい作業だった。できるかぎり、二葉亭四迷の真実に近付きたいと思った。二〇一三年四月号から二年間、月刊誌『望星』に連載させていただくことができた。

『浮雲』に続いて読んだ『其面影』も、すばらしい小説だった。義理の兄との恋に苦しむヒロインの小夜子が、「恋よりも大切なものがある。世の中には不幸な人が沢山いる」ということに気付いて別れを決意する。その凛とした態度に打たれた。二葉亭も小夜子と同じ隣人愛の精神の持ち主だった。ロシアの貧しい農民にも、ロシア文学を通して深い同情の念を抱いていた。彼が朝日新聞ロシア特派員としてペテルブルグへ向かったのは、最晩年になってからのことだった。

二年続けて白夜のペテルブルグへでかけた。二〇一二年は藻利さんとウスペンスキーさん、二〇一三年にはガリーナさんにお世話になった。彼女は二葉亭の下宿の向いのアパートにゴーゴリが住んでいたことを知っていた。白夜の中に、二葉亭が微笑むのを感じた。彼は、ロシアの農村のゆくえを心配していた。私がみたペテルブルグ近郊の村の畑は、荒れていた。あれから、どのようになっているだろうか。モノが豊かになるより、大地が大切。大地は、命につながっている。そのような当たり前のことにも、二葉亭の取材でロシアへいき、しかと気付いた。二葉亭四迷さま、ありがとうございました。

初出
月刊誌『望星』(発行・東海教育研究所、発売・東海大学出版部)
2013年4月号〜2015年4月号

二葉亭四迷の著作からの引用は『二葉亭四迷全集』全9巻(岩波書店、1964年9月〜1965年5月)を底本に用いた。引用の出典および執筆にあたり参考にした文献は、適宜本文中に示した。

太田治子（おおた・はるこ）
神奈川県生まれ。NHK『日曜美術館』初代司会アシスタント。『心映えの記』で第一回坪田譲治文学賞受賞。近著に『石の花　林芙美子の真実』『時こそ今は』（ともに筑摩書房）、『明るい方へ　父・太宰治と母・太田静子』『夢さめみれば　日本近代洋画の父・浅井忠』（ともに朝日新聞出版）など。

星はらはらと　二葉亭四迷の明治
発行日　2016年5月28日　初版第一刷発行

著者――――太田治子
発行者―――野嶋庸平
発行所―――中日新聞社
〒四六〇―八五一一
名古屋市中区三の丸一丁目六番一号
電話　〇五二―二〇一―八八一一（大代表）
　　　〇五二―二二一―一七一四（出版部直通）
印刷・製本――図書印刷株式会社
ブックデザイン――坪内祝義

ISBN 978-4-8062-0711-5 C0093